D1354128

Una noche inolvidable

JULIA QUINN

Una noche inolvidable

TITANIA

Argentina • Chile • Colombia • España
Estados Unidos • México • Perú • Uruguay

Título original: *A Night Like This*
Editor original: Avon Books. An Imprint of HarperCollins Publishers, New York
Traducción: Norma Olivetti Fuentes

1.ª edición Septiembre 2021

Reservados todos los derechos. Queda rigurosamente prohibida, sin la autorización escrita de los titulares del *copyright*, bajo las sanciones establecidas en las leyes, la reproducción parcial o total de esta obra por cualquier medio o procedimiento, incluidos la reprografía y el tratamiento informático, así como la distribución de ejemplares mediante alquiler o préstamo público.

Copyright © 2012 *by* Julie Cotler Pottinger
All Rights Reserved
© de la traducción 2021 *by* Norma Olivetti Fuentes
© 2021 *by* Ediciones Urano, S.A.U.
Plaza de los Reyes Magos, 8, piso 1.º C y D – 28007 Madrid
www.titania.org
atencion@titania.org

ISBN: 978-84-17421-24-3
E-ISBN: 978-84-9944-503-8
Depósito legal: B-11.922-2021

Fotocomposición: Ediciones Urano, S.A.U.

Impreso por Romanyà Valls, S.A. – Verdaguer, 1 – 08786 Capellades (Barcelona)

Impreso en España – *Printed in Spain*

PRÓLOGO

Winstead, ¡maldito tramposo!

Daniel Smythe-Smith pestañeó. Estaba un poco borracho, sí, pero tenía la impresión de que alguien acababa de acusarle de hacer trampas con las cartas. Le llevó un momento convencerse de que se dirigían a él, pues apenas hacía un año que era conde de Winstead y todavía había ocasiones en que olvidaba girarse cuando le llamaban por su título.

Pero no, él era Winstead o más bien Winstead era él y...

Hizo una inclinación de cabeza y luego la sacudió. ¿En qué estaba pensando?

¡Oh, claro!

—No.

Habló despacio, bastante aturdido por todo el asunto, y alzó la mano para protestar. Tenía la certeza de no haber hecho trampas; puede que fuera lo único de lo que estaba seguro después de la última botella de vino. Pero no consiguió decir nada más, de hecho, casi no pudo ni apartarse a tiempo cuando la mesa se estrelló contra él.

¿La mesa? ¡Por todos los cielos! ¿Tan borracho estaba?

Pero era evidente que la mesa estaba ahora volcada y las cartas por el suelo, y Hugh Prentice le gritaba como un demente.

También estaría borracho.

—No he hecho trampas —dijo Daniel. Levantó las cejas y pestañeó, como si aquel gesto petulante fuera a despejar la capa vaporosa de embriaguez que parecía intoxicar la..., bien, todo. Volvió la mirada a Marcus Holroyd, su mejor amigo, y se encogió de hombros—. Yo no hago trampas.

Todo el mundo sabía que él no hacía trampas.

Pero estaba claro que Hugh había perdido la cabeza, y Daniel no podía hacer otra cosa que observarlo echando pestes, agitando los brazos y alzando la voz. Le recordó a un chimpancé, pensó Daniel con curiosidad, por supuesto, sin todo el pelo.

—¿De qué habla? —preguntó, a nadie en concreto.

—Es imposible que tuvieras un as —clamó Hugh y se abalanzó contra él con uno de los brazos estirados a modo de acusación temblorosa—. El as debería estar encima... encima... —Indicó agitando la mano hacia algún lugar próximo adonde se encontraba antes la mesa—. Desde luego no deberías tenerlo tú —balbució.

—Pero lo tenía —le contestó Daniel, ni enfadado ni a la defensiva siquiera, expresándose con total naturalidad mientras se encogía de hombros con un gesto de *qué-más-se-puede-decir*.

—Imposible —contraatacó Hugh—. Conozco todas las cartas de la baraja.

Era cierto. Hugh identificaba siempre todas las cartas de la baraja; su mente contaba con esa perspicacia tan peculiar. También era capaz de hacer operaciones mentalmente, de las complicadas, con más de tres cifras, llevo tanto y tomo tanto, y todas esas majaderías que les obligaron a practicar una y otra vez en el colegio.

Visto en retrospectiva, seguramente Daniel no debería haberle desafiado a una partida, pero buscaban diversión y, con franqueza, no esperaba ganar.

Nadie ganaba jamás una partida de cartas a Hugh Prentice.

Bueno, a excepción de él, por lo visto.

—Sorprendente —murmuró Daniel bajando la vista a las cartas. Cierto que ahora estaban esparcidas por el suelo, pero él sabía qué cartas tenía. Se había sorprendido más que nadie al dejar sobre la mesa la mano ganadora—. He ganado —anunció, aunque tenía el presentimiento de que aquel comentario sobraba. Se volvió hacia Marcus—. ¡Fíjate tú!

—¿Ni siquiera le escuchas? —le dijo Marcus entre dientes, y dio una palmada ante el rostro de Daniel—. ¡Despierta!

Daniel frunció el ceño y la nariz por el pitido en sus oídos. En serio, eso había estado fuera de lugar.

—Ya estoy despierto —dijo.

—Exigiré una satisfacción.

Daniel le contemplaba con sorpresa.

—¿Qué?

—Nombra a tus padrinos.

—¿Me estás desafiando a un duelo?

A eso sonaba, aunque, claro, estaba borracho. Y prefería pensar que Prentice también lo estaba.

—Daniel —gruñó Marcus.

Daniel se dio media vuelta.

—Creo que me está desafiando a un duelo.

—Daniel, cállate.

—¡Puf! —Daniel descartó hacer caso a Marcus con un movimiento de la mano. Le quería como a un hermano, pero podía ser muy pesado a veces—. Hugh —entonces se dirigió al hombre furioso que tenía delante—, no seas tan burro.

Hugh se rio.

Daniel se apartó de un brinco, pero no lo bastante rápido, y ambos acabaron estrepitosamente en el suelo. Daniel pesaba al menos cinco kilos más, pero Hugh estaba rabioso, mientras él solo se sentía embotado por el alcohol, de modo que Hugh le endiñó al menos cuatro puñetazos antes de que él lograra soltar el primero.

Y ni siquiera así consiguió alcanzarle, porque Marcus y otros pocos se interpusieron de un salto entre ambos para separarles.

—¡Eres un maldito tramposo! —bramó Hugh, forcejeando con los dos hombres que le retenían.

—Y tú eres idiota.

El rostro de Hugh se alteró aún más.

—Recibiré una satisfacción.

—¡Oh, no! De eso nada —escupió Daniel. En algún momento, probablemente con algún puñetazo de Hugh en su mentón, la confusión de Daniel había dado paso a la furia—. Seré yo quien reciba una satisfacción.

Marcus gimió.

—¿En el Patch of Green? —dijo Hugh con frialdad, en referencia al lugar apartado de Hyde Park donde los caballeros solventaban sus diferencias.

Daniel fijó la mirada en los ojos de Hugh.

—Al amanecer.

Los murmullos se transformaron en un silencio mientras todo el mundo esperaba que ambos hombres recuperaran la cordura.

Pero no fue así, por supuesto que no.

Hugh alzó tan solo un poco la comisura de los labios:

—Así será entonces.

—¡Oh, por todos los cielos! —gimió Daniel—. ¡Qué dolor de cabeza!

—No me imagino, la verdad —dijo Marcus con sarcasmo—, por qué será.

Daniel tragó saliva y se frotó el ojo bueno. El que Hugh no le había dejado morado la noche anterior.

—No te queda bien ser sarcástico.

Marcus no le hizo ni caso.

—Todavía estás a tiempo de poner fin a esto.

Daniel miró a su alrededor, a los árboles que había en torno al claro, al césped de verde hierba extendida ante él, hasta llegar a Hugh Prentice y al hombre que se hallaba de pie a su lado inspeccionando su arma. El sol acababa de salir hacía apenas diez minutos y el rocío matinal aún impregnaba todas las superficies.

—Ya es un poco tarde, ¿no te parece?

—Daniel, esto es de idiotas. No estás en condiciones de manejar una pistola; seguro que sigues aturdido por la borrachera de anoche. —Marcus desplazó la mirada hasta donde se hallaba Hugh con una expresión de estremecimiento—. Igual que él.

—Me llamó «tramposo».

—No merece la pena morir por eso.

Daniel entornó los ojos.

—¡Oh, por el amor de Dios, Marcus! No tiene intención de dispararme.

Una vez más, Marcus dirigió a Hugh una mirada de preocupación.

—Yo no estaría tan seguro de eso.

Daniel restó importancia a sus preocupaciones y volvió a entornar los ojos.

—Disparará al aire.

Marcus negó con la cabeza y se fue andando al encuentro del padrino de Hugh en medio del claro. Daniel les observó mientras inspeccionaban las armas y hablaban con el cirujano.

¿A quién demonios se le había ocurrido traer a un cirujano? Nadie se disparaba de verdad por algo así.

Marcus regresó con expresión seria, y tendió a Daniel su arma.

—Intenta no matarte —masculló—. Ni a él.

—Eso haré —respondió Daniel, intentando sonar lo bastante desenfadado como para quitarle el miedo a Marcus. Ocupó su puesto, alzó el brazo y esperó a que contaran hasta tres.

Uno.

Dos.

Tr...

—¡Por todos los cielos, me has disparado! —aulló Daniel, mirando a Hugh con furia. Bajó la vista hasta su hombro, empapado de sangre. Solo era una herida en el músculo, pero ¡Dios bendito, cómo dolía! Y era el brazo con el que disparaba—. ¡¿En qué demonios estabas pensando?! —gritó.

Hugh se hallaba ahí en pie contemplándole como un imbécil, como si no fuera consciente de que una bala pudiera provocar sangre.

—¡Maldito idiota! —balbució Daniel, alzando el arma para disparar a su vez. Apuntó a un lado —había un árbol lo bastante grande como para recibir un balazo—, pero entonces el cirujano se aproximó corriendo, explicando alguna tontería, y cuando Daniel se volvió hacia él, resbaló sobre un trozo de hierba mojada y su dedo apretó el gatillo, disparando antes de lo que había calculado.

¡Maldición!, el retroceso le dolió. ¡Sería estúpido!

Hugh dio un grito.

A Daniel se le heló la piel y, con creciente horror, alzó la vista hasta el punto donde Hugh se encontraba un momento antes.

—¡Oh, Dios mío!

Marcus ya se acercaba corriendo, igual que el cirujano. Había sangre por todas partes, tanta que Daniel alcanzaba a verla derramada por el césped incluso desde el otro lado del claro. El arma se le escapó de entre los dedos y dio un paso hacia delante casi en estado de trance.

¡Santo Dios! ¿Acababa de matar a un hombre?

—¡Traigan mi maletín! —aulló el cirujano. Daniel dio otro paso hacia delante. ¿Qué se suponía que debía hacer? ¿Ayudar? Marcus ya estaba al lado del padrino de Hugh ofreciendo su asistencia y, además, ¿acaso no acababa Daniel de dispararle?

¿Era esto lo que se esperaba de un caballero? ¿Ayudar a un hombre después de pegarle un tiro?

—¡Aguanta, Prentice! —rogaba alguien, y Daniel dio otro paso, y otro más, hasta que el hedor cobrizo de la sangre le alcanzó como un puñetazo.

—Un torniquete —dijo alguien.

—Va a perder la pierna.

—Mejor que perder la vida.

—Hay que parar la hemorragia.

—Aprieta más.

—¡Mantente despierto, Hugh!

—¡No para de sangrar!

Daniel escuchaba, no sabía quién decía qué, pero no importaba. Hugh se estaba muriendo, justo ahí sobre la hierba, y él era el causante.

Había sido un accidente. Hugh le había disparado antes. Y la hierba estaba mojada.

Se había resbalado, ¡Santo Dios! ¿Sabían que se había resbalado?

—Yo... Yo... —Intentó hablar, pero no tenía palabras, y de todos modos, solo Marcus le prestaba atención.

—Es mejor que te mantengas al margen —dijo este con seriedad.

—¿Está...? —Daniel intentó plantear la única pregunta que importaba, pero se atragantó.

Y luego se desmayó.

Cuando Daniel recuperó el conocimiento, se encontraba en la cama de Marcus con el brazo vendado muy apretado. Marcus estaba sentado en una silla próxima, mirando por la ventana el resplandeciente sol del mediodía. Al oír el gemido de Daniel al despertar, se volvió con urgencia para mirar a su amigo.

—¿Hugh? —preguntó Daniel con rudeza.

—Está vivo. O al menos lo estaba la última vez que pregunté.

Daniel cerró los ojos.

—¿Qué he hecho? —susurró.

—Tiene la pierna destrozada —explicó Marcus—. Le alcanzaste en una arteria.

—No era mi intención.

Sonaba patético, pero era la verdad.

—Lo sé. —Marcus regresó a la ventana—. Tienes una puntería terrible.

—Me resbalé, estaba mojado.

No sabía por qué lo decía siquiera. No importaba, no importaría si Hugh hubiera muerto.

¡Qué demonios! Eran amigos. Esa era la parte más insensata de todo. Eran amigos, él y Hugh. Se conocían de años atrás, desde el primer trimestre en Eton.

Pero él había estado bebiendo, Hugh también, y todo el mundo, a excepción de Marcus, que nunca tomaba más de una copa.

—¿Cómo tienes el brazo? —preguntó Marcus.

—Duele.

Marcus asintió.

—Es preferible que duela —dijo Daniel apartando la mirada.

Marcus probablemente volvió a asentir.

—¿Sabe algo mi familia?

—No lo sé —contestó Marcus—. Si no lo saben, se enterarán pronto.

Daniel tragó saliva. Sucediera lo que sucediese al final, él sería un paria y el suceso salpicaría a su familia. Sus hermanas estaban casadas, pero Honoria acababa de debutar en sociedad. ¿Quién la aceptaría ahora?

No quería pensar siquiera en cómo afectaría a su madre.

—Voy a tener que dejar el país —dijo Daniel con rotundidad.

—Todavía no ha muerto.

Daniel se volvió hacia él, incapaz de creer la simplicidad de aquella afirmación.

—Si vive, no tendrás que marcharte —añadió Marcus.

Era verdad, pero a Daniel le costaba imaginar que Hugh llegara a reponerse. Había visto la sangre, había visto la herida. ¡Demonios! Había visto incluso el hueso, ahí al descubierto. ¡Todos lo habían visto!

Nadie sobrevivía a una herida así. Si la pérdida de sangre no le mataba, la infección lo haría.

—Debo ir a verle —decidió al final Daniel, haciendo un esfuerzo para incorporarse sobre la cama. Sacó las piernas por un lado y casi había tocado el suelo cuando Marcus le alcanzó.

—No es buena idea —le advirtió.

—Tengo que decirle que no fue intencionado.

Marcus alzó las cejas.

—No creo que eso importe.

—A mí me importa.

—Puede que se haya personado el juez.

—Si el juez me buscara, ya me habría encontrado aquí.

Marcus reflexionó sobre aquello, y luego se hizo a un lado diciendo por fin:

—Tienes razón.

Le tendió el brazo y Daniel lo agarró para estabilizarse.

—Jugué a las cartas —dijo Daniel con voz apagada— porque es lo que hace un caballero. Y cuando él me llamó «tramposo», respondí, porque es lo que hace un caballero.

—Ahórratelo —dijo Marcus.

—No —contestó Daniel en actitud misteriosa. Iba a acabarlo. Ciertas cosas debían decirse. Se volvió hacia Marcus con ojos brillantes—. Disparé a un lado, porque es lo que hace un caballero —declaró con furia—. Y fallé. Fallé y le alcancé, y ahora voy a hacer lo que hace un hombre, ¡qué demonios!, ir a verle para decirle que lo siento.

—Te llevaré allí —dijo Marcus. Poco más podía decir.

Hugh era el segundo hijo del marqués de Ramsgate, y tras el duelo le habían llevado a la casa de su padre en St. James's. Daniel no tardó en decidir que no sería bien recibido allí.

—¡¿Cómo?! —bramó lord Ramsgate, estirando un brazo para señalar a Daniel como si identificara al mismo diablo—. ¿Cómo se atreve a asomar la cabeza por aquí?

Daniel se quedó muy quieto. Ramsgate tenía derecho a estar enfadado. Estaba conmocionado, estaba desconsolado.

—He venido a...

—¿Presentar sus últimos respetos? —Lord Ramsgate le interrumpió con sorna—. Estoy seguro de que lamentará enterarse de que todavía es un poco pronto para eso.

Daniel se permitió un destello de esperanza.

—¿Entonces vive?

—Apenas.

—Querría disculparme —dijo Daniel con fría formalidad.

Los ojos de Ramsgate, saltones de por sí, aumentaron hasta alcanzar dimensiones increíbles.

—¿Disculparse? ¿De verdad? ¿Cree que una disculpa va a salvarle de la horca si mi hijo muere?

—No es el motivo de que...

—Me encargaré de que acabe en la horca, no crea que no voy a hacerlo.

Daniel no lo dudó ni por un segundo.

—Fue Hugh quien lo retó a un duelo —dijo Marcus en voz baja.

—No me importa quién desafiara a quién —soltó Ramsgate—. Mi hijo hizo lo que se esperaba de él. Apuntó a un lado, pero este... —Se volvió entonces hacia Daniel con un chorro de veneno y de dolor—. Le disparó. ¿Por qué tenía que hacerlo?

—No fue intencionado.

Por un momento, Ramsgate se limitó a observarle.

—No fue intencionado. ¿Es esa su explicación?

Daniel no dijo nada. Sonaba poco convincente también para sus oídos. Pero era la verdad y era espantoso.

Miró a Marcus con la esperanza de obtener algún consejo silencioso, algo que le indicara qué decir, cómo proceder en aquellas circunstancias. Pero Marcus parecía tan perdido como él, y Daniel supuso que solo podía disculparse otra vez y marcharse, y eso habría hecho si, justo entonces, no hubiera entrado el mayordomo en la habitación para anunciar que el médico ya había bajado.

—¿Cómo está? —quiso saber Ramsgate.

—Vivirá —confirmó el doctor—, contando con que consiga evitar la infección.

—¿Y la pierna?

—La conservará. De igual modo, si evita la infección. Pero tendrá problemas de movilidad y es muy probable que se quede cojo. El hueso se ha astillado; lo he encajado lo mejor que he podido... —El doctor se encogió de hombros—. Poco más puedo hacer.

—¿Cuándo sabrá si se ha librado de la infección? —preguntó Daniel. Tenía que saberlo.

El doctor se volvió.

—¿Usted quién es?

—El indeseable que disparó a mi hijo —replicó Ramsgate entre dientes.

El doctor retrocedió conmocionado, y también por su propia supervivencia cuando Ramsgate avanzó por la habitación.

—Escúcheme bien —dijo con resentimiento, avanzando hacia Daniel hasta que casi chocaron sus narices—. Pagará por esto. Ha arruinado la vida de mi hijo. Aunque viva, le habrá arruinado, con una ruina de pierna y una ruina de vida.

Un frío nudo de inquietud se formó en el pecho de Daniel. Sabía que Ramsgate estaba alterado —estaba en su derecho de estarlo—, pero se había desatado algo más. El marqués parecía desequilibrado, como un poseso.

—Si muere —declaró Ramsgate entre dientes—, colgará de la horca. Si no muere, y escapa de algún modo a la ley, yo mismo le mataré.

Estaban de pie tan próximos el uno al otro, que Daniel sentía el aire húmedo que escapaba de su boca con cada palabra. Y al mirar a los centelleantes ojos verdes del hombre, conoció el significado de tener miedo.

Lord Ramsgate iba a matarle. Solo era cuestión de tiempo.

—Señor —empezó a decir, porque algo tenía que decir. No podía quedarse ahí y aceptar aquello como si tal cosa—, me veo en la obligación de decirle...

—No, soy yo quien va a decirle algo —escupió Ramsgate—. No me importa quién sea ni el título que su progenitor de mala muerte le haya transmitido. Va a morir, ¿me entiende?

—Creo que es hora de que nos marchemos —intervino Marcus. Metió un brazo entre los dos hombres y amplió con cuidado el espacio que les separaba—. Doctor —dijo con un gesto al médico al tiempo que acompañaba a Daniel—. Lord Ramsgate.

—Cuenta los días que te quedan, Winstead —advirtió Ramsgate—. O mejor aún, las horas.

—Señor —volvió a decir Daniel en un intento de mostrar respeto al hombre. Quería hacer las cosas bien, necesitaba intentarlo—, es mi obligación decirle...

—Ni me hable —interrumpió Ramsgate—. Nada que diga ahora le salvará. No hay lugar en el que pueda ocultarse.

Ramsgate miró a Marcus como si fuera un idiota.

—¿Acaso creen que lo haré yo mismo? Es muy fácil contratar a un asesino. El precio de una vida vale muy poco, desde luego. —Volvió la cabeza hacia Daniel de repente—. Incluso la de este.

—Debo marcharme —dijo el doctor. Y se largó.

—Recuerde esto, Winstead —concluyó Ramsgate arrojando su venenoso desdén por los ojos—. Puede huir, puede intentar ocultarse, pero mis hombres le encontrarán. Y no va a saber quiénes son, por lo tanto, nunca les verá acercarse.

Esa frase había obsesionado a Daniel durante los siguientes tres años. De Inglaterra a Francia, de Francia a Prusia, y de Prusia a Italia. La oía mientras dormía, en el rumor de los árboles y en cada pisada que percibía tras él. Aprendió a situarse de espaldas a la pared, a no fiarse de nadie, ni siquiera de las mujeres con las que buscaba el placer de tanto en tanto. Y aceptó el hecho de que nunca volvería a poner un pie en suelo inglés ni a ver a su familia, hasta el día en que, para gran sorpresa suya, Hugh Prentice se acercó cojeando hacia él en un pequeño pueblo de Italia.

Sabía que Hugh había sobrevivido. Recibía alguna que otra carta de su familia, pero no esperaba volver a verle, desde luego no en aquel lugar, con el sol mediterráneo calentando la antigua plaza del pueblo y los gritos de *arrivederci* y *buon giorno* cantados a través del aire.

—Te he encontrado —dijo Hugh al tiempo que le tendía la mano—. Lo siento.

Y luego pronunció las palabras que Daniel jamás había pensado oír:

—Ya puedes volver a casa. Te lo prometo.

Para ser una dama que había pasado los últimos ocho años intentando pasar desapercibida, Anne Wynter se encontraba en una situación delicada.

Dentro de un minuto aproximadamente se vería obligada a salir a un escenario improvisado, hacer una reverencia ante ochenta miembros como mínimo de la *crème de la crème* de la sociedad londinense, sentarse ante un pianoforte y tocar.

El hecho de compartir escenario con otras tres jóvenes le producía cierto consuelo. Las otras tres, miembros del cuarteto Smythe-Smith de triste fama e intérpretes todas ellas de instrumentos de cuerda, tendrían que situarse de cara al público. Ella al menos podría concentrarse en las teclas de marfil y mantener la cabeza agachada. Con un poco de suerte, la audiencia estaría demasiado concentrada en lo horrible de aquella música como para prestar atención a la incorporación de una mujer morena que en el último momento se había visto obligada a ocupar el puesto de la pianista, quien (tal y como declaraba su madre a cualquiera que la escuchara) había caído terriblemente, no, fatalmente enferma.

Anne no se creyó ni por un instante que lady Sarah Pleinsworth estuviera enferma, pero no podía hacer nada al respecto, no si quería seguir en su puesto de institutriz de las tres hermanas pequeñas de lady Sarah.

Pero lady Sarah sí había convencido a su madre, quien había decidido que el espectáculo debía llevarse a cabo. Y entonces, después de relatar la historia con sorprendente detalle sobre los diecisiete años de velada musical Smythe-Smith, la dama había declarado que Anne ocuparía el lugar de su hija.

—Me dijo en una ocasión que había tocado algunos fragmentos del Cuarteto para piano número uno de Mozart —le recordó lady PleinsWorth.

Anne lo lamentaba ahora, profundamente.

No pareció importar que ella no hubiera tocado la pieza en cuestión en más de ocho años, ni que jamás la hubiera interpretado en su totalidad. Lady Pleinsworth no estaba dispuesta a entrar en discusiones y Anne fue arrastrada a casa de su cuñada, donde se celebraría el concierto y dispondría de ocho horas para ensayar.

Era ridículo.

Lo único que la salvaba era que el resto del cuarteto era tan terrible que sus errores apenas se apreciarían. De hecho, su único objetivo en la velada era pasar desapercibida. Porque no quería, así era, que le prestaran atención. Por unas cuantas razones.

—Casi es la hora —susurró Daisy Smythe-Smith con excitación.

Anne le dedicó una sonrisita. Daisy parecía no percatarse de que tocaba fatal.

—Me muero de ganas —sentenció con voz rotunda y desdichada la hermana de Daisy, Iris, quien sí era consciente.

—Ha llegado el momento —declaró Honoria Smythe-Smith, su prima—. Va a ser maravilloso. Somos una familia.

—Bueno, ella no —señaló Daisy indicando a Anne con la cabeza.

—Esta noche sí lo es —declaró Honoria—. Y una vez más, gracias, señorita Wynter. Ha salvado el evento, de verdad.

Anne murmuró unas pocas palabras absurdas, pues se sentía incapaz de decir que lo hacía encantada, que no era ningún inconveniente. Le caía bastante bien lady Honoria. A diferencia de Daisy, ella sí se percataba de lo espantosas intérpretes que eran, pero al contrario de Iris, mantenía el deseo de actuar. Todo tenía que ver con la familia, insistía Honoria. Familia y tradición. Diecisiete combinaciones de primas Smythe-Smith habían formado parte del cuarteto antes que ellas, y si por Honoria fuera, otras diecisiete las seguirían. No importaba cómo sonara la música.

—¡Oh! Sí que importa —musitó Iris.

Honoria pinchó un poco a su prima con el arco del violín.

—Familia y tradición —le recordó—, eso es lo que importa.

Familia y tradición. A Anne no le habría importado contar con un poco de eso, aunque, la verdad, no le había ido tan bien en su primera experiencia.

—¿Vosotras veis algo? —preguntó Daisy. Brincaba sobre un pie y luego sobre el otro como una urraca frenética. Anne ya había retrocedido un par de veces solo para protegerse los pies.

Honoria, más próxima al lugar por donde saldrían, asintió.

—Hay algunos asientos vacíos, pero no muchos.

Iris gimió.

—¿Es así cada año? —preguntó Anne sin poder contenerse.

—¿Cómo? —respondió Honoria.

—Bueno... Eh...

Había algunas cosas que, simplemente, no se decían a las sobrinas de la dama que te daba trabajo. Por ejemplo, no se hacía ningún comentario explícito sobre la falta de habilidades musicales de otra joven dama. Ni se preguntaba en voz alta si los conciertos eran siempre tan espantosos o si este año iba a ser especialmente malo. Y, sin duda, no se preguntaba por qué seguía viniendo la gente si los conciertos eran siempre tan horribles.

Justo entonces Harriet Pleinsworth, de quince años, entró derrapando por la puerta lateral.

—¡Señorita Wynter!

Anne se volvió, pero antes de poder decir algo, Harriet anunció:

—Aquí estoy para volverle las páginas.

—Gracias, Harriet. Eso será de gran ayuda.

Harriet dedicó una mueca a Daisy, quien la miró con desdén.

Anne se dio media vuelta para que nadie la viera entornar los ojos. Esas dos nunca se habían llevado bien. Daisy se tomaba demasiado en serio a sí misma y Harriet no se tomaba ninguna cosa en serio.

—¡Es el momento! —anunció Honoria.

Salieron al escenario y, tras una breve presentación, empezaron a tocar.

Anne, por su parte, empezó a rezar.

¡Dios bendito! Nunca había trabajado tan duro en toda su vida. Sus dedos corrían sobre las teclas en un intento desesperado de seguir a Daisy, que tocaba el violín como si participara en una carrera.

Esto es ridículo ridículo ridículo, canturreaba Anne mentalmente. Era de lo más extraño, pero la única manera de superar aquello sería hablándose a sí misma. La pieza musical era muy difícil, incluso para intérpretes consumados.

Ridículo ridículo... ¡Argh! ¡Do sostenido! Ann estiró su meñique derecho y dio en la tecla justo a tiempo. Lo cual venía a decir, dos segundos después de lo que correspondía.

Miró a hurtadillas al público un segundo. Una mujer de la primera fila parecía enferma.

De vuelta al trabajo de vuelta al trabajo. ¡Oh, cielos! La nota equivocada. ¡Qué más da! Nadie se dará cuenta, ni siquiera Daisy.

Y siguió tocando, medio preguntándose si no debería inventarse su parte sin más contemplaciones. Era imposible que la música sonara peor. Daisy volaba sobre su sección, modulando el volumen entre alto y extremadamente alto; Honoria continuaba avanzando como si cada nota fuera una pisada decidida, e Iris...

En fin, Iris de hecho era *buena*. Una cuestión sin importancia.

Anne tomó aliento y estiró los dedos durante una breve pausa en la parte del piano. Luego regresó a las teclas y...

Pasa la página, Harriet.

Pasa la página, Harriet.

—¡Pasa la página, Harriet! —dijo entre dientes.

Harriet volvió la página.

Anne tocó el primer acorde y luego se percató de que Iris y Honoria ya iban un par de compases por delante. Daisy seguía..., bueno, ¡Dios misericordioso!, no tenía ni idea por dónde iba Daisy.

Anne se adelantó hasta donde confiaba en que se encontraban las otras. Al menos, se encontrarían en algún lugar a la mitad.

—Te has saltado una parte —susurró Harriet.

—No importa.

Y, la verdad, no importaba.

Y luego, por fin, ¡oh!, por fin, llegaron a los compases en que ella no tenía que tocar durante tres páginas enteras. Se acomodó hacia atrás y soltó un suspiro que contenía hacía rato, diría ella que hacía diez minutos, y...

Vio a alguien.

Se quedó paralizada. Alguien las estaba observando desde el cuarto posterior. La puerta por la que habían salido al escenario —que Anne estaba segura de haber ajustado con un ruidito seco— ahora estaba un poco entreabierta. Y, como ella era la que estaba más próxima a la puerta, por no decir que era la única intérprete que no le daba la espalda, alcanzó a ver un fragmento del rostro de un hombre escudriñando a través de la rendija.

Pánico.

La recorrió de repente y se apoderó de sus pulmones, abrasándole la piel. Era una sensación conocida, que no experimentaba a menudo, ¡gracias a Dios!, pero sí con suficiente frecuencia. Cada vez que veía a alguien en un lugar donde no debería estar...

Alto.

Se obligó a respirar. Se encontraba en la residencia de la condesa viuda de Winstead. No podía estar más segura en ningún otro lugar. Lo que necesitaba hacer era...

—¡Señorita Wynter! —soltó Harriet entre dientes.

Anne recuperó la atención con un sobresalto.

—No ha entrado a tiempo.

—¿Dónde estamos ahora? —preguntó Anne con frenesí.

—No lo sé. No sé solfeo.

A su pesar, Anne alzó la vista.

—Pero tocas el violín.

—Lo sé —dijo Harriet con abatimiento.

Anne inspeccionó las notas de la página tan rápido como pudo, saltando de compás en compás a gran velocidad.

—Daisy nos está fulminando con la mirada —susurró Harriet.

—¡Chis! —Anne necesitaba concentrarse. Pasó la página, confió en acertar y formó con los dedos un sol menor sobre el teclado.

Que luego cambió a mayor. Así estaba mejor.

«Mejor» era un término de lo más relativo.

Durante el resto de la actuación mantuvo la cabeza baja. No alzó la mirada, no miró al público ni al hombre que la observaba desde el cuarto posterior. Vapuleaba las teclas con la misma finura que el resto de las chicas Smythe-Smith y, cuando acabaron, se puso en pie e hizo una reverencia con la cabeza todavía inclinada, luego murmuró algo a Harriet sobre alguna cosa que tenía que hacer y salió huyendo.

Daniel Smythe-Smith no tenía planeado regresar a Londres el día de la velada musical anual de su familia y, desde luego, sus oídos deseaban con desesperación que no lo hubiera hecho, pero su corazón..., bien, eso era otra historia.

Daba gusto encontrarse en casa, a pesar incluso de la cacofonía.

Sobre todo por la cacofonía. Nada significaba tanto «estar en casa» para un Smythe-Smith masculino como esa música mal interpretada.

No quiso que nadie le viera antes del concierto; llevaba fuera tres años y sabía que su regreso eclipsaría la actuación. El público probablemente se lo habría agradecido, pero lo último que él quería era saludar a su familia delante de una multitud de nobles y damas, la mayoría de los cuales pensaban que debería haber seguido exiliado.

Pero quería ver a su familia, de modo que en cuanto oyó las primeras notas musicales, se introdujo en silencio en el cuarto de ensayos, se acercó de puntillas a la puerta y la abrió justo una rendija.

Sonrió. Ahí estaba Honoria con esa gran sonrisa suya mientras atacaba el violín con su arco. No tenía ni idea de que lo suyo no era tocar, pobrecita. Las otras hermanas eran igual de negadas, pero a él le encantaba que lo intentaran.

Al otro violín estaba... ¡Santo cielo! ¿Era Daisy? Pero ¿no era aún una colegiala? No, calculó que ahora ya tendría dieciséis, aún no se habría presentado en sociedad, pero había dejado de ser una niña.

Y también estaba Iris al chelo, con aspecto abatido. Y al piano...

Hizo una pausa. ¿Quién demonios tocaba el piano? Se inclinó un poco más. No consiguió ver mucho de su rostro, pues tenía la cabeza baja, pero una cosa era segura..., desde luego no era prima suya.

¡Vaya! Esto sí que era un misterio. Sabía de buena tinta (porque su madre se lo había contado así muchas veces) que el cuarteto Smythe-Smith lo componían damas solteras Smythe-Smith, y nadie más. La familia se enorgullecía mucho de ello, de haber dado tantas primas con inclinaciones musicales; en palabras de su madre, no suyas. Cuando una se casaba, siempre había otra esperando a ocupar el puesto. Nunca habían necesitado de nadie que no fuera de la familia para que tomara parte en los conciertos.

Pero, volviendo al tema, ¿qué persona ajena a la familia querría tomar parte?

Una de sus primas habría enfermado, era la única explicación. Intentó recordar quién tendría que ocupar el piano. ¿Marigold? No, ya estaba casada. ¿Viola? Le parecía que había recibido una carta diciendo que ella también había contraído matrimonio. ¿Sarah? Debía de ser Sarah.

Sacudió la cabeza. Tenía un montón de primas.

Observó a la dama sentada al piano con cierto interés. Se esforzaba en seguir a las demás, movía la cabeza mientras dirigía miradas a la partitura y, de vez en cuando, se estremecía. Harriet estaba a su lado, pasándole las páginas siempre en el momento indebido.

Daniel soltó una risita. Fuera quien fuera la pobrecilla, confiaba en que su familia le pagara bien.

Y entonces, por fin, la pianista levantó los dedos de las teclas cuando Daisy inició su penoso solo de violín. La vio soltar una exhalación, estirar los dedos y luego...

Alzó la vista.

El tiempo se detuvo, así de sencillo. Aunque fuera una manera de lo más sensiblera y estereotipada de decirlo, esos pocos segundos en que alzó el rostro hacia él... se prolongaron y dilataron, fundiéndose con la eternidad.

Era bellísima, pero eso no explicaba su reacción. Había visto antes mujeres hermosas, incluso se había acostado con unas cuantas. Pero esta... su... ella...

Hasta sus pensamientos se quedaron bloqueados.

Su cabello relucía oscuro y espeso, no importaba que lo llevara recogido en un práctico moño. No le hacía falta rizárselo ni añadir cintas de terciopelo. Podría estirárselo hacia atrás como una bailarina o incluso se lo podría afeitar, y seguiría siendo la criatura más exquisita que había contemplado en su vida.

Era su rostro, eso tenía que ser. Pálido y en forma de corazón, con las cejas oscuras más asombrosas y sublimes. En aquella penumbra, no distinguía el color de los ojos, y aquello le pareció una tragedia, pero sus labios...

Confió con ansiedad en que esa mujer no estuviera casada, porque iba a besarla. La única cuestión era cuándo.

Luego ella le vio; lo supo en el instante en que sucedió. Su rostro se sacudió con un diminuto jadeo y, a continuación, se quedó paralizada, abriendo mucho los ojos, llenos de alarma. Él sonrió con sarcasmo, sacudiendo la cabeza. ¿Creería ella que era un loco que se había introducido en la residencia Winstead para espiar el concierto?

En fin, supuso que podría pensarlo. Daniel llevaba demasiado tiempo recelando de los desconocidos y reconocía ese rasgo en otra persona. Ella no sabía quién era, y estaba claro que nadie debería encontrarse en el cuarto de ensayos durante la actuación.

Lo asombroso fue que ella no apartó la vista. Le aguantó la mirada, y él no se movió, ni siquiera respiró hasta que el momento quedó interrumpido por su prima Harriet, quien llamó la atención de la mujer, supuestamente para informarle de que no había entrado a tiempo.

No volvió a levantar la cabeza.

Pero Daniel siguió observándola. La siguió observando con cada cambio de página, cada acorde *fortissimo*. La observó con tal intensidad que, en cierto momento, incluso dejó de oír la música. Su mente interpretaba su propia sinfonía, pletórica y fastuosa, avanzando hacia una clímax perfecto e inevitable.

Que nunca llegó. El hechizo se rompió cuando el cuarteto se entregó con violencia a las últimas notas y las cuatro damas se pusieron en pie para hacer una reverencia. La belleza morena dijo algo a Harriet (quien sonreía radiante con los aplausos, como si ella misma fuera una de las intérpretes) y luego desapareció tan deprisa que a Daniel le sorprendió que no dejara marcas en el suelo.

No importaba, la encontraría.

Se apresuró a moverse por el pasillo de la parte posterior de la residencia Winstead. De joven se había escabullido de la casa en muchas ocasiones y conocía con exactitud la ruta que seguiría alguien que deseara escapar sin ser visto. Con toda seguridad, lograría interceptar a la misteriosa mujer antes de que doblara el último recodo que llevaba a la entrada del servicio. Ella no le vio al principio, no le vio hasta que...

—Aquí está —dijo Daniel sonriendo como si saludara a un amigo a quien no veía hacía tiempo. No había nada como una sonrisa inesperada para dejar a alguien descolocado.

Ella dio una sacudida llena de conmoción, y un grito *estacatto* se le escapó entre los labios.

—¡Dios bendito! —dijo Daniel mientras le tapaba la boca con la mano—. No haga eso. Alguien podría oírle.

La atrajo hacia él, era la única manera de mantener su boca bien cerrada, y su cuerpo le pareció menudo y delgado pegado al suyo. Temblaba como una hoja; estaba aterrada.

—No voy a hacerle daño —dijo—. Solo quiero saber qué hace aquí.

Esperó un momento y luego cambió de postura para poder ver su rostro. Su mirada oscura y sobresaltada encontró la suya.

—Y entonces —dijo—, ¿si la suelto se quedará callada?

Ella asintió.

Daniel la estudió.

—Está mintiendo.

Ella entornó los ojos, como diciendo: «¿Y qué esperabas?», y él soltó una risita.

—¿Quién es? —le preguntó.

Y entonces sucedió algo de lo más extraño: ella se relajó en sus brazos. Al menos un poco, sin duda. Daniel notó cómo cedía parte de la tensión, notó también su aliento en la mano.

Interesante. No le preocupaba que no supiera quién era, le preocupaba que lo supiera.

Despacio y con la suficiente calma como para asegurarse de que ella tuviera claro que él podría cambiar de idea en cualquier momento, le retiró la mano de la boca. De todos modos no apartó el brazo de su cintura. Era egoísta por su parte, lo sabía, pero no se sentía dispuesto a soltarla.

—¿Quién es? —murmuró, dirigiendo las palabras al oído de la joven.

—¿Y usted quién es? —replicó.

Daniel esbozó una caprichosa sonrisa.

—Yo he preguntado primero.

—No hablo con desconocidos.

Él se rio al oír eso, luego la volvió en sus brazos para verse cara a cara. Sabía que su comportamiento era abominable: abordar de aquella manera a la pobre criatura. Ella no había hecho nada malo, había tocado con el cuarteto de su familia, ¡por el amor de Dios! Tendría que darle las gracias.

Pero lo dominaba una exaltación casi física. Algo en esa mujer había propulsado la sangre por su cuerpo con gran efervescencia, sumado a que ya sentía cierto vértigo por haber llegado por fin a la residencia Winstead tras semanas de viaje.

Ya estaba en casa. *En casa.* Y tenía a una hermosa mujer en sus brazos que, con toda certeza, no planeaba asesinarlo.

Hacía cierto tiempo que no saboreaba esa sensación en especial.

—Creo... —dijo sorprendido—. Creo que podría necesitar besarla.

La joven retrocedió con un estremecimiento, aunque no parecía precisamente asustada, sino bastante perpleja. O tal vez preocupada.

Una mujer lista. Porque lo cierto era que él sonaba más bien como un demente.

—Solo un poco —la tranquilizó—. Es que necesito volver a recordar...

Ella estaba callada, pero entonces, como si no pudiera evitarlo, preguntó:

—¿El qué?

Daniel sonrió. Le gustaba su voz, era reconfortante y nítida, como un buen brandi. O un día de verano.

—Las cosas buenas —dijo y le tocó la barbilla para inclinarle el rostro y volverlo hacia él. A ella se le entrecortó la respiración, se le aceleró, y su aliento se volvió audible entre sus labios, pero no forcejeó. Daniel esperó tan solo un momento, porque si se resistía sabía que tendría que soltarla. Pero no lo hizo, y le aguantó la mirada, tan hipnotizada por el momento como él.

Y, al final, la besó. Al principio con cautela, casi temeroso de que desapareciera en sus brazos. Pero no fue suficiente; la pasión cobró vida como un torbellino en su interior y tuvo que atraerla aún más, deleitándose con la leve presión de su cuerpo.

Era menuda, pequeña, de esa manera que producía en un hombre ganas de matar dragones. Pero la sentía como una mujer, cálida y exuberante en los lugares adecuados. Anhelaba rodear con la mano su pecho o la curva perfecta de su trasero. Pero ni siquiera él podría ser tan temerario, no con una desconocida y menos aún en casa de su propia madre.

De todos modos, todavía no estaba preparado para soltarla. Olía a Inglaterra, a llovizna y prados bañados por el sol. Le pareció la mejor clase de paraíso. Quería rodearla por completo, hundirse en su interior y quedarse ahí para el resto de sus días. No había probado el alcohol en tres años, pero ahora se sentía embriagado, burbujeante y dotado de una levedad que no pensaba volver a sentir de nuevo.

Era una locura, tenía que serlo.

—¿Cómo se llama? —susurró. Quería saberlo, quería conocerla.

Pero ella no contestó. Podría haberlo hecho. De tener más tiempo, seguro que él le habría sonsacado el nombre. Pero ambos oyeron a alguien bajando por las escaleras posteriores, situadas justo al otro extremo del pasillo, donde ellos seguían enlazados en aquel abrazo.

La joven negó con la cabeza, con ojos muy abiertos y llenos de cautela.

—No pueden verme así —susurró con urgencia.

La soltó, pero no porque ella se lo hubiera pedido. Más bien porque vio quiénes bajaban por las escaleras (y lo que estaban haciendo) y se olvidó por completo de la morena que tenía entre sus brazos.

Un grito furioso escapó de su garganta y, a continuación, el joven conde se fue por el pasillo como un loco.

Quince minutos después, Anne se hallaba en el mismo lugar en el que se había metido quince minutos antes, al salir disparada por el pasillo y arrojarse por la primera puerta que había encontrado sin cerrar. Dada la suerte (atroz) que tenía, había acabado en una especie de trastero oscuro y sin ventanas. Una breve exploración a ciegas reveló un chelo, tres clarinetes y posiblemente un trombón.

Había algo congruente en ello. Había llegado a la habitación donde los instrumentos musicales Smythe-Smith iban a morir. Y ahí se había quedado atrapada, al menos hasta que finalizara la locura que tenía lugar en el pasillo. Aparte de oír muchos chillidos, más bien gruñidos, y unos cuantos ruidos que sonaban repulsivamente a puños golpeando carne, no tenía ni idea de lo que estaba sucediendo.

No pudo encontrar ningún lugar donde sentarse aparte del suelo, de modo que se dejó caer sobre la madera fría, sin alfombra, y se apoyó contra un trozo de pared desnuda próxima a la puerta, dispuesta a esperar a que se acabara la riña. Fuera lo que fuese, Anne no quería tener nada que ver con aquello, ni (sobre todo) quería encontrarse tampoco alrededor cuando les descubrieran. Algo que, sin duda, iba a suceder dado el jaleo que estaban armando.

Hombres. ¡Qué idiotas eran, todos ellos!

Aunque también parecía haber una mujer ahí fuera; debía de ser ella la de los chillidos. A Anne le pareció oír nombrar a un Daniel y luego, posiblemente, a un Marcus, quien dedujo que tendría que ser el conde de Chatteris, con quien había coincidido antes durante la velada. Estaba perdidamente enamorado de lady Honoria...

Ahora que lo pensaba, aquellos gritos sonaban un poco como si lady Honoria estuviera chillando.

Anne sacudió la cabeza. No era asunto suyo. Nadie podría culparla por decidir mantenerse al margen. Nadie.

Alguien golpeó la pared justo tras ella, sacudiéndola y empujándola al menos cinco centímetros por el suelo. Gimió y dejó caer el rostro entre las manos. Nunca iba a salir de ahí. Encontrarían su cuerpo reseco y sin vida años después, tendido sobre una tuba, con dos flautas formando la señal de la cruz.

Negó con la cabeza. Tenía que dejar de leer los melodramas de Harriet antes de dormir. La joven a su cuidado se creía una escritora, y sus historias se volvían cada vez más horripilantes.

Al final cesaron los golpes en el corredor y los hombres fueron descendiendo poco a poco hasta el suelo (lo notó, justo al otro lado de la pared). Uno de ellos se encontraba justo tras ella; se hallarían espalda contra espalda de no ser por la pared que les separaba. Podía oírles respirar con dificultad, luego hablar como hacían los hombres, con frases breves y tajantes. No era su intención poner la oreja, pero no podía evitarlo, atrapada ahí como estaba.

Y entonces fue cuando lo adivinó.

El hombre que la había besado... era el hermano mayor de lady Honoria, ¡el conde de Winstead! Había visto antes su retrato, tendría que haberle reconocido. O tal vez no. El cuadro captaba los detalles básicos (el pelo castaño café y la boca bien formada), pero no le hacía justicia. Era bastante guapo, no iba a negarlo, pero ninguna pintura o pincel podía transmitir la seguridad elegante y fácil de un hombre que sabía cuál era su lugar en el mundo y lo encontraba satisfactorio por completo.

¡Oh, cielos! Ahora sí que tenía problemas serios. Había besado al infame Daniel Smythe-Smith. Anne lo sabía todo sobre él, igual que todo el mundo. Había participado en un duelo varios años atrás y había tenido que dejar el país, perseguido por el padre de su contrincante. Lady Pleinsworth había mencionado que el conde iba a regresar finalmente a casa y Harriet le había puesto al corriente de todos los chismes.

Harriet era muy útil en ese sentido.

Pero si lady Pleinsworth descubría lo que había sucedido esa noche..., bien, eso sería su final como institutriz de las chicas Pleinsworth o de cualquiera. A ella no le había resultado fácil conseguir ese puesto, pero nadie la contrataría si salía a la luz que tenía tratos con un conde. Las madres ansiosas, por regla general, no contrataban a institutrices de rectitud moral cuestionable.

Y no había sido culpa suya. En esta ocasión, no era su culpa en absoluto.

Suspiró. El pasillo se había quedado en silencio. ¿Por fin se habrían marchado? Había oído pisadas, pero era difícil determinar de cuántos pares de pies. Esperó unos pocos minutos más y entonces, una vez convencida de que tan solo oiría silencio al abrir la puerta, giró el pomo y salió con cuidado al pasillo.

—Aquí está —dijo él, por segunda vez aquella noche.

Anne pegó un buen brinco, no porque Winstead la hubiera sobresaltado, aunque sí lo había hecho, sino sobre todo por haber continuado en el pasillo durante tanto tiempo y en un silencio tan absoluto. La verdad, ella no había oído nada.

Pero eso no era lo que la había dejado boquiabierta.

—Tiene un aspecto horrible —dijo Anne sin poder evitarlo. Estaba solo, sentado en el suelo con las largas piernas estiradas en medio del pasillo. Anne no creía que una persona pudiera parecer tan inestable pese a estar sentada, pero tenía la certeza de que el conde no se aguantaría de no estar apoyado en la pared.

Daniel levantó una mano para hacer un débil saludo.

—Marcus está peor.

Anne se fijó en su ojo, que se estaba amoratando a su alrededor, y en la camisa manchada de sangre, Dios sabría de dónde. O de quién.

—No estoy segura de que eso sea posible.

Lord Winstead resopló:

—Estaba besando a mi hermana.

Anne esperó alguna explicación más, pero estaba claro que él la consideraba suficiente.

—Eh... Mmm... —Anne se atascó, pues no había libro de protocolo con instrucciones para una noche como esa. Al final decidió que era preferible indagar sobre el desenlace del altercado, en vez de en lo que lo había provocado, fuera lo que fuese—. Entonces, ¿ya se ha solucionado todo?

El aristócrata bajó la barbilla con una inclinación magnánima.

—Muy pronto llegarán las felicitaciones.

—¡Oh! Bien. Eso es estupendo. —Sonrió, luego asintió y a continuación entrelazó las manos por delante en un intento de mantenerse quieta. ¿Qué se suponía que debía hacerse con un conde herido? Y recién regresado de tres años de exilio. Y con una reputación bastante mala antes incluso de huir del país.

Por no mencionar todo el asunto de los besos de pocos minutos antes.

—¿Conoce a mi hermana? —preguntó, en tono exhausto—. ¡Oh! Por supuesto, estaba tocando con ella.

—¿Su hermana es lady Honoria?

A Anne le pareció prudente preguntarlo.

Él asintió.

—Yo soy Winstead.

—Sí, por supuesto. Me habían informado de su inminente regreso. —Esbozó otra torpe sonrisa, pero no le sirvió para relajarse—. Lady Honoria es muy afectuosa y amable. Me alegro mucho por ella.

—Como intérprete, mi hermana es terrible.

—Hoy ha sido la mejor violinista en el escenario —dijo Anne con toda franqueza.

Él se rio en voz alta al oír eso.

—Serviría como diplomática, señorita... —Hizo una pausa, esperó y luego añadió—: No ha mencionado su nombre en ningún momento.

Ella vaciló, porque siempre vacilaba cuando le hacían esa pregunta, pero luego recordó que se trataba del conde de Winstead y, por lo tanto, el sobrino de su empleadora. No debía temer nada de él, al menos mientras nadie les viera juntos.

—Soy la señorita Wynter —dijo—. La institutriz de sus primas.

—¿Cuáles? ¿Las Pleinsworth?

Ella asintió.

El conde la miró directamente a los ojos.

—¡Oh, pobre, pobrecita!

—¡Nada de eso! ¡Son encantadoras! —protestó. Adoraba a las tres chicas que tenía a su cargo. Harriet, Elizabeth y Frances podían estar más llenas de vida que la mayoría de jovencitas, pero tenían buen corazón. Eran bondadosas y sus intenciones, siempre buenas.

Daniel alzó las cejas.

—Encantadoras, sí. Pero su comportamiento deja mucho que desear.

Había una parte de verdad en su comentario, y Anne no pudo reprimir una leve sonrisa.

—Estoy segura de que han madurado mucho desde la última vez que usted estuvo con ellas —comentó con remilgo.

El conde le dedicó una mirada dubitativa y luego preguntó:

—¿Cómo es que ha acabado tocando el piano con ellas?

—Lady Sarah se puso enferma.

—¡Ah! —Ese «¡Ah!» podía significar muchas cosas—. Transmita mis deseos de una rápida recuperación.

Anne estaba bastante segura de que lady Sarah había empezado a sentirse mucho mejor en el mismo momento en que su madre le había dispensado de participar en el concierto, pero se limitó a asentir y dijo que se ocuparía de hacerlo. Aunque no tenía intención. De ninguna manera iba a explicar a nadie que había tenido un encontronazo con el conde de Winstead.

—¿Ya sabe su familia que ha regresado? —preguntó. Le miró un poco más de cerca. La verdad era que se parecía bastante a su hermana. Se preguntó si tendría los mismos ojos extraordinarios, de un vivo azul claro, casi lavanda. Era imposible saberlo con seguridad con aquella penumbra del pasillo. Por no mencionar que uno de sus ojos se estaba cerrando a gran velocidad a causa de la hinchazón—. Aparte de lady Honoria, por supuesto —añadió.

—Todavía no. —Dirigió una mirada hacia la zona pública de la casa y puso una mueca—. Por mucho que adore hasta el último miembro del público por tener el valor de asistir al concierto, he preferido no hacer un regreso a casa tan manifiesto. —Examinó su aspecto despeinado—. Sobre todo así.

—Por supuesto que no —se apresuró a decir ella. No podía ni imaginarse la conmoción que se produciría si él aparecía magullado y ensangrentado en la recepción posterior a la velada musical.

Soltó un leve gemido al cambiar de postura en el suelo, y luego masculló algo en voz baja que Anne no estuvo segura de si debía oír.

—Debo marcharme —soltó de forma apresurada—. Lo siento muchísimo y... Eh... Mmm...

Se dijo a sí misma que debía moverse, en serio, se lo repitió varias veces. Cada rincón de su cerebro le gritaba que recuperara la cordura y saliera de ahí antes de que apareciera alguien, pero lo único en lo que podía pensar era en que él había defendido a su hermana.

¿Cómo podía abandonar a un hombre capaz de algo así?

—Permítame ayudarle —dijo, en contra de su buen juicio.

Daniel sonrió con debilidad.

—Si no le importa.

Anne se agachó para ver mejor sus heridas. Había tratado unos cuantos rasguños y arañazos, pero nunca algo así.

—¿Dónde se ha herido? —preguntó, y luego se aclaró la garganta—. Aparte de en los lugares evidentes.

—¿Evidentes?

—Bueno... —Indicó el ojo con cautela—. Ahí tiene una pequeña contusión. Y ahí... —añadió señalado a la izquierda de su mentón antes de mover la mano hacia el hombro, que quedaba visible a través de la camisa rasgada y ensangrentada—, y por ahí.

—Marcus ha quedado peor —dijo lord Winstead.

—Sí —contestó Anne reprimiendo una sonrisa—. Ya lo ha mencionado.

—Es un detalle importante.

Le dedicó una mueca de trastornado y entonces dio un respingo y se llevó la mano a la mejilla.

—¿Los dientes? —preguntó ella con preocupación.

—Parece que están todos en su sitio —farfulló. Abrió la boca como si estuviera poniendo a prueba su articulación, luego volvió a cerrarla—. Eso creo.

—¿Puedo traerle algo? —preguntó ella.

Daniel alzó las cejas.

—¿Le interesa que alguien sepa que ha estado aquí a solas conmigo?

—¡Oh! Por supuesto que no. No pensaba con claridad.

El conde volvió a sonreír, con esa media sonrisa que a la institutriz la estremecía por dentro.

—Provoco ese efecto en las mujeres.

A Anne se le ocurrieron unas cuantas respuestas, pero se contuvo.

—Podría ayudarle a ponerse de pie —sugirió.

Él ladeó la cabeza.

—O podría sentarse y hablarme.

Se lo quedó mirando.

Otra vez, esa media sonrisa.

—Solo era una idea —dijo.

Una idea equivocada, pensó ella al instante. Anne acababa de besarle, ¡por el amor de Dios! No debería estar a su alrededor, desde luego no a su lado en el suelo, donde sería tan fácil girarse e inclinar el rostro hacia él...

—Tal vez pueda ir a buscar un poco de agua —soltó y sus palabras surgieron a borbotones, tan deprisa que casi se puso a toser—. ¿Tiene un pañuelo? Querrá limpiarse la cara, imagino.

Él se metió la mano en el bolsillo y sacó un pañuelo arrugado.

—El mejor lino italiano —dijo bromeando con voz cansada y luego frunció el ceño—. O al menos lo era en su momento.

—Estoy segura de que será perfecto —dijo Anne tomándolo y doblándolo para usarlo. Estiró la mano y le secó la mejilla—. ¿Le duele?

Él negó con la cabeza.

—Ojalá tuviera un poco de agua; la sangre ya se ha secado —añadió ella con el ceño fruncido—. ¿Lleva algo de brandi? ¿Tal vez una petaca?

Los caballeros llevaban una petaca encima con frecuencia. Su padre solía hacerlo; rara vez salía de casa sin ella.

Pero lord Winstead dijo:

—No bebo alcohol.

Algo en su tono sorprendió a Anne, quien alzó la mirada. El conde tenía la vista puesta en ella, y tuvo que contener el aliento. No se había percatado de cuánto se había acercado a él para limpiar las heridas.

Separó los labios, y sintió ganas de...

Demasiado. Siempre quería demasiado.

Retrocedió, preocupada al percatarse de la facilidad con que se había inclinado hacia él. Era un hombre de sonrisa fácil, unos pocos minutos en su compañía eran suficientes para saberlo. Por ello el tono serio y perspicaz de su voz la había dejado petrificada.

—Pero con toda seguridad podría encontrar alcohol al final del pasillo. —Lo dijo de repente, y aquel hechizo extraño y cautivador se rompió de golpe—. La tercera puerta a la derecha. Solía ser el estudio de mi padre.

—¿En esta parte de la casa?

—Hay dos entradas. Por el otro lado da al vestíbulo principal. No debería haber nadie ahí, pero mejor que sea precavida al entrar.

Anne se levantó y siguió las indicaciones para llegar al estudio. La luz de la luna se filtraba por la ventana, y no tardó en encontrar una licorera. Se la llevó consigo, con cuidado de cerrar la puerta al salir.

—¿En el estante junto a la ventana? —murmuró lord Winstead.

—Sí.

El conde sonrió un poco.

—Algunas cosas no cambian nunca.

Anne retiró el tapón y puso el pañuelo sobre la abertura del recipiente para echar una dosis generosa de brandi sobre la tela. Su penetrante fragancia fue instantánea.

—¿Le molesta? —preguntó Anne con preocupación repentina—. ¿El olor?

En su último puesto de trabajo, justo antes de ser contratada por los Pleinsworth, el tío de la joven a su cargo había bebido demasiado en el pasado y tuvo que dejar la bebida. Estar cerca de él suponía un esfuerzo cada vez mayor, pues su humor había empeorado sin el alcohol y con solo olerlo casi se volvía loco.

Anne había tenido que irse, por ese y otros motivos.

Pero lord Wisntead se limitó a negar con la cabeza.

—No es que no pueda beber alcohol, fue una decisión personal.

Debió de notar la confusión en el rostro de la joven, porque añadió:

—No me provoca ansia alguna, sino repulsa.

—Entiendo —murmuró ella. El conde también tenía sus secretos, por lo visto—. Lo más probable es que esto escueza —le advirtió entonces.

—Sin lugar a dudas va a... ¡Ay!

—Lo siento —farfulló, pasando con suavidad el pañuelo sobre la herida.

—Espero que Marcus también esté empapado en esta maldita cosa —dijo entre dientes.

—Lo cierto es que él tiene mucho peor aspecto —comentó ella.

Daniel alzó la vista, confundido, y luego una sonrisa se fue extendiendo por su rostro.

—Desde luego que sí.

Anne se concentró entonces en los rasguños de los nudillos, mientras murmuraba:

—Lo sé de buena tinta.

El joven aristócrata soltó una risita al oírlo, pero ella no levantó la vista. Había algo íntimo en todo aquello; ella, la institutriz, allí inclinada sobre su mano, limpiando sus heridas. No conocía a ese hombre, en realidad no, y aun así detestaba la idea de dejarlo abandonado en aquel momento. No era por él, se dijo. Solo era porque... hacía tanto tiempo...

Se sentía sola. Lo sabía. No era ninguna sorpresa.

Anne indicó el corte en el hombro y le tendió el pañuelo. El rostro y las manos eran una cosa, pero tocar su cuerpo sería un atrevimiento.

—Tal vez debería hacerlo usted mismo...

—¡Oh, no! No se detenga por mí. Estoy disfrutando mucho de sus delicadas atenciones.

Anne le dirigió una mirada.

—El sarcasmo no le favorece.

—No —respondió con una sonrisa divertida—. Nunca me ha sentado bien. —La observó echar más brandi en el pañuelo—. Y, de todas formas, no estaba siendo sarcástico.

Era una afirmación que ella no se podía permitir analizar en ese momento, por lo que presionó el paño húmedo sobre su hombro y dijo con brusquedad:

—Esto sí va a escocer.

—¡Aaaah! ¡Aaaaaah! —cantó a viva voz, y ella tuvo que reírse. Sonaba como un mal cantante de ópera o uno de esos bufones de un espectáculo de guiñol.

—Debería hacer eso más a menudo —comentó él—. Me refiero a reírse.

—Lo sé. —Pero eso sonaba triste, y no quería ponerse triste, así que añadió—: Pero no tengo muchas ocasiones de torturar a hombres mayorcitos.

—¿De verdad? —murmuró él—. Yo diría que lo hace todo el tiempo.

Ella le miró.

—Cuando entra en una habitación —siguió él en tono suave—, el aire cambia.

Anne detuvo el movimiento de su mano, que quedó suspendida un par de centímetros por encima de la piel de Daniel. Le miró a la cara (no pudo evitarlo) y vio el deseo en sus ojos. La deseaba. Quería que ella se inclinara hacia delante y pegara sus labios a los suyos. Sería fácil, solo tendría que inclinarse. Y después podría decir que no había sido su intención, que había perdido el equilibrio, nada más.

Pero supo controlarse. Este no era su momento. Y no era su mundo. Él era un conde, y ella era..., bien, era alguien que ella había fabricado, y ese alguien no tenía tratos con condes, sobre todo condes cuyo pasado estaba salpicado de escándalos.

Este conde iba a atraer una enorme atención en los próximos días, y Anne no quería encontrarse alrededor cuando sucediera.

—La verdad es que ahora tengo que marcharme—le dijo.

—¿Para ir adónde?

—A casa. —Y entonces, porque creyó tener que decir algo más, añadió—: Estoy bastante cansada; ha sido un día larguísimo.

—La acompañaré —le dijo.

—No es necesario.

Daniel levantó la vista y se apoyó en la pared en busca de sostén, estremeciéndose mientras se incorporaba y se ponía de pie.

—¿Cómo piensa volver?

¿Sería de la Inquisición?

—Iré andando.

—¿Hasta la residencia Pleinsworth?

—No está lejos.

Él la miró con el ceño fruncido.

—Está demasiado lejos para una dama sin escolta.

—Soy una institutriz.

Esto pareció divertir a Daniel.

—¿Una institutriz no es una dama?

Anne soltó un suspiro de frustración no disimulada.

—Estaré segura —le tranquilizó—. El camino de vuelta está bien iluminado. Lo más probable es que haya carruajes circulando durante todo el recorrido.

—Sigue sin tranquilizar mi conciencia.

¡Oh! ¡Qué testarudo era!

—Ha sido un honor conocerle —dijo ella con firmeza—. Estoy segura de que su familia estará ansiosa por verle de nuevo.

Daniel la agarró por la muñeca.

—No puedo permitir que se vaya a casa sin escolta.

Anne separó los labios. La piel del conde estaba caliente, y ahora la suya ardía donde él la había tocado. Algo extraño y vagamente familiar bullía en su interior; con desazón entendió que era excitación.

—Creo que lo entenderá —murmuró él, y ella casi claudicó. Era lo que ella quería; la muchacha que solía ser lo deseaba con desesperación, y hacía demasiado tiempo que no abría su corazón para dejarla libre.

—No puede ir por ahí con este aspecto —respondió Anne.

Era cierto, parecía escapado de la cárcel. O tal vez del infierno.

El conde se encogió de hombros.

—Mejor aún para pasar desapercibido.

—Milord...

—Daniel —corrigió él.

Ella abrió mucho los ojos, como escandalizada.

—¿Qué?

—Me llamo Daniel.

—Lo sé. Pero no voy a dirigirme así a usted.

—¡Vaya! ¡Qué lástima! De todos modos, merecía la pena intentarlo. Vamos entonces... —Le tendió el brazo, pero ella no lo aceptó—. ¿Nos vamos ya?

—No voy a irme con usted.

Daniel sonrió con desenfado. Pese a tener un lado de la cara rojo e hinchado, parecía un diablillo.

—¿Eso significa que se queda conmigo?

—Ha sufrido un golpe en la cabeza —replicó ella—. Esa es la única explicación.

Daniel se rio al oír eso, luego evitó repetirlo.

—¿Tiene un abrigo?

—Sí, pero lo dejé en la sala de ensayo. Yo... ¡No intente cambiar de tema!

—¿Mmm?

—Yo me marcho —manifestó Anne al tiempo que levantaba una mano—. Usted se queda.

Pero el conde le bloqueó el camino. Sacó el brazo formando una barrera horizontal, pegando la palma de la mano en la pared.

—Tal vez no lo haya dejado claro —dijo, y en ese momento ella se percató de que había subestimado a aquel hombre. Podría parecer despreocupado, pero eso no era todo. En aquel instante hablaba muy en serio. Con voz grave y uniforme, manifestó—: Hay ciertas cosas en las que no hago concesiones. La seguridad de una dama es una de ellas.

Y no había vuelta de hoja, no iba a ceder un ápice. De modo que, con la advertencia de que debían permanecer en las sombras y callejuelas donde no pudieran verles, ella permitió que le acompañara hasta la entrada de servicio de la residencia Pleinsworth. Una vez allí, él le besó la mano y Anne intentó fingir que aquel gesto no le gustaba.

Podría engañarle a él, pero con toda certeza no se engañaba a sí misma.

—La visitaré mañana —dijo sujetando aún sus dedos.

—¿Qué? ¡No! —Anne retiró la mano al instante—. No puede.

—¿No puedo?

—No. Soy una institutriz, no pueden venir hombres a visitarme. Perdería mi empleo.

El conde sonrió como si la solución no pudiera ser más sencilla.

—Entonces visitaré a mis primas.

¿Desconocía por completo las normas de comportamiento? ¿O era solo egoísmo?

—No estaré en casa —replicó ella con voz firme.

—Repetiré la visita.

—Y tampoco estaré entonces.

—Vaya manera de ausentarse del trabajo. ¿Quién educará a mis primas?

—Yo no, con usted merodeando por ahí. Su tía me despedirá con toda seguridad.

—¿Despedir? —Soltó una risita—. Suena demasiado espantoso.

—Así es.

¡Por Dios bendito! Tenía que hacérselo entender. Ya no importaba quién era él ni cómo la hacía sentirse. La excitación de la noche..., el beso compartido..., eran cosas insignificantes.

Lo que importaba era tener un techo. Y comida. Pan y queso y mantequilla y azúcar y todas esas cosas agradables de las que había disfrutado cada día de su infancia. Ahora las tenía, con los Pleinsworth, junto a estabilidad, posición y dignidad.

Anne no daba esas cosas por sentadas.

Levantó la vista y miró a lord Winstead. La estaba observando con atención como si se sintiera capaz de leerle el alma.

Pero no la conocía. Nadie la conocía. Y, por lo tanto, amparándose en la formalidad, retiró la mano e hizo una reverencia.

—Gracias por acompañarme, milord. Agradezco su preocupación por mi seguridad.

Le dio la espalda y entró en la propiedad por la verja posterior.

Una vez dentro, le llevó un tiempo aclarar las cosas. Los Pleinsworth regresaron apenas unos minutos después que ella, teniendo así que dar algunas excusas con la pluma en la mano, mientras contaba que estaba a punto de enviar una nota para explicar su marcha de la velada. Harriet no podía dejar de hablar de la excitación de la noche (al parecer lord Chatteris y lady Honoria se habían prometido por fin en matrimonio, de la manera más emocionante posible) y luego Elizabeth y Frances bajaron corriendo para seguir con la charla, pues por lo visto ninguna de las dos parecía capaz de conciliar el sueño.

Pasaron dos horas hasta que por fin Anne se retiró a su propia habitación, se puso el camisón y se metió en la cama. Y pasarían dos horas más antes de que pudiera intentar incluso dormirse. Lo único que conseguía hacer era mirar al techo, y pensar, admirarse y susurrar:

—Annelise Sophronia Shawcross —dijo al final para sus adentros—, ¿en qué te has metido ahora?

A la tarde siguiente, pese a la insistencia de la condesa viuda de Winstead en su deseo de no perder de vista a su hijo recién regresado, Daniel consiguió acercarse a la residencia Pleinsworth. No le dijo a su madre adónde iba, pues sin duda habría insistido en acompañarle. En vez de ello, le dijo que tenía asuntos legales que arreglar, lo cual era cierto. Un caballero no podía regresar de un viaje de tres años en el extranjero y, al menos, no hacer una visita a un abogado. Pero se daba la circunstancia de que el bufete de Streatham y Ponce se encontraba a *tan solo* tres kilómetros de la residencia Pleinsworth y en la dirección opuesta. Una insignificancia, la verdad, y ¿quién iba a decir que de repente no podía ocurrírsele visitar a sus primas? Era una idea que, de repente, podía venirle a la cabeza a un hombre en su carruaje atravesando la ciudad como en cualquier otro sitio.

Como por ejemplo en la entrada trasera de la residencia Pleinsworth.

O en todo el camino andando de regreso a casa.

O en la cama. Había permanecido despierto media noche pensando en la misteriosa señorita Wynter: la curva de su mejilla, la fragancia de su piel. Estaba hechizado, admitió de buen grado, y se dijo que se debía a lo contento que estaba de encontrarse de regreso en casa. Tenía perfecto sentido estar encantado por un ejemplar tan fascinante de feminidad inglesa.

Por consiguiente, después de una cita extenuante con los señores Streatham, Ponce y Beaufort-Graves (quien, por lo visto, no había conseguido poner aún su nombre en la puerta), Daniel indicó al chófer que le llevara a la residencia Pleinsworth. ¡Qué ganas de ver a sus primas!

Solo que aún tenía más ganas de ver a su institutriz.

Su tía no estaba en casa, pero su prima Sarah, sí, y lo recibió con un grito de alegría y un cálido abrazo.

—¿Por qué nadie me ha dicho que habías vuelto? —quiso saber. Retrocedió pestañeando para estudiar mejor su rostro—. ¿Y qué te ha sucedido?

Abrió la boca para responder, pero ella le interrumpió:

—Y no me digas que te atacaron unos asaltantes de caminos porque ya me he enterado de que Marcus también tenía los ojos morados anoche.

—Él tiene peor aspecto que yo —confirmó Daniel—. Y respecto a por qué tu familia no te ha dicho nada de mi regreso, el motivo es que no lo sabían. No quería que mi llegada interrumpiera el concierto.

—Muy sensato por tu parte —respondió ella con ironía.

Daniel la observó con afecto. Tenía la misma edad que su hermana, haciéndose también mayor. Habían crecido las dos juntas, y a menudo le parecía que Sarah había pasado más tiempo con ellos que con su familia.

—De hecho —murmuró Daniel—, observé la actuación desde el cuarto de ensayos. Imagina mi sorpresa al ver a una desconocida al piano.

Su prima se llevó una mano al corazón.

—Estaba enferma.

—¡Qué alivio ver que te has recuperado rápidamente tras encontrarte a las puertas de la muerte!

—Ayer casi no me aguantaba en pie —insistió.

—¡Oh! ¿De veras?

—¡Oh, ya lo creo! El vértigo, ya sabes. —Agitó la mano en el aire, como si se despidiera de aquellas palabras—. Es una carga terrible.

—Estoy seguro de que la gente que lo padece coincide contigo.

Sarah apretó los labios un momento, y luego continuó:

—Pero ya basta de hablar de mí. Doy por supuesto que te has enterado de la espléndida noticia sobre Honoria.

Daniel la siguió al salón y tomó asiento.

—¿Que pronto se convertirá en lady Chatteris? Desde luego.

—Bien, me alegro por ella, aunque tú no lo hagas —dijo Sarah con una exhalación—. Y no digas que te alegras porque tus heridas dicen otra cosa.

—Estoy rebosante de alegría por ellos dos —dijo con firmeza—. Esto —hizo revolotear una mano ante su rostro— no fue más que un malentendido.

La prima le dedicó una mirada suspicaz, pero se limitó a preguntar:

—¿Tomarás un té?

—Con mucho gusto. —Se levantó cuando ella se puso en pie para llamar al timbre—. Dime, ¿están tus hermanas en casa?

—Arriba en el aula. ¿Quieres verlas?

—Por supuesto —respondió al instante—. Habrán crecido mucho en mi ausencia.

—No tardarán en bajar —explicó Sarah regresando al sofá—. Harriet tiene espías en toda la casa. Alguien les avisará de tu llegada, estoy segura.

—Dime —continuó él sentándose en una postura más informal—, ¿quién tocaba el piano anoche?

Sarah le miró con curiosidad.

—En tu lugar —añadió de modo innecesario—, debido a tu enfermedad.

—Era la señorita Wynter —respondió entrecerrando los ojos con recelo—. Es la institutriz de mis hermanas.

—¡Qué suerte que supiera tocar!

—Una feliz casualidad —dijo Sarah—. Temí por un momento que el concierto se cancelara.

—Tus primas se habrían sentido muy decepcionadas —murmuró—. Pero esta..., ¿podrías repetir su nombre?, ¿señorita Wynter?

—Sí.

—¿Se sabía la pieza?

Sarah no disimuló la mirada penetrante que le dirigió.

—Por lo que parece, sí.

Daniel asintió.

—Pues yo diría que la familia le debe estar muy agradecida a esta talentosa señorita Wynter.

—Desde luego que se ha ganado la gratitud de mi madre.

—¿Lleva mucho tiempo como institutriz de tus hermanas?

—Un año más o menos. ¿Por qué lo preguntas?

—Por ningún motivo en concreto, solo curiosidad.

—¡Qué gracioso! —dijo despacio—. Nunca antes habías mostrado curiosidad por mis hermanas.

—Estoy seguro de que eso no es verdad. —Intentó calcular lo ofendido que debería mostrarse ante ese comentario—. Son mis primas.

—Tienes muchísimas primas.

—A las que he echado mucho de menos durante mi ausencia en el extranjero, a todas sin excepción. La distancia contribuye a aumentar los afectos.

—¡Oh, déjalo! —dijo al final Sarah, quien parecía a punto de hacer un gesto de fastidio—. No engañas a nadie.

—Disculpa, ¿cómo has dicho? —murmuró Daniel, aunque tenía la sensación de que lo había descubierto.

Sarah entornó los ojos.

—¿Crees que eres la primera persona que advierte que tenemos a toda una preciosidad de institutriz?

Estaba pensando en hacer una réplica aguda, cuando se dio cuenta de que Sarah estaba a punto de decir: «Y no digas que no te habías dado cuenta...», por lo que respondió simplemente:

—No.

Porque, la verdad, no tenía sentido decir lo contrario. La señorita Wynter poseía la clase de atractivo que deja a los hombres pasmados, incapaces de dar un paso. No era una belleza que dejara indiferente, como su hermana o como Sarah, por decir algo. Ambas eran encantadoras, pero uno no apreciaba su verdadero encanto hasta que las conocía. La señorita Wynter, sin embargo...

Un hombre tendría que estar muerto para no darse cuenta. Más que muerto, si eso fuera posible.

Sarah suspiró, con dosis semejantes de exasperación y resignación.

—Sería un tostón si ella no fuera tan agradable.

—La belleza no tiene que ir acompañada de un mal carácter.

Su prima soltó un resoplido.

—Alguien se ha vuelto un filósofo durante su estancia en el continente.

—Bueno, ya sabes, esos griegos y romanos te lo contagian.

Sarah se rio.

—¡Oh, Daniel! ¿Quieres preguntarme algo sobre la señorita Wynter? Porque, si es así, solo tienes que hacerlo.

El joven conde se inclinó hacia delante.

—Háblame de la señorita Wynter.

—Pues... —Sarah se inclinó hacia delante— no hay mucho que contar.

—Puedo estrangularte —dijo él sin alterarse.

—Es la verdad. Sé poco sobre ella. Al fin y al cabo no es mi institutriz. Creo que es de por el norte. Llegó con referencias de una familia de Shropshire. Y de otra de la isla de Man.

—¿La isla de Man? —preguntó él con incredulidad. No creía que nadie hubiera visto alguna vez la isla de Man. Era un lugar remoto al que costaba acceder, y con muy mal clima. O eso le habían contado.

—Se lo pregunté una vez —dijo Sarah encogiéndose de hombros—. Me contó que era de lo más inhóspito.

—Me lo puedo imaginar.

—No habla de su familia, aunque creo que le he oído mencionar a una hermana en alguna ocasión.

—¿Recibe correspondencia?

Sarah negó con la cabeza.

—No que yo sepa. Y si alguna vez se cartea con alguien, no lo hace desde aquí.

Daniel la miró con cierta sorpresa.

—Bueno, me habría dado cuenta en algún momento —dijo Sarah a la defensiva—. En cualquier caso, no te permitiré que molestes a la señorita Wynter.

—No voy a molestarla.

—¡Oh! Sí que lo harás. Lo veo en tus ojos.

Él se inclinó de nuevo hacia delante.

—Eres muy teatral para ser alguien que evita los escenarios.

Su prima entrecerró los ojos con desconfianza.

—¿A qué te refieres?

—Solo a que eres la viva imagen de la salud.

Soltó un elegante resoplido.

—¿Crees que puedes chantajearme? Te deseo suerte; nadie cree que estuviera enferma de todos modos.

—¿Ni siquiera tu madre?

Sarah retrocedió.

¡Jaque mate!

—¿Qué quieres? —preguntó.

Daniel hizo una pausa para rematar su jugada. Sarah apretó los dientes con mucho estilo y él pensó que, si esperaba demasiado, le saldría humo de las orejas.

—Daniel... —dijo poco a poco.

Su primo inclinó la cabeza como si considerara el asunto.

—La tía Charlotte se sentiría muy decepcionada si pensara que su hija rehúye las obligaciones musicales...

—Ya te he preguntado. ¿Qué es lo que...? ¡Oh, al cuerno! —Entornó los ojos y negó con la cabeza, como si estuviera calmando a una criatura de tres años—. Quizás haya escuchado comentar esta mañana a la señorita Wynter que planea ir con Harriet, Elizabeth y Frances a dar un paseo a pie por Hyde Park.

Daniel sonrió.

—¿Te he dicho últimamente que eres una de mis primas favoritas?

—Ahora estamos empatados —le advirtió—. Si dices una sola palabra a mi madre...

—Ni se me ocurriría.

—Ya me ha amenazado con llevarme al campo para una semana de descanso y recuperación.

Daniel reprimió una risita.

—Se preocupa por ti.

—Supongo que podría ser peor —dijo Sarah con un suspiro—. De hecho, prefiero el campo, pero dice de ir a Dorset, con lo cual pasaría todo el día en un carruaje, y entonces sí que me pondría enferma.

A Sarah no le sentaba bien viajar. Nunca le había sentado bien.

—¿Cuál es el nombre de pila de la señorita Wynter? —preguntó él. Era sorprendente que todavía no lo supiera.

—Eso descúbrelo por tu cuenta —replicó Sarah.

Daniel decidió concederle ese tanto, pero antes de poder decir nada, Sarah volvió de repente la cabeza hacia la puerta.

—¡Ah! Sincronización perfecta —dijo interrumpiendo lo que iba a decir—. Creo que oigo a alguien bajar por las escaleras. ¿Quién podrá ser, me pregunto?

El conde se levantó.

—Mis queridas primas, estoy seguro. —Esperó hasta que una de ellas pasó a toda velocidad ante la puerta abierta y entonces las llamó:

—¡Harriet! ¡Elizabeth! ¡Frances!

—No te olvides de la señorita Wynter —masculló Sarah.

La que había pasado ante la puerta retrocedió y asomó la cabeza. Era Frances, pero no reconoció a su primo.

Daniel notó una punzada en el pecho. No había contado con eso, y aunque lo hubiera esperado no pensaba que fuera a hacerle sentir tan melancólico.

Pero Harriet era mayor, tenía doce años cuando él se fue del país, y nada más asomarse al salón soltó su nombre con un grito y entró a todo correr.

—¡Daniel! —volvió a exclamar—. ¡Has vuelto! ¡Oh! ¡Has vuelto, has vuelto, has vuelto!

—He vuelto —confirmó él.

—¡Oh! ¡Qué alegría verte! Frances, es el primo Daniel. Seguro que te acuerdas de él.

Frances, que debería tener unos diez años, despertó de repente.

—¡Oooooh! Estás muy cambiado.

—No, en absoluto —comentó Elizabeth mientras entraba en la sala tras ellas.

—Intento ser amable —dijo Frances por la comisura de los labios.

Daniel se rio.

—Tú sí que has cambiado. —Se inclinó y le dedicó una palmadita cariñosa en la mejilla—. Ya casi eres mayor.

—¡Oh! Bueno, yo no diría eso —respondió Frances con modestia.

—Pero dirá todo lo demás —añadió Elizabeth.

Frances volvió la cabeza como una flecha.

—¡Basta!

—¿Qué te ha pasado en la cara? —preguntó Harriet.

—Fue un malentendido —dijo Daniel con prudencia, preguntándose cuánto tardarían en curarse esos moratones. No se consideraba presumido especialmente, pero empezaba a hartarse de tantas preguntas.

—¿Un malentendido? —repitió Elizabeth—. ¿Con un yunque?

—¡Oh, basta! —le espetó Harriet—. Creo que le favorece.

—Sí, favorece mucho golpearse contra un yunque.

—No le hagas caso —le dijo Harriet—. No tiene imaginación.

—¿Dónde está la señorita Wynter? —preguntó Sarah en voz alta.

Daniel le dedicó una sonrisa. La buena de Sarah.

—No sé —respondió Harriet, dirigiendo una rápida mirada, primero por encima de un hombro y luego del otro—. Venía justo detrás de nosotras por las escaleras.

—Alguna de vosotras debería ir a buscarla —dijo Sarah—. Seguro que querrá saber por qué os retrasáis.

—Ve tú, Frances —dijo Elizabeth.

—¿Por qué tengo que ir yo?

—Porque vas a ir.

Frances salió pisando ruidosamente, refunfuñando con todas sus fuerzas.

—Quiero que me lo cuentes todo sobre Italia —dijo Harriet con ojos centelleantes de excitación juvenil—. ¿Es lo más romántico del mundo? ¿Viste esa torre que todo el mundo dice que va a caerse?

Sonrió.

—No, no la vi, pero me han dicho que es más estable de lo que parece.

—¿Y Francia? ¿Has estado en París? —Harriet soltó un suspiro de ilusión—. ¡Cómo me encantaría ver París!

—¡Cómo me encantaría ir de compras por París! —dijo Elizabeth.

—¡Oh, sí! —Harriet parecía capaz de desvanecerse ante la perspectiva—. ¡Esos vestidos!

—No he estado en París —les contestó. No hacía falta añadir que no podía ir a París; lord Ramsgate tenía demasiados amigos allí.

—Tal vez debamos dejar el paseo ahora que ha venido nuestro primo —dijo Harriet esperanzada—. Preferiría quedarme aquí con Daniel.

—¡Ah! Pero a mí me encantaría disfrutar del sol —comentó él—. Tal vez pueda acompañaros al parque.

Sarah dio un resoplido.

Daniel se volvió a mirarla:

—¿Algo en la garganta, Sarah?

Sus ojos eran puro sarcasmo.

—Estoy segura de que tiene relación con lo que me sucedió ayer.

—La señorita Wynter dice que nos esperará junto a las caballerizas —anunció Frances al regresar correteando al salón.

—¿Las caballerizas? —repitió Elizabeth—. No vamos a montar.

Frances se encogió de hombros.

—Ha dicho las caballerizas.

Harriet soltó un suspiro de placer.

—Quizá le ha tomado cariño a alguno de los mozos de las cuadras.

—¡Oh, por el amor de Dios! —se burló Elizabeth—. ¿Alguno de los mozos? La verdad...

—Bueno, tienes que admitir que sería emocionante si así fuera.

—¿Para quién? No para ella; no creo que ninguno de ellos sepa leer siquiera.

—El amor es ciego —bromeó Harriet.

—Pero no analfabeto —replicó Elizabeth.

A Daniel se le escapó una risa a su pesar.

—¿Nos ponemos en marcha entonces? —preguntó con una amable inclinación a las chicas. Tendió el brazo a Frances, quien lo tomó arqueando las cejas mientras miraba a sus hermanas.

—¡Que lo paséis bien! —se despidió Sarah, poco sincera.

—¿Qué le pasa? —preguntó Elizabeth a Harriet mientras se dirigían a las caballerizas.

—Pienso que aún está molesta por haberse perdido el concierto —contestó Harriet. Miró a Daniel—. ¿Ya te has enterado de que Sarah se perdió la velada musical?

—Sí —confirmó—. ¿Vértigo, no era eso?

—Pensaba que era un resfriado con dolor de cabeza —apuntó Frances.

—Un problema de estómago —manifestó Harriet con convicción—. Pero sin importancia. La señorita Wynter —se volvió hacia Daniel—, me refiero a nuestra institutriz, lo hizo de maravilla —añadió girando la cabeza hacia sus hermanas, que venían detrás.

—Ocupó el lugar de Sarah —dijo Frances.

—Creo que no le apetecía mucho —añadió Elizabeth—. A nuestra madre le costó convencerla.

—Tonterías —intervino Harriet—. Miss Wynter mostró heroicidad desde el primer momento, y lo hizo de maravilla. No entró bien en alguna de sus partes, pero aparte de eso estuvo sensacional.

¿Sensacional? Daniel se permitió un suspiro mental. Había muchos adjetivos con que describir las cualidades al piano de la señorita Wynter, pero «sensacional» no era uno de ellos. Pero si Harriet lo creía así...

Se integraría a la perfección en el cuarteto cuando le llegara la hora de tocar en él.

—Me pregunto qué estará haciendo en las caballerizas —dijo Harriet mientras salían por detrás de la casa—. Ve a buscarla, Frances.

Frances soltó un resoplido de indignación.

—¿Por qué tengo que hacerlo?

—Porque sí.

Daniel soltó el brazo de Frances. No iba a discutir con Harriet; no estaba seguro de ser capaz de hablar lo bastante rápido como para convencerla de algo.

—No me moveré de aquí, Frances, te espero —le dijo.

Frances se fue pisando fuerte y regresó apenas un minuto después. Sola.

Daniel frunció el ceño. Eso no podía ser.

—Dice que estará con nosotros en un momento —les informó Frances.

—¿Le has dicho que el primo Daniel va a acompañarnos? —preguntó Harriet.

—No, se me ha olvidado. —Se encogió de hombros—. No pondrá ninguna pega.

Daniel no estaba tan seguro de eso. Estaba convencido de que la señorita Wynter sabía que se encontraba en el salón —de ahí su rápida huida a las caballerizas—, pero no creía que supiera que tenía intención de acompañarlas al parque.

Iba a ser un paseo maravilloso. Incluso iban a pasarlo bien.

—¿Qué creéis que la retrasa tanto? —preguntó Elizabeth.

—Solo será un minuto —contestó Harriet.

—Vaya, pues no es verdad. Llevaba ahí cinco minutos al menos antes de que llegáramos.

—Diez —apuntó Frances.

—¿Diez? —repitió Daniel. Le estaban mareando.

—Minutos —explicó Frances.

—No han sido diez minutos.

No estaba seguro de quién había hablado esta vez.

—No han sido cinco.

Tampoco esta vez.

—Podemos dejarlo en ocho, pero creo que no es exacto.

—¿Por qué habláis tan deprisa? —tuvo que preguntar Daniel.

Las tres hicieron una pausa y le miraron con la misma expresión astuta en sus rostros.

—No hablamos deprisa —dijo Elizabeth.

Harriet añadió:

—Siempre hablamos así.

Y entonces Frances le anunció:

—Todo el mundo nos entiende.

Era asombroso cómo tres crías podían dejarle sin habla.

—Me pregunto qué retrasa tanto a la señorita Wynter —reflexionó Harriet.

—Esta vez iré yo a buscarla —declaró Elizabeth, lanzando a Frances una mirada que expresaba que encontraba a su hermana de una ineficacia extrema.

Frances se limitó a encoger los hombros.

Pero justo cuando Elizabeth llegó a la entrada de las caballerizas, la dama en cuestión apareció con aspecto de impecable institutriz, con su práctico vestido gris de calle y sombrero a juego. Se estaba poniendo los guantes y mirando con el ceño fruncido algo que Daniel solo pudo imaginar que era un agujero en la tela.

—Esta tiene que ser la señorita Wynter —dijo en voz alta antes incluso de que ella le viera.

La institutriz levantó la vista, pero disimuló su incomodidad.

—He oído maravillas de usted —dijo en tono pomposo mientras se adelantaba para ofrecerle su brazo. Cuando ella lo tomó a su pesar, de eso él estaba seguro, Daniel se inclinó y añadió en un susurro para que solo ella le escuchara—: ¿Sorprendida?

No estaba sorprendida.

¿Por qué iba a estarlo? Él había dicho que iría, incluso aunque ella replicó que no la encontraría en casa si venía de visita. Él había dicho que volvería, aunque ella le había repetido que no estaría en casa.

De nuevo.

Era el conde de Winstead. Los hombres de su posición hacían lo que les daba la gana. Y en lo que se refería a mujeres, pensó con irritación, los que estaban por debajo de su posición, también.

Daniel no era un hombre con malas intenciones, ni siquiera era egoísta. Anne quería pensar que, con la edad, había aprendido a juzgar el carácter de las personas, mejor de lo que lo hacía a los dieciséis años. Lord Winstead no iba a seducir a alguien sin saber dónde se metía, y no iba a amenazar ni a chantajear ni nada parecido, al menos no a conciencia.

Si su vida acababa trastornada por este hombre, no sería porque él lo hiciera a propósito. El motivo sería que se había encaprichado de ella y quería que ella también le deseara. A Daniel nunca se le ocurriría pensar que no era acertado intentar conquistarla.

Este hombre tenía permiso para hacer cualquier otra cosa, ¿por qué no esto también?

—No debería haber venido —dijo en voz baja mientras caminaban por el parque, con las tres niñas Pleinsworth unos metros por delante de ellos.

—Quería ver a mis primas —contestó, todo inocencia.

Anne le miró de reojo.

—Entonces, ¿por qué camina detrás de ellas conmigo?

—Mírelas —dijo con un gesto de su mano—. ¿Querría privarme de esta adorable visión?

Era cierto. Harriet, Elizabeth y Frances caminaban las tres juntas por la acera, por orden de edad, tal y como le gustaba a su madre que pasearan. Anne no podía creer que hubieran elegido este día para ser obedientes por fin.

—¿Cómo tiene el ojo? —preguntó ella. Tenía peor aspecto con la brillante luz diurna, como si la contusión se extendiera sobre el caballete de su nariz. Pero al menos ahora sabía de qué color tenía los ojos: un intenso azul claro. Era absurdo lo mucho que eso la había intrigado.

—No me molesta demasiado si no me lo toco —le dijo—. Intente controlarse y no me arroje piedras a la cara; se lo agradeceré de corazón.

—Se acaban de ir al traste todos mis planes para esta tarde —bromeó ella—. Así de simple.

Daniel soltó una risita, y a Anne le asomó un recuerdo. No algo concreto, sino una evocación de ella misma y de lo fascinante que había sido coquetear, reírse y deleitarse por el aprecio de un caballero.

El coqueteo había sido adorable, pero no las consecuencias. Aún estaba pagando por ellas.

—Hace buen tiempo —dijo tras un momento.

—¿Ya nos hemos quedado sin cosas que decir?

Su voz era alegre y bromista, y cuando se volvió a mirarle con sigilo, él andaba con la vista al frente y una media sonrisa en los labios.

—Hace *muy* buen tiempo —corrigió ella.

Daniel amplió su sonrisa. Ella también.

—¿Vamos al Serpentine? —preguntó Harriet desde delante.

—Adonde deseéis —dijo Daniel con indulgencia.

—A Rotten Row —corrigió Anne. Cuando él la miró con cejas interrogadoras, ella le dijo—: Siguen estando a mi cargo, ¿verdad?

Daniel le hizo un gesto con la cabeza y luego dijo a viva voz:

—Adonde desee la señorita Wynter.

—¿No iremos a dar Matemáticas como la otra vez? —se lamentó Harriet.

Lord Winstead miró a Anne con curiosidad.

—¿Matemáticas? ¿En Rotten Row?

—Hemos estado estudiando medición —le informó—. Ya han medido la longitud media de sus pasos. Ahora contarán los pasos y calcularán la longitud del camino.

—Estupendo —dijo con aprobación—. Y eso las mantendrá ocupadas y en silencio mientras cuentan.

—No las ha oído contar —le dijo la institutriz.

Él se volvió con cierta inquietud.

—¿No me diga que no saben hacerlo?

—Por supuesto que no. —Anne sonrió, no pudo evitarlo. Él parecía ridículo expresando sorpresa con un solo ojo. El ojo morado seguía demasiado hinchado como para reflejar ninguna emoción—. Sus primas hacen todo con mucho talento —le informó—, incluso contar.

El conde pensó en sus palabras.

—¿Así que me está diciendo que, dentro de cinco años o más, cuando el cuarteto Smythe-Smith esté dominado por las hermanas Pleinsworth, debería irme lejos, muy lejos de aquí?

—Nunca diría algo así —contestó—. Pero sí le diré que Frances ha decidido romper la tradición y ha empezado a tocar el contrafagot.

Él dio un respingo.

—Ya veo.

Y luego se rieron, los dos. Juntos.

Era un sonido maravilloso.

—¡Oh, chicas! —llamó Anne, porque no pudo resistirse—. Lord Winstead va a unirse a vosotras.

—¿Ah, sí?

—Cierto —confirmó Anne cuando las chicas regresaron correteando—. Me ha dicho que está de lo más interesado en vuestros estudios.

—Mentirosa —murmuró él.

Ella pasó por alto la mofa, pero cuando se permitió esbozar una media sonrisa de complicidad, se aseguró de que fuera por donde se encontraba él.

—Esto es lo que vamos a hacer —continuó—: Vais a medir la longitud del camino como aprendimos, multiplicando el número de pasos por su longitud.

—Pero el primo Daniel no sabe cuánto mide su paso.

—Precisamente por eso la lección va a ser mucho mejor. Cuando hayáis calculado la longitud del camino, deberéis hacer el cálculo a la inversa para averiguar cuánto mide su paso.

—¿Mentalmente?

Podría haberles dicho que aprendieran a luchar con un pulpo.

—Es la única manera de aprender a hacerlo —les comunicó.

—A mí siempre me ha gustado la pluma y el papel —comentó lord Winstead.

—No le hagáis caso, chicas. Es muy útil hacer sumas mentalmente y saberse las tablas de memoria. Pensad en todas sus aplicaciones prácticas.

Se la quedaron mirando, los cuatro. Las aplicaciones prácticas, por lo visto, no les venían a la cabeza.

—Compras —dijo Anne, confiando en que eso les pareciera sugerente—. El cálculo es de gran ayuda al ir de compras. No vas a sacar papel y pluma cuando vas al sombrerero, ¿no?

Pero seguían observándola. Entonces tuvo la sensación de que nunca habían preguntado por el precio en una sombrerería, ni en ningún otro establecimiento.

—¿Y qué me decís de los juegos? —intentó de nuevo—. Si mejoráis vuestras habilidades aritméticas, lo que podéis lograr en una partida de cartas es extraordinario.

—No tenéis ni idea —murmuró lord Winstead.

—No creo que a nuestra madre le haga gracia que nos enseñe a jugar —dijo Elizabeth.

Anne debería haber oído al conde reírse divertido a su lado.

—¿Cómo tiene pensado verificar nuestros resultados? —preguntó Harriet.

—Esa es una muy buena pregunta —respondió Anne— y la responderé mañana. —Hizo una pausa de un segundo exacto—. Cuando sepa cómo voy a hacerlo.

Las tres chicas se rieron con disimulo, tal y como era la intención de la institutriz. No había nada como un poco de humor autocrítico para recuperar el control de la conversación.

—Tendré que regresar para comprobar los resultados —comentó lord Winstead.

—No hay ninguna necesidad —se apresuró a decir Anne—. Podemos hacérselos llegar con un lacayo.

—O podríamos llevártelos a pie —sugirió Frances. Se volvió hacia lord Winstead con ojos esperanzados—. No está tan lejos de la residencia Winstead, y a la señorita Wynter le encanta llevarnos de paseo.

—Caminar es saludable para el cuerpo y la mente —dijo Anne con cierto remilgo.

—Y puede ser muy deleitable si se disfruta de buena compañía.

Anne tomó aliento (mejor contener una réplica) y se volvió hacia las chicas.

—Empecemos —dijo de repente, indicándoles a lo alto del camino—. Comenzad desde allí y luego descended todo el camino. Os esperaré justo ahí, en ese banco.

—¿No viene? —preguntó Frances. Le dedicó a Anne esa clase de mirada que reservaba solo para los declarados culpables de alta traición.

—No me gustaría cruzarme en vuestro camino —objetó la institutriz.

—¡Oh! Pero eso no va a pasar, señorita Wynter —dijo lord Winstead—. El camino es muy ancho.

—De todas formas.

—¿De todas formas? —repitió él.

Hizo un brusco gesto con la cabeza.

—No es una objeción digna de la mejor institutriz de Londres.

—Un cumplido muy amable, sin duda —replicó—, pero no me arrastrará a la batalla.

El marqués se adelantó a ella murmurando:

—Cobarde.

—Yo no diría eso —consiguió responder casi sin mover los labios. Y a continuación, con una sonrisa resplandeciente—: Vamos, chicas, adelante. Me quedaré aquí un momento para ayudaros a empezar.

—No necesito ayuda —refunfuñó Frances—. Lo que necesito es no hacerlo.

Anne se limitó a sonreír. Sabía que, más tarde, Frances alardearía sobre sus pasos y cálculos.

—Usted también, lord Winstead.

Anne le miró con expresión más benévola. Las chicas ya habían empezado a moverse, por desgracia, a velocidades diferentes, lo que se traducía en una cacofonía de números en el aire.

—¡Oh! Pero yo no puedo —afirmó Daniel agitando una de sus manos hasta apoyarla en su corazón.

—¿Por qué no? —preguntó Harriet, al mismo tiempo que Anne decía:

—Por supuesto que puede.

—Tengo mareos —dijo con tal aspaviento que Anne no pudo evitar entornar los ojos—. Es cierto —insistió—. Tengo..., ¡oh!, ¿qué era lo que le ocurrió a la pobre Sarah...? Vértigos.

—Era un trastorno de estómago —corrigió Harriet, pero dio un paso atrás con discreción.

—Antes no parecías mareado —le dijo Frances.

—Bueno, era porque no cerraba el ojo.

Eso las dejó a todas calladas.

Luego, finalmente, se oyó la voz de Anne:

—Perdón, ¿cómo ha dicho?

Quería saber de verdad qué tenía que ver lo de cerrar un ojo con todo aquello.

—Siempre cierro un ojo cuando cuento —le explicó con expresión seria.

—Siempre... Espere un momento —añadió Anne con desconfianza—. ¿Cierra un ojo cuando cuenta?

—Bueno, mejor que no cierre los dos.

—¿Por qué no? —preguntó Frances.

—No podría ver —contestó, como si la respuesta fuera lo más natural del mundo.

—No necesitas ver para contar —replicó Frances.

—Yo sí.

Estaba mintiendo. Anne no podía creer que las niñas no dieran gritos de protesta. Pero no lo hacían. De hecho, Elizabeth parecía fascinada por completo.

—¿Qué ojo?

Daniel se aclaró la garganta, y Anne podría asegurar que le vio guiñar ambos ojos, como para recordar cuál era el lastimado.

—El derecho —decidió al final.

—Por supuesto —dijo Harriet.

Anne miró a la chica:

—¿Qué?

—Bueno, es diestro. —Harriet miró a su primo—. ¿Verdad?

—Lo soy —confirmó él.

Anne desplazó un par de veces la mirada de lord Winstead a Harriet.

—¿Y eso qué relación tiene?

Lord Winstead se encogió un poco de hombros y se libró de tener que responder cuando Harriet dijo:

—Es así, simplemente.

—Estoy seguro de que podré aceptar el reto la semana que viene —dijo lord Winstead—, cuando se me haya curado el ojo. No sé por qué no se me ocurrió antes que perdería el equilibrio si contaba mirando con el ojo hinchado.

Anne entrecerró los suyos.

—Pensaba que el equilibrio se veía afectado por el oído.

Frances soltó un resoplido.

—¡No me diga que se está quedando sordo!

—No se está quedando sordo —replicó Anne—. Aunque es posible que yo sí, si vuelves a aullar de ese modo. Ahora, en marcha, las tres, y seguid con la tarea. Yo voy a sentarme.

—Igual que yo —dijo lord Winstead con desenfado—. Pero estaré con vosotras tres en espíritu.

Las chicas se pusieron de nuevo a contar, y Anne se fue al banco a paso ligero. Lord Winstead la siguió de cerca y ella dijo, mientras se sentaban:

—No puedo creer que se hayan tragado esa tontería sobre su ojo.

—¡Oh! No se lo han creído —dijo con aire despreocupado—. Les dije antes que les daría una libra a cada una si nos dejaban a solas un momento.

—¡¿Qué?! —gritó Anne.

Daniel se desternillaba de risa.

—Por supuesto que no. ¡Santo cielo! ¿Me considera un idiota integral? No, no me responda a eso.

Anne negó con la cabeza, enfadada consigo misma por ser un blanco tan fácil. De todos modos, no podía estar enfadada; la risa de Daniel era demasiado sincera para eso.

—Me sorprende que nadie haya venido a saludarle —dijo ella. En el parque no había más gente de la habitual a esa hora del día, pero tampoco se encontraban solos. Anne sabía que lord Winstead había sido un caballero muy popular cuando vivía en Londres; costaba creer que nadie hubiera notado su presencia en Hyde Park.

—No creo que nadie esté al corriente de que planeaba volver —dijo—. La gente ve lo que espera ver, y nadie espera verme en el parque. —Le dedicó una mirada triste y alzó la vista hacia arriba y hacia la izquierda, como si quisiera mostrarle el ojo hinchado—. Sobre todo en este estado.

—Y menos conmigo —añadió.

—¿Quién es usted? Me pregunto...

Anne se volvió de repente.

—Vaya reacción a una pregunta tan elemental —murmuró el conde.

—Soy Anne Wynter —dijo sin alterarse—. Institutriz de sus primas.

—Anne —repitió él en voz baja, y ella se percató de que Daniel estaba saboreando el nombre como si fuera un premio. Ladeó la cabeza—. Me intriga... ¿Es Wynter con «y» griega?

—Sí, «y» griega, ¿por?

No pudo contener una risita por lo que acababa de decir.

—No es por nada —contestó—; solo mi curiosidad natural. —Permaneció en silencio un instante más y luego añadió—: No le queda bien. Aunque sea una «y» griega.

—Rara vez estamos en posición de elegir nuestros nombres —comentó ella.

—Cierto, pero igualmente, me parece interesante que unos queden mejor que otros.

Anne no pudo ocultar una sonrisa pícara.

—Entonces, ¿qué significa ser un Smythe-Smith?

Daniel suspiró, tal vez con demasiado dramatismo.

—Supongo que nos condena a interpretar la misma velada musical una y otra vez...

Parecía tan abatido que Anne tuvo que reírse.

—¿A qué se refiere con eso?

—El nombre suena un poco repetitivo, ¿no cree?

—¿Smythe-Smith? Creo que hay algo cordial en él.

—No diría eso. Hace pensar que si un Smythe se casara con una Smith, podrían resolver sus diferencias y escoger un único nombre en vez de hacernos cargar a los demás con ambos.

Anne soltó una risita.

—¿Cuándo se introdujo el guion en el nombre?

—Hace varios cientos de años.

El marqués se volvió y, por un momento, ella olvidó los rasguños y los moratones. Le vio solo a él, observándola como si fuera la única mujer en el mundo.

Anne tosió, dándose un momento para disimular que se había apartado de él en el banco. Este hombre era peligroso. Incluso sentados en un parque público, hablando de nada importante, podía notarlo.

Se había despertado algo en su interior, y tenía la desesperada necesidad de volver a guardarlo.

—He oído historias contradictorias —dijo Daniel haciendo caso omiso de su nerviosismo—. Los Smythe tenían el dinero y los Smith la posición. O la versión romántica: los Smythe tenían el dinero y la posición, y los Smith a la hija guapa.

—¿Con cabello de hilo de oro y ojos azul claro? Suena más bien a una leyenda artúrica.

—Yo no lo diría así. La hermosa hija resultó ser una bruja —inclinó la cabeza hacia ella con una mueca irónica—, y no se conservaba nada bien.

Anne se rio a su pesar.

—Entonces, ¿por qué la familia no renunció al nombre y volvieron a ser Smythe?

—No tengo ni idea. Tal vez firmaron un contrato. O alguien pensó que sonaba más digno con una sílaba más. En cualquier caso, ni siquiera sé si la historia es cierta.

Ella volvió a reírse, con la mirada puesta en el parque para vigilar a las niñas. Harriet y Elizabeth discutían por algo, era probable que no fuera más que por una brizna de hierba, y Frances iba acelerada, dando unos pasos tan grandes que acabarían por arruinar los resultados del ejercicio. Anne sabía que debería ir a corregirla, pero se estaba tan bien sentada en el banco con el conde...

—¿Le gusta ser institutriz? —preguntó él.

—¿Que si me gusta? —Le miró con el ceño fruncido—. ¡Qué pregunta tan extraña!

—No puedo pensar en nada menos extraño, teniendo en cuenta que es su profesión.

Lo cual demostraba cuánto sabía él sobre tener un empleo.

—Nadie pregunta a una institutriz si le gusta —preguntó—. Nadie pregunta eso a nadie.

Pensaba que eso pondría fin al interrogatorio, pero cuando volvió la mirada a su rostro, él la observaba con auténtica y sincera curiosidad.

—¿Alguna vez ha preguntado a un lacayo si le gusta serlo? —le indicó—. ¿O a una doncella?

—Una institutriz no es ni un lacayo ni una doncella.

—Nos parecemos más de lo que usted cree. Recibimos un salario, vivimos en casa ajena, siempre a punto de dar un mal paso y acabar en la calle. —Y mientras él consideraba eso, Anne cambió las tornas y le preguntó—: ¿Le gusta ser conde?

Daniel lo pensó durante un momento.

—No tengo ni idea. —Ante la mirada de sorpresa de la joven, añadió—: No he tenido muchas ocasiones de saber lo que significa. Ostenté el título apenas una semana antes de marcharme de Inglaterra, y me avergüenza decir que durante ese tiempo no hice gran cosa. Si este es un condado floreciente, se debe a la excelente administración de mi padre y a su visión a la hora de designar a varios gestores competentes.

Ella insistió de todas formas.

—Pero seguía siendo el conde de todos modos. Cuando conocía a alguien, le decía «soy Winstead», no «el señor Winstead».

Daniel la miró con franqueza:

—He conocido a muy poca gente mientras estaba en el extranjero.

—¡Oh! —Era una afirmación de lo más extraña, y Anne no supo cómo responder. El conde no dijo nada más, y ella pensó que no iba a poder soportar el tono de melancolía que de repente les había aquejado, de modo que dijo—: Me gusta ser institutriz. Al menos institutriz de ellas —aclaró sonriendo y haciendo un saludo a las chicas.

—Entiendo que no es su primer trabajo en este puesto —supuso.

—No, es el tercero. También he hecho de dama de compañía.

No estaba segura de por qué le contaba todo eso. Era más de lo que explicaba por regla general sobre sí misma. Pero no era algo que él no pudiera averiguar interrogando a su tía. Anne había revelado todos los puestos previos al presentar su solicitud para enseñar a las hijas de los Pleinsworth, incluso el que no había acabado bien. Trataba de ser sincera siempre que fuera posible. Y le agradecía mucho a lady Pleinsworth que no la hubiera descartado por haber dejado un trabajo en el que cada día acababa resguardada tras la puerta para protegerse del padre de sus alumnas.

Lord Winstead la observaba con una mirada penetrante y peculiar. Luego dijo por fin:

—Sigo sin creerme que sea una Wynter.

¡Qué extraño que él se mostrara tan insistente con esa idea! No obstante, Anne se encogió de hombros.

—No puedo hacer gran cosa al respecto, a menos que me case.

Lo cual, como ambos sabían, era una perspectiva poco probable. Las institutrices rara vez tenían la oportunidad de conocer a caballeros adecuados y de su clase social. Y, de todas formas, ella no quería casarse; le era difícil imaginarse viviendo con un hombre que tuviera completo control sobre su cuerpo y su vida.

—Mira a esa dama, por ejemplo —dijo el conde señalando con la cabeza a una mujer que se apartaba con desdén de Frances y Elizabeth mientras brincaban por el camino—. Ella sí parece una Wynter.[1] Rubio glacial y carácter frío.

—¿Cómo se atreve a juzgar su carácter?

—Juego con ventaja —admitió—; la conocía de antes.

Anne ni siquiera quería pensar qué pretendía decir.

—Creo que usted es un otoño —caviló.

—Preferiría ser primavera —dijo en voz baja. Para sí misma, en realidad.

Daniel no le preguntó por qué. Ella ni siquiera pensó en su silencio hasta más tarde, cuando estaba en su pequeña habitación recordando los detalles del día. Era la clase de afirmación que exige una explicación, pero él no preguntó. De algún modo sabría que era mejor no hacerlo.

Ojalá lo hubiera hecho, deseaba Anne. No le caería tan bien si lo hubiera hecho.

Y tenía la sensación de que tomarle cariño a Daniel Smythe-Smith, el famoso e infame conde de Winstead a partes iguales, solo podría llevarla a la perdición.

---

1. *Winter: 'invierno' en inglés. (N. de la T.)*

Mientras Daniel volvía andando a su casa aquella noche, después de haberse detenido en el domicilio de Marcus para transmitirle formalmente sus felicitaciones, se percató de que no recordaba cuánto tiempo hacía que pasaba una tarde tan agradable.

Supuso que no era un logro tan complicado; al fin y al cabo, había pasado los últimos tres años de su vida en el exilio, huyendo a menudo de los matones a sueldo de lord Ramsgate. No era una existencia que propiciara salidas perezosas y agradables, y conversaciones que no llevaban a ningún sitio.

Pero así había resultado aquella tarde. Mientras las chicas contaban los pasos a lo largo de Rotten Row, él y la señorita Wynter habían permanecido sentados charlando, hablando de nada en concreto. Y en ningún momento había podido dejar de pensar en cuánto deseaba tomarla de la mano.

Eso era todo. Solo la mano.

Se la habría llevado a los labios e inclinado la cabeza con un tierno saludo. Y él habría sabido que ese sencillo y caballeroso gesto sería el principio de algo asombroso.

Por esta razón habría sido suficiente, porque sería una promesa.

Ahora que se encontraba a solas con sus pensamientos, su mente podía perderse en todo lo que esa promesa podría reservar. La curva de su cuello, la intimidad exuberante de su cabello suelto. No recordaba desear de esta manera a ninguna otra mujer; iba más allá del deseo. Su necesidad de ella iba más allá de su cuerpo. Quería adorarla, quería...

El golpe salió de la nada, alcanzándole por debajo de la oreja, enviándole hacia atrás contra una farola.

—¡¿Qué demonios?! —gruñó, alzando la vista justo a tiempo para ver a dos hombres que arremetían contra él.

—¡Vaya! Aquí tenemos a todo un señorito —dijo uno de ellos, y mientras se movía sinuosamente entre la neblina, Daniel vio el destello de un puñal reluciendo bajo la luz de la farola.

Ramsgate.

Eran sus hombres, tenían que serlo.

¡Maldición! Hugh le había prometido que era seguro volver. ¿Había sido tan necio como para creerle? ¿Estaba tan desesperado por volver a casa que no había sido capaz de ver la verdad?

Daniel había aprendido a pelear sucio y a traición en los últimos tres años, y el primero de sus atacantes acabó hecho un ovillo en la acera de una patada en la entrepierna, mientras el otro se veía obligado a pelear para controlar el puñal.

—¿Quién os ha enviado? —bramó Daniel. Se encontraban cara a cara, sus narices casi chocándose, con los brazos estirados hacia arriba mientras ambos pugnaban por el arma.

—Solo quiero el dinero —dijo el rufián. Sonrió y un destello de crueldad relució en sus ojos—. Dame las monedas y nos largaremos.

Estaba mintiendo, Daniel lo sabía igual que sabía respirar. Si soltaba las muñecas del hombre tan solo un momento, ese puñal acabaría clavado entre sus costillas. Era cuestión de segundos que el que estaba en el suelo recuperara el equilibrio.

—¡Eh, alto! ¿Qué pasa aquí?

Daniel dirigió una mirada veloz al otro lado de la calle, justo para ver a dos hombres que salían corriendo de una taberna. Su atacante también los vio y, con un movimiento de muñeca, arrojó el puñal al suelo. Retorciéndose y empujando, se libró del agarre de Daniel y echó a correr, con su amigo saliendo también a cuatro patas tras él.

Daniel echó a correr tras ellos, decidido a atrapar al menos a uno. Sería la única manera de conseguir alguna respuesta. Pero antes de llegar a la esquina, uno de los hombres del bar le abordó al tomarle por uno de los criminales.

—¡Maldición! —gruñó Daniel. Pero no tenía sentido maldecir al hombre que le había derribado. Sabía que podría estar muerto de no ser por su intervención.

Si quería respuestas, tendría que ir a buscar a Hugh Prentice.

Ahora.

Hugh vivía en un conjunto de apartamentos en The Albany, un edificio elegante concebido para señores de noble linaje y medios modestos. Con toda seguridad podría haber permanecido en la enorme mansión de su padre, y, de hecho, lord Ramsgate lo había intentado todo excepto el chantaje para que se quedara, pero por lo que Hugh le había dicho a Daniel durante el largo viaje de vuelta desde Italia, ya no se hablaba con su padre.

Por desgracia para Daniel, su padre sí le hablaba.

Hugh no se encontraba en casa cuando Daniel llegó, pero sí estaba su ayuda de cámara, quien le acompañó al salón, asegurándole que no tardaría en volver.

Daniel recorrió la sala durante una hora, repasando cada detalle del ataque. No había sucedido en la calle mejor iluminada de Londres, pero tampoco podía considerarse una de las más peligrosas. Por otro lado, si un ladrón quería hacerse con una buena bolsa de dinero, tendría que aventurarse más allá de barrios de mala muerte como St. Giles y Old Nichol. Él no habría sido el primer caballero a quien robaban tan cerca de Mayfair y St. James's.

Podría ser un simple robo, ¿o no? Habían dicho que querían su dinero y podría ser verdad.

Pero Daniel había pasado demasiado tiempo mirando a sus espaldas como para aceptar la explicación más sencilla. Por lo tanto, cuando Hugh llegó por fin, él le estaba esperando.

—Winstead —dijo Hugh de inmediato. No pareció sorprendido, pero, de igual modo, Daniel no creía haberlo visto nunca con expresión de sorpresa. Siempre tenía el rostro increíblemente inexpresivo. Era uno de los motivos de que fuera tan imbatible a las cartas. Eso, y su rara aptitud para los números.

—¿Qué haces aquí? —preguntó Hugh. Cerró la puerta tras él y entró cojeando, apoyándose mucho en el bastón. Daniel se obligó a observar su avance. Cuando se habían reencontrado en Italia, le había costado observar el doloroso modo de andar de Hugh, consciente de que él era el causante. Y ahora, ser testigo, le parecía una especie de penitencia, aunque tras el suceso de aquella noche, no estaba seguro de que la mereciera.

—Me han atacado.

Fue escueto en su respuesta.

Hugh se quedó quieto. Se volvió poco a poco, estudiando con cuidado a Daniel, de la cabeza a los pies y de nuevo a la cara.

—Siéntate —dijo con brusquedad.

A Daniel la sangre le bullía demasiado como para sentarse.

—Prefiero quedarme de pie.

—Disculpa entonces que yo sí me siente —dijo Hugh con un gesto de desprecio por sí mismo en la comisura de los labios. Se fue hasta la silla, con torpeza, y luego bajó hasta el asiento. Cuando por fin pudo descargar del peso a su pierna lisiada, suspiró con alivio.

No fingía. Podría mentir respecto a otras cosas, pero no esta. Daniel había visto la pierna de Hugh. Estaba retorcida y el solo hecho de que viviera ya era una hazaña de la Medicina. Y que pudiera apoyar peso en ella era todo un milagro.

—¿Te importa que beba algo? —preguntó Hugh. Apoyó el bastón en una mesa y luego empezó a masajear los músculos de la pierna. No se molestó en ocultar el dolor—. Está ahí encima.

Estremeciéndose, señaló un aparador con la cabeza.

Daniel cruzó la habitación y sacó una botella de brandi.

—¿Dos dedos? —preguntó.

—Tres, por favor. Ha sido un día largo.

Daniel sirvió la copa y se la acercó. Él no había probado el alcohol desde aquella fatídica noche de borrachera, pero claro, no tenía una pierna destrozada que anestesiar.

—Gracias —dijo Hugh, con una voz situada entre el gemido y el susurro. Dio un largo trago y luego otro, cerrando los ojos mientras el fuego bajaba por su garganta.

—Y bien —dijo una vez que recuperó la compostura. Dejó la copa y levantó la vista—, me dijeron que tus heridas las había provocado lord Chatteris.

—Eso fue por otra cosa —contestó Daniel, restando importancia a esa cuestión—. Esta noche me han atacado dos hombres mientras volvía a casa andando.

Hugh se enderezó con la mirada afilada.

—¿Dijeron algo?

—Me pidieron dinero.

—Pero ¿sabían tu nombre?

Daniel negó con la cabeza.

—No dijeron nada.

Hugh permaneció callado un largo instante, y luego dijo:

—Podrían ser vulgares ladrones.

Daniel se cruzó de brazos y le observó.

—Te dije que había conseguido una promesa de mi padre —dijo Hugh con calma—. Que no te tocaría.

Daniel quería creerle. De hecho, le creía. Hugh nunca había sido un mentiroso, ni su naturaleza era vengativa. Pero ¿cabía la posibilidad de que lo hubieran embaucado?

—¿Cómo sé que se puede confiar en tu padre? —preguntó Daniel—. Ha pasado los últimos tres años intentando matarme.

—Y yo he pasado los últimos tres años convenciéndole de que esto —Hugh torció el gesto y se pasó la mano por la pierna destrozada— era tanto culpa mía como tuya.

—Tu padre nunca lo verá así.

—No —reconoció Hugh—, es un idiota obstinado, siempre lo ha sido.

No era la primera vez que Daniel oía a Hugh referirse a su padre en tales términos, pero de todos modos le desconcertó. Había algo en el tono de franqueza de Hugh que le incomodaba.

—¿Cómo puedo saber que estoy seguro? —quiso saber Daniel—. Regresé a Inglaterra confiando en tu palabra, en tu creencia de que tu padre haría honor a su promesa. Si algo me sucede a mí o, Dios te ampare, a un miembro de mi familia, iré a por ti hasta los confines de la tierra.

No le hizo falta a Hugh señalar que si Daniel moría no podría ir tras él.

—Mi padre firmó un contrato —dijo—. Lo has visto.

Incluso Daniel tenía una copia. Igual que Hugh y lord Ramsgate, y el abogado de Hugh, quien tenía instrucciones de mantenerlo bajo llave. Pero igualmente...

—No sería el primer hombre que hace caso omiso de un documento firmado —dijo Daniel en tono grave.

—Desde luego. —Hugh tenía mala cara y sus ojeras no eran recientes—. Pero este no lo pasaría por alto. Yo me he asegurado personalmente.

Daniel pensó en su familia, en su hermana y su madre, y en sus divertidas y arrolladoras primas Pleinsworth, a las cuales empezaba a conocer de nuevo. Y pensó en la señorita Wynter, cuyo rostro saltó de súbito al primer plano de su mente. Si algo le sucedía antes de tener ocasión de conocerla...

Si algo le sucedía a ella...

—Tengo que saber cómo puedes estar tan seguro —dijo Daniel con la voz transformada, esta vez en un susurro furioso.

—Bien... —Hugh se llevó el vaso a los labios y dio un trago más largo esta vez—. Si quieres saberlo, le dije que si te sucedía algo a ti yo me quitaría la vida.

Si Daniel hubiera tenido algo en la mano, cualquier cosa, se habría estrellado contra el suelo. Era sorprendente que él mismo no se hubiera desplomado.

—Mi padre me conoce lo suficiente como para saber que no hablo por hablar —dijo Hugh como si tal cosa.

Daniel no podía articular palabra.

—De modo que mejor... —Hugh dio otro trago, esta vez apenas se mojó los labios con el líquido—. Te agradecería que te esforzaras en no morir en un triste accidente. Estoy seguro de que echaría la culpa a mi padre y, con franqueza, no quiero quitarme de en medio innecesariamente.

—Estás loco —susurró Daniel.

Hugh se encogió de hombros.

—A veces lo pienso. Y mi padre, sin duda, estaría de acuerdo.

—¿Por qué hacer algo así?

Daniel no podía imaginar a nadie, ni siquiera a Marcus, en quien confiaba como un auténtico hermano, recurriendo a una amenaza parecida.

Hugh permaneció callado un largo rato, con la misma mirada desenfocada en los ojos, interrumpida solo por algún pestañeo ocasional. Cuando Daniel estuvo convencido de que nunca contestaría, se volvió y dijo:

—Fue una estupidez llamarte «tramposo». Estaba borracho y supongo que tú también, y no te creía capaz de ganarme.

—Yo tampoco —dijo Daniel—. Fue solo cuestión de suerte.

—Sí —asintió Hugh—. Pero no creo en la suerte, no he creído nunca. Creo en la habilidad, y aún más en el juicio, pero aquella noche había perdido el juicio; para las cartas y para la gente.

Hugh miró su vaso, que estaba vacío. Daniel pensó en ofrecerse a llenarlo de nuevo, pero decidió que Hugh se lo pediría si así lo deseaba.

—Fue culpa mía que tuvieras que marcharte del país —dijo Hugh, dejando el vaso en la mesa junto a él—. Ya no podía aguantarme más a mí mismo sabiendo que te había arruinado la vida.

—Pero yo también te la he arruinado a ti —replicó Daniel en voz baja.

Hugh sonrió, pero la sonrisa solo llegó a un lado de su boca, no alcanzó a sus ojos.

—Es solo una pierna.

Pero Daniel no le creía y tampoco creía que Hugh se lo creyera.

—Me ocuparé de mi padre —añadió Hugh, dando un tono enérgico a su voz, lo cual indicaba que la entrevista llegaba a su fin—. No le creo tan necio como para ser responsable de lo que te ha sucedido esta noche, pero solo por si acaso, le recordaré mi amenaza.

—¿Me informarás del resultado de vuestro encuentro?

—Por supuesto.

Daniel se abrió camino hasta la puerta, y mientras se despedía, vio que Hugh se esforzaba por ponerse en pie. Su lengua ya había tocado el paladar para decir «no», pero se la mordió y no pronunció la frase. Todo hombre tiene su orgullo.

Hugh se estiró, agarró el bastón y luego cruzó la habitación con su lento avance para acompañar a Daniel.

—Gracias por venir esta noche —dijo. Tendió la mano y Daniel se la estrechó.

—Estoy orgulloso de tenerte como amigo —contestó Daniel—. Le dejó entonces, pero en cuanto vio a Hugh darse media vuelta con prontitud, sus ojos se llenaron de lágrimas.

La tarde siguiente, tras pasar la mañana en Hyde Park haciendo tres mediciones de Rotten Row, Anne estaba sentada ante uno de los escritorios del salón de Pleinsworth, haciéndose cosquillas en la barbilla con la pluma mientras consideraba qué añadir a su lista de recados. Era su tarde libre y llevaba toda la semana esperándola para hacer unas compras. No era que comprara mucho por costumbre, pero le gustaba bastante husmear en las tiendas. Era un placer tener unos momentos en que no se responsabilizara de nadie aparte de sí misma.

Los preparativos, no obstante, se vieron interrumpidos por la llegada de lady Pleinsworth, quien entró majestuosamente en la habitación con un frufrú de muselina verde clara.

—¡Nos vamos mañana! —anunció.

Anne alzó la vista, totalmente confundida. Luego se levantó:

—Disculpe, ¿cómo ha dicho?

—No podemos quedarnos en Londres —dijo lady Pleinsworth—, los rumores vuelan.

¿Ah, sí? ¿Sobre qué?

—Margaret me ha dicho que ha oído decir que Sarah no estaba en realidad enferma la noche de la velada musical, sino que intentaba echar a perder el concierto.

Anne no sabía quién era Margaret, pero no podía negarse que la dama estaba bien informada.

—Como si Sarah fuera a hacer algo así —continuó lady Pleinsworth—. Es una intérprete extraordinaria, y una hija obediente. Todos los años espera ilusionada la velada musical.

Anne no podía comentar nada al respecto, pero por suerte para ella, lady Pleinsworth no dio muestras de necesitar una respuesta.

—Solo hay una manera de combatir esas mentiras maliciosas —continuó—, y es irse de la ciudad.

—¿Irse de la ciudad? —repitió Anne.

Parecía una solución extrema. La temporada estaba empezando y, por lo que ella sabía, el principal objetivo era encontrar marido a Sarah. Algo con pocas probabilidades de lograr en Dorset, donde los Pleinsworth habían vivido durante generaciones.

—Desde luego. —Lady Pleinsworth soltó un enérgico suspiro—. Sé que la salud de Sarah parece haber mejorado, y tal vez sea así, pero por lo que al resto del mundo respecta, debe encontrarse a las puertas de la muerte.

Anne pestañeó en un esfuerzo de seguir la lógica de la condesa.

—¿No necesitaría eso los servicios de un médico?

Lady Pleinsworth descartó la idea con un gesto.

—No, solo el saludable aire del campo. Todo el mundo sabe que en la ciudad no se puede guardar convalecencia.

Anne asintió con la cabeza, aliviada en secreto. Prefería la vida en el campo. No conocía a nadie en el suroeste de Inglaterra, y eso la beneficiaba. Además, estaba la complicación del encaprichamiento con lord Winstead. Le correspondía a ella cortarlo de raíz, y doscientas millas de campiña entre los dos parecían la mejor solución. Tras dejar la pluma, preguntó a lady Pleinsworth:

—¿Cuánto tiempo estaremos en Dorset?

—¡Oh! No vamos a Dorset, ¡gracias a Dios! Es un trayecto terrible. Tendríamos que pasar al menos una quincena fuera para que todo el mundo creyera que Sarah consigue el descanso necesario.

—Entonces a dón...

—Vamos a Whipple Hill —anunció lady Pleinsworth—. Está cerca de Windsor. Ni siquiera tendremos que viajar todo el día.

¿Whipple Hill? ¿Por qué le sonaba familiar?

—Lord Winstead lo ha sugerido.

Anne empezó a toser de repente.

Lady Pleinsworth la miró con cierta preocupación.

—¿Se encuentra bien, señorita Wynter?

—Es solo..., ejem..., un poco..., ejem..., de polvo en la garganta, creo.

—¡Vaya! Siéntese un momento, si cree que le va a sentar bien. No hay necesidad de guardar las apariencias conmigo, al menos no en este momento.

Anne asintió agradecida y volvió a su silla. Lord Winstead. Debería haberlo sabido.

—Es una solución ideal para todos nosotros —continuó lady Pleinsworth—. Lord Winstead también quiere ausentarse de Londres. La mala reputación, ya sabe. Está corriendo la voz de que ha regresado y va a recibir un aluvión de visitas. ¿Quién puede culpar a un hombre de desear una pacífica reunión con su familia?

—Entonces, ¿va a acompañarnos? —preguntó Anne con cautela.

—Por supuesto. Es su propiedad. Parecería extraño que viajáramos sin él, pese al hecho de ser yo su tía favorita. Creo que su hermana y su madre vendrán también, aunque no estoy segura. —Lady Pleinsworth hizo una pausa y tomó aliento, con aire de satisfacción por el giro que tomaban los acontecimientos—. La niñera Flanders supervisará los preparativos de las chicas, ya que es su tarde libre. Pero, cuando regrese, le agradecería muchísimo que lo repasara todo. La niñera es un cielo, pero se está haciendo mayor.

—Por supuesto —murmuró Anne. Adoraba a la niñera, pero hacía mucho que se había quedado un poco sorda. Anne siempre había admirado el hecho de que lady Pleinsworth la mantuviera con la familia, pero claro, había sido niñera incluso de la propia lady Pleinsworth cuando era pequeña, y de la madre de lady Pleinsworth.

—Estaremos fuera una semana —continuó lady Pleinsworth—. Por favor, asegúrese de preparar suficientes lecciones para que las chicas estén ocupadas.

¿Una semana? ¿En casa de lord Winstead? ¿Con lord Winstead instalado allí?

El corazón de Anne casi se detuvo y se aceleró al mismo tiempo.

—¿Está segura de que se encuentra bien? —preguntó lady Pleinsworth—. Se ha puesto muy pálida. Confío en que no padezca la misma dolencia que Sarah.

—No, no —le aseguró Anne—. Eso sería imposible.

Lady Pleinsworth la miró.

—Me refiero a que no he estado en contacto con lady Sarah —se apresuró a añadir Anne—. Me encuentro bien. Solo me hace falta un poco de aire fresco. Como usted bien ha dicho, eso lo cura todo.

Aunque lady Pleinsworth encontraba aquel discurso atípico en ella, no dijo nada.

—Bien, entonces es el momento de que disfrute de su tarde libre. ¿Tiene planeado salir?

—Así es, gracias. —Anne se puso en pie y fue diligentemente hacia la puerta—. Mejor que me ponga en marcha, tengo muchos recados de los que ocuparme.

Hizo una rápida reverencia y luego salió disparada de regreso a su habitación para recoger unas cosas: un chal ligero, en caso de que refrescara, su cartera con un poco de dinero para gastos personales y (abrió el cajón inferior y deslizó una mano bajo la escasa pila de ropas) ahí estaba: una carta sellada con cuidado y lista para enviar por correo. Anne había metido media corona en su última carta, por lo tanto, confiaba en que Charlotte pudiera pagar el franqueo cuando esta llegara. El único truco era asegurarse de que nadie más se percatara de quién había enviado la carta.

Anne tragó saliva, sorprendida por el nudo que se había formado en su garganta. A estas alturas debería estar acostumbrada a firmar con un nombre falso las cartas dirigidas a su hermana, pero era la única manera. De hecho, era doblemente falso. Ni siquiera las firmaba como Anne Wynter, que suponía que era tan nombre suyo como había sido Annelise Shawcross.

Metió con cuidado la carta en su cartera y se fue escaleras abajo. Se preguntaba si el resto de su familia habría visto alguna vez estas misivas y, en tal caso, quién pensarían que era Mary Philpott. Charlotte tendría que idear una buena historia para responder a eso.

Hacía un bonito día de primavera y soplaba una brisa que le hacía desear llevar el sombrero mejor sujeto. Pasó por Berkeley Square para continuar hacia Piccadilly, donde había una estafeta en la que le gustaba echar las cartas, justo en una calle lateral. No era el punto más próximo a la residencia Pleinsworth, pero era una zona más concurrida, y prefería el buen manto del anonimato que ofrecía. Aparte, le gustaba caminar, y siempre era un placer ir a su propio ritmo.

Piccadilly estaba tan concurrido como siempre. Se encaminó hacia el este, pasando junto a varias tiendas antes de levantarse el dobladillo unos centímetros para cruzar la calle. Media docena de carruajes circulaban, ninguno demasiado deprisa, y no le costó abrirse paso sobre los adoquines para subirse de nuevo a la acera y...

¡Oh, Dios bendito!

¿Era ese...? No, no podía ser. Nunca venía a Londres. O al menos antes no lo hacía. Quiso decir que, en otro tiempo, no lo había hecho y que...

A Anne el corazón se le salía del pecho, y durante un momento le pareció que se le empezaba a nublar la visión. Se obligó a tomar aliento y llenar los pulmones. *Piensa.* Tenía que pensar.

El mismo cabello rubio, el mismo perfil de irresistible atractivo. Siempre había tenido un aspecto único; era difícil imaginar que tuviera un hermano gemelo en la capital dando vueltas por Piccadilly.

Anne notó las lágrimas, ardientes y furiosas, escociendo tras los ojos. No era justo. Había hecho todo cuanto se esperaba de ella. Había roto los vínculos con todo y todas las personas que conocía. Se había cambiado de nombre y se había puesto a trabajar, tras prometer que nunca, jamás, hablaría de lo que sucedió en Northumberland tanto tiempo atrás.

Pero George Chervil no había cumplido su parte del trato. Y, si en efecto, era él quien estaba de pie en el exterior de Burne, la tienda de accesorios para caballeros...

No podía permanecer ahí como un blanco fácil hasta que la viera. Con un grito de frustración atorado en la garganta, se dio media vuelta y se metió corriendo en la primera tienda que encontró.

6

Ocho años antes...

Esta noche, pensó Annelise cada vez más excitada. Esta noche iba a ser la noche.

Sería un pequeño escándalo que se prometiera antes que sus hermanas mayores, pero no tan inesperado. Charlotte nunca había mostrado gran interés por la sociedad local, y Marabeth parecía tener siempre mala cara y estar enfadada; costaba imaginar que alguien quisiera casarse con ella.

De todos modos, Marabeth se llevaría un berrinche y sus padres la consolarían, pero por una vez no obligarían a su hija pequeña a renunciar a un premio por respeto a las mayores. Cuando ella se casara con George Chervil, los Shawcross quedarían conectados para siempre con la familia más importante de ese rincón de Northumberland. Hasta Marabeth acabaría comprendiendo que este revés era en su beneficio.

Con la marea alta se elevaban todas las embarcaciones, no cabía duda, incluso las quisquillosas llamadas «Marabeth».

—¿Qué te tiene tan contenta? Se diría que no cabes en ti de felicidad —dijo Charlotte mientras observaba a Annelise estudiándose en el espejo, probándose un par de pendientes tras otro. Eran de bisutería, por supuesto; las únicas joyas de la familia Shawcross pertenecían a su madre y, aparte del anillo de compromiso, se limitaban a un pequeño broche con tres diminutos diamantes y un gran topacio. Ni siquiera era bonito.

—Creo que George va a pedirme en matrimonio.

Nunca había sido capaz de guardar secretos con sus hermanas, al menos hasta hacía bien poco. Charlotte conocía casi todos los detalles del noviazgo secreto que mantenía Annelise desde hacía un mes, pero no en profundidad.

—¡Qué dices! —soltó Charlotte con un suspiro de deleite mientras tomaba a su hermana por ambas manos—. ¡Cuánto me alegro por ti!

—Lo sé, lo sé.

Annelise no pudo reprimir una amplia sonrisa. Iban a dolerle las mejillas al acabar la noche, estaba segura. Pero estaba tan contenta... George representaba todo lo que deseaba en un marido. Tenía todo lo que cualquier muchacha querría: era apuesto, atlético y elegante. Por no mencionar sus buenas relaciones. Como señora de George Chervil, viviría en la mejor casa en kilómetros a la redonda. Cualquiera ansiaría recibir invitaciones de ella; su amistad sería anhelada. Tal vez incluso fueran a Londres para la Temporada. Sabía que esos viajes eran costosos, pero George un día sería baronet. En algún momento tendría que ocupar el lugar que le correspondía en sociedad, ¿o no?

—¿Ha dejado caer alguna indirecta? —quiso saber Charlotte—. ¿Te ha hecho algún regalo?

Annelise ladeó la cabeza. Le gustaba cómo resaltaba su pálida piel con la luz.

—No ha hecho algo tan obvio. Pero el Baile del Solsticio tiene esa tradición. ¿Sabes que sus padres se comprometieron en ese mismo evento? Y ahora que George ha cumplido los veinticinco... —Se volvió a su hermana con ojos muy abiertos y emocionados—. Escuché a su padre decir que ya era hora de que se casara.

—¡Oh, Annie! —suspiró Charlotte—. ¡Es tan romántico!

Desde hacía tiempo, el Baile del Solsticio de la familia Chervil era el acto social del año. Si había un momento para que el soltero más cotizado del pueblo anunciara su compromiso, era ese.

—¿Cuáles? —preguntó Annelise sosteniendo dos pares de pendientes.

—¡Oh! Los azules, sin duda —contestó Charlotte antes de sonreír—. Porque yo debo llevar los verdes para que hagan juego con mis ojos.

Annelise se rio y abrazó a su hermana.

—Estoy tan contenta en este momento —dijo, apretando los ojos como si pudiera retener los sentimientos ahí dentro. Su felicidad parecía tener vida propia, iba rebotando por su interior. Hacía años que conocía a George, y al igual que todas las chicas que conocía, deseaba en secreto que le prestara atención. ¡Y de repente había sucedido! Aquella primavera lo había pillado observándola de un modo diferente, y a principios de verano la estaba cortejando en secreto. Abrió los ojos, miró a su hermana y sonrió radiante—. No creía que fuera posible ser tan feliz.

—Y cada vez lo serás más, no puede ser de otro modo —predijo Charlotte. Se levantaron tomadas de la mano y se fueron hacia la puerta—. Una vez que George te proponga en matrimonio, tu felicidad no tendrá límite.

Annelise soltó una risita mientras salían bailando por la puerta. Le esperaba su futuro, y se moría de ganas por ir a su encuentro.

Annelise vio a George en el instante en que llegó. Era la clase de hombre que no pasaba desapercibido: de un atractivo deslumbrante, con una sonrisa que fundía a cualquier chica desde dentro hacia fuera. Todas las jovencitas estaban enamoradas de él, todas habían estado siempre enamoradas de él.

Entonces esbozó una sonrisa para sus adentros mientras entraba flotando en el salón de baile. Tal vez las otras chicas estuvieran enamoradas de él, pero era ella quien recibía su amor.

Eso le había dicho él.

Pero tras una hora observándole saludar a los invitados de la familia, empezó a sentirse impaciente. Había bailado con otros tres caballeros (dos de ellos también buenos partidos) y George no había intentado ni una sola vez interrumpirles para pedir un baile. Ella no lo había hecho para ponerle celoso, bueno, tal vez un poco, pero siempre aceptaba invitaciones para bailar, de cualquiera.

Sabía que era hermosa, habría sido imposible no saberlo con tanta gente diciéndoselo cada día desde que tenía uso de razón. Según decían, Annelise tenía rasgos clásicos; sus brillantes rizos oscuros provenían de un antiguo invasor galés. El pelo de su padre también era oscuro, cuando aún tenía pelo, pero todo el mundo decía que no era como el de ella, con aquellos rizos tan delicados, brillantes y llenos de vida.

Marabeth siempre había tenido celos. De hecho, Marabeth se parecía mucho a ella, solo que... no del todo. No tenía la piel tan blanca, ni los ojos tan azules. Su hermana siempre la pintaba como a una brujita malcriada, y tal vez por ese motivo Annelise decidió, en su primera incursión en la sociedad local, bailar con cada hombre que se lo pidiera. Nadie la acusaría de trepar por encima de su posición; ella sería la belleza de buen corazón, la chica que todo el mundo estaría encantado de querer.

Ahora, por supuesto, todos los hombres le pedían un baile, porque ¿qué hombre no querría bailar con la muchacha más bella del baile? Sobre todo sin riesgo a ser rechazado.

Tenía que ser el motivo de que George no diera muestras de celos, decidió. Sabía que ella tenía buen corazón, sabía que los bailes con otros hombres no significaban nada para ella. Nadie la conmovería jamás como él.

—¿Por qué no me ha pedido un baile? —susurró a Charlotte—. Voy a morir con la espera, tú sabes que eso es lo que va a pasar.

—Es el baile de sus padres —dijo Charlotte en voz baja—. Tiene responsabilidades como anfitrión.

—Lo sé, lo sé, solo que... ¡le quiero tanto!

Annelise tosió, pues notaba el calor de la aflicción en sus mejillas. Habló más alto de lo que debería, pero por suerte nadie pareció darse cuenta.

—Ven —dijo Charlotte con la enérgica determinación de quien acaba de trazar un plan—. Demos una vuelta por el salón. Nos acercaremos tanto al señor Chervil que se morirá de deseos de estirar el brazo y tomarte de la mano.

Annelise se rio y se agarró del brazo de Charlotte.

—Eres una hermana fantástica —dijo totalmente en serio.

Charlotte se limitó a darle una palmadita en la mano.

—Ahora sonríe —susurró—. Te ve desde ahí.

Annelise alzó la vista y, desde luego que sí, la estaba mirando fijamente con sus ojos grises verdosos derritiéndose de anhelo.

—¡Oh, Dios bendito! —dijo Charlotte—. Fíjate cómo te mira.

—Me da escalofríos —admitió Annelise.

—Tenemos que acercarnos —decidió Charlotte, y así lo hicieron, hasta que fue imposible pasar inadvertidas a George y sus padres.

—Buenas noches —saludó el padre con voz resonante llena de jovialidad—. Vaya, pero si es la encantadora señorita Shawcross, y otra encantadora señorita Shawcross.

Dedicó a cada una de ellas una pequeña inclinación de cabeza, y ellas hicieron una reverencia como respuesta.

—Sir Charles —murmuró Annelise, ansiosa por que la viera como una joven dama consciente de sus deberes, que sería una excelente nuera para él. Se volvió a la madre de George con la misma deferencia—. Lady Chervil.

—¿Dónde está la otra encantadora señorita Shawcross? —preguntó sir Charles.

—Hace un rato que no veo a Marabeth —respondió Charlotte, justo en el mismo instante en que George decía:

—Creo que está en el otro extremo, junto a las puertas que dan al jardín.

Lo cual dio a Annelise la oportunidad perfecta para hacerle una reverencia y decir:

—Señor Chervil.

Él le tomó la mano y la besó, y a Annelise le pareció que no era su imaginación y que había prolongado el beso un poco más de lo necesario.

—Está tan maravillosa como siempre, señorita Shawcross. —Soltó la mano y luego se enderezó—. Estoy cautivado.

Annelise intentó hablar, pero estaba desbordada. Se sentía acalorada y temblorosa; notaba algo raro en los pulmones, como si no hubiera aire suficiente en el mundo para llenarlos.

—Lady Chervil —dijo Charlotte—, estoy tan prendada de la decoración que tengo que preguntarle: ¿cómo encontraron usted y sir Charles ese color amarillo que expresa tan a la perfección el verano?

Era la pregunta más idiota del mundo, pero Annelise adoró a su hermana por hacerla. Los padres de George se lanzaron de inmediato a una conversación con Charlotte, y ella y George tuvieron la oportunidad de girarse de forma muy discreta para apartarse un poco de ellos.

—No te he visto en toda la noche —dijo Annelise sin aliento. Solo estar cerca de él la estremecía. Cuando se vieron tres noches antes, él la había besado con tal pasión que se le había grabado a fuego en la memoria, dejándola ansiosa por más besos.

Lo que él había hecho tras el beso no era igual de agradable, pero de todos modos había sido excitante. Saber que ella tenía un efecto tan profundo sobre él, que podía hacerle perder el control...

Era embriagador. Nunca había sabido que tuviera ese poder.

—He estado muy atareado con mis padres —respondió George, pero sus ojos le dijeron que preferiría estar con ella.

—Te echo de menos —dijo ella con valentía.

Aquel comportamiento era escandaloso, pero se sentía escandalosa en ese instante, como si pudiera tomar las riendas de su vida y trazar su propio destino. ¡Qué maravilla ser jóvenes y estar enamorados! El mundo sería suyo, solo tenían que estirar la mano para alcanzarlo.

A George le ardían los ojos de deseo, y echó una mirada furtiva por encima del hombro.

—El salón de mi madre. ¿Sabes dónde está?

Annelise hizo un gesto afirmativo.

—Reúnete conmigo allí dentro de un cuarto de hora. Que no te vean.

Se fue a pedir un baile a otra muchacha; era lo mejor para desviar cualquier rumor sobre su conversación en murmullos. Annelise encontró a Charlotte, quien por fin había acabado los comentarios sobre todo lo amarillo, verde y oro.

—Voy a reunirme con él dentro de diez minutos —susurró—. ¿Puedes asegurarte de que a nadie se le ocurra preguntarse dónde estoy?

Charlotte asintió, le dio un apretón en la mano en señal de apoyo y luego hizo una indicación con la cabeza en dirección a la puerta. Nadie miraba, era el momento perfecto para salir.

Tardó más de lo esperado en llegar al salón de lady Chervil, que se encontraba justo en el otro extremo del edificio, probablemente por eso lo había escogido George. Y tuvo que seguir una ruta tortuosa para evitar a los otros invitados que habían decidido seguir en privado con la celebración. Cuando entró en la estancia a oscuras, George ya se encontraba allí esperándola.

Se le echó encima antes de tener ocasión de hablar, besándola con locura, rodeándole el trasero con las manos y apretándolo con intimidad como si fuera su dueño.

—¡Oh, Annie! —gimió—. Eres increíble. Has venido hasta aquí en mitad de la fiesta. Serás traviesa...

—George —murmuró ella. Sus besos eran maravillosos, y era emocionante que la deseara con tal desesperación, pero no estaba segura de que le gustara que la llamara «traviesa». No lo era, ¿verdad?

—¿George? —repitió, esta vez en tono interrogante.

Pero él no contestaba; respiraba con dificultad intentando levantarle las faldas mientras la dirigía a un diván próximo.

—¡George! —Era difícil, pues también ella estaba excitada, pero metió las manos entre ambos para apartarle.

—¿Qué? —quiso saber él, estudiándola con recelo. Y con algo más. ¿Ira?

—No he venido para esto —replicó ella.

George se rio enfurecido.

—¿Y qué pensabas que iba a suceder? —Se aproximó de nuevo a ella con ojos feroces, como los de un depredador—. La tengo dura por ti hace días.

Annelise se ruborizó muchísimo, pues en ese momento comprendió a qué se refería. Y aunque resultaba excitante que la quisiera con tal desesperación, también había algo desconcertante en aquello. No estaba segura de qué o por qué, pero ya no estaba tan convencida de querer encontrarse aquí con él, en una habitación tan oscura y apartada.

George la tomó de la mano y la atrajo con tal ímpetu que la joven dio un traspié hacia él.

—Vamos a disfrutar un poco, Annie —murmuró—. Sabes que tú también lo deseas.

—No, yo... solo... —Intentó apartarse, pero él no la soltaba—. Es el Baile del Solsticio. Pensaba... —Su voz se apagó. No podía decirlo porque una sola mirada al rostro de George revelaba que nunca había tenido intención de pedirle que se casara con él. La había besado y la había seducido, apropiándose de lo que ella debería haber reservado para su marido, ¿y él creía que volvería a conseguirlo?

—¡Oh, Dios mío! —dijo George con aspecto de echarse a reír en cualquier momento—. Pensabas que iba a casarme contigo. —Y luego se rio, y Annelise estuvo convencida de que algo en su interior había muerto—. Eres guapa —continuó él burlón—, eso no te lo niego. Y lo he pasado muy bien entre tus muslos, pero no me vengas con esas, Annie. Casi no tienes dinero, y desde luego tu familia no va a mejorar la reputación de la mía.

Ella quiso decir algo, quiso pegarle, pero solo consiguió quedarse ahí descubriendo su horror, incapaz de creer las palabras que salían de aquellos labios.

—Aparte —dijo con sonrisa cruel—, ya tengo novia.

Las rodillas de Annelise amenazaron con fallar, y se agarró al escritorio de la madre en busca de apoyo.

—¿Quién? —consiguió susurrar.

—Fiona Beckwith —contestó—. La hija de lord Hanley. Se lo pedí anoche.

—¿Aceptó? —susurró Annelise.

Él se rio.

—Por supuesto que aceptó. Y su padre, el vizconde, se declaró encantado. Es su favorita, su hija pequeña, y sin duda nos asegurará el porvenir con generosidad.

Annelise tragó saliva con dificultad. Cada vez le costaba más respirar. Tenía que salir de esa habitación, de esa casa.

—Y también es bastante atractiva —dijo acercándose con tranquilidad. Sonrió, y a Anne se le revolvió el estómago al comprobar que era la misma sonrisa que ponía cuando la seducía. Era un hijo de perra apuesto, y lo sabía—. Pero dudo —murmuró recorriendo despacio la mejilla de Annelise con uno de sus dedos— que sea tan díscola como tú a la hora de un revolcón.

—No —intentó decir, pero él ya había pegado su boca a sus labios y tenía sus manos por todas partes. Intentó forcejear, pero eso pareció servirle tan solo de diversión—. ¡Oh! Te gusta con brusquedad, ¿verdad?, sin delicadeza. —dijo con una risa.

La pellizcó entonces con fuerza. Pero a Annelise el dolor le convino, pues la despertó de aquel estupor provocado por la conmoción que se había apoderado de ella, y desde el centro de su ser surgió un rugido, mientras le apartaba de un empujón:

—¡Aléjate de mí! —gritó, pero él seguía riéndose.

Llevada por la desesperación, agarró el único arma que pudo encontrar, un abrecartas antiguo que se encontraba desenfundado sobre el escritorio de lady Chervil, y blandiéndolo en el aire le advirtió:

—No te acerques a mí. ¡Te lo advierto!

—¡Oh, Annie! —replicó él condescendiente, y se adelantó mientras ella lo agitaba en el aire—. ¡Serás zorra! —gritó tocándose la mejilla—. ¡Me has cortado!

—¡Oh, Dios mío! ¡Oh, Dios mío! No era mi intención. —El arma se le cayó de las manos y retrocedió hasta la pared, casi como si intentara alejarse de sí misma—. No era mi intención —repitió.

Pero tal vez sí.

—Te mataré —dijo él entre dientes, con la sangre brotando entre sus dedos y manchando la impecable blancura de su camisa—. ¡¿Me oyes?! —gritó—. ¡Te mandaré al infierno!

Annelise le apartó para abrirse paso y salió a todo correr.

Tres días después, Annelise se hallaba en pie ante su padre y el padre de George, y les escuchó expresar su conformidad respecto a varios puntos.

Era una mujerzuela.

Podría haber arruinado la vida de George.

También arruinaría incluso la vida de sus hermanas.

Si resultaba estar embarazada sería culpa suya y mejor que no se le ocurriera pensar que George tendría alguna responsabilidad con ella.

Como si George tuviera que casarse con la chica que le había dejado una cicatriz de por vida en la cara.

A Annelise todavía le asqueaba aquello. No por haberse defendido, aunque nadie parecía darle tampoco la razón en eso. Todos parecían creer que, si se había entregado una vez, él estaba en su derecho de creer que volvería a hacerlo.

Pero Annelise todavía recordaba la espantosa sensación de la hoja hundiéndose en su carne. No la esperaba; su intención solo había sido agitar el abrecartas en el aire para asustarle.

—¡Está decidido! —exclamó su padre, cortante—. Y deberías ponerte de rodillas para agradecer a sir Charles que haya sido tan generoso.

—Te irás de la ciudad —dijo sir Charles con brusquedad— y no volverás nunca. No tendrás contacto con mi hijo ni con ningún miembro de mi familia. No estarás en contacto con tu familia. Será como si nunca hubieras existido, ¿entiendes?

Negó con la cabeza despacio y llena de incredulidad. No entendía, nunca lo entendería. Sir Charles, tal vez, pero ¿su propia familia? ¿Repudiándola por completo?

—Te hemos encontrado un puesto —dijo su padre con voz cortante y grave a causa de su desprecio—. La hermana de la esposa del primo de tu madre necesita compañía.

—¿Quién? —Annelise negó con la cabeza, en un intento desesperado por seguirle. ¿De quién estaba hablando?

—Vive en la isla de Man.

—¿Qué? ¡No! —Annelise se abalanzó hacia delante en un intento de agarrar las manos de su padre—. Está demasiado lejos. No quiero ir.

—¡Silencio! —rugió él, y le dio un fuerte bofetón en la mejilla con el dorso de la mano. Annelise retrocedió tambaleándose; la impresión por la agresión fue mucho más dolorosa que el bofetón en sí. Su padre le había pegado. Le había *pegado*. En sus dieciséis años de vida, jamás le había puesto la mano encima y ahora...

—Has arruinado tu reputación para todos tus conocidos —dijo entre dientes sin compasión—. Si no haces lo que te digo, avergonzarás todavía más a tu familia y echarás por tierra las oportunidades que aún les queden a tus hermanas de casarse.

Annelise pensó en Charlotte, a quien adoraba más que a nadie en el mundo. Y Marabeth, con quien nunca se había llevado tan bien... pero, de todos modos, era su hermana. Nada podía ser más importante.

—Iré —susurró.

Se tocó la mejilla, que aún le dolía por el bofetón de su padre.

—Te irás dentro de dos días —le dijo él—. Tenemos...

—¿Dónde está?

Annelise soltó una exclamación al ver a George entrar en la habitación con ojos de loco y la piel brillante de sudor. Respiraba con dificultad, seguro que había venido corriendo por la casa al enterarse de que ella se encontraba allí. Llevaba un lado de la cara cubierto de vendas, pero los extremos habían empezado a estropearse y caer. A Annelise le aterrorizó la idea de que se cayeran; no quería ver lo que había debajo.

—¡Te voy a matar! —bramó lanzándose contra ella.

La joven retrocedió de un brinco y, por instinto, corrió al lado de su padre en busca de protección. Y debía de quedar alguna pizca de amor en el corazón de su progenitor, porque se plantó delante de ella con un brazo levantado para bloquear el paso a George, quien no dejó de intentar alcanzarla hasta que el mismo sir Charles le hizo retroceder.

—¡Pagarás por esto! —gruñó el hijo—. Mira lo que me has hecho. ¡Míralo!

—Se arrancó las vendas de la cara, y Annelise dio un respingo ante la visión de la herida, fea y roja; un largo corte en diagonal desde el pómulo hasta el mentón.

Una herida que no iba a curarse limpiamente, incluso ella se daba cuenta.

—¡Basta! —ordenó sir Charles—. Compórtate.

Pero George no le escuchaba.

—Acabarás en la horca por esto. ¿Me oyes? Llamaré al juez y...

—¡Calla! —gritó su padre—. No vas a hacer nada de eso. Si la llevas ante un juez, la historia se divulgará y la chica Hanley se echará atrás antes de que te des cuenta.

—¡Oh! —gruñó George con un gesto de la mano ante el rostro, indicando su gran disgusto—. ¿Y crees que la historia no va a correr entre la gente cuando vean esto?

—Habrá rumores, sobre todo cuando ella deje la ciudad. —Sir Charles lanzó otra mirada de fuego a Annelise—. Pero no serán más que rumores. Si llamas a un juez, será como escribir todo este sórdido embrollo en papel.

Durante un instante, Annelise pensó que tal vez George no abandonaría su idea, pero finalmente apartó la mirada, con un gesto de la cabeza tan brusco que la herida empezó a sangrar de nuevo. Se tocó la mejilla y luego miró la sangre en sus dedos.

—Pagarás por esto —dijo caminando despacio hacia Annelise—. Quizá no hoy, pero pagarás.

Y George le tocó la mejilla con los dedos, dibujando lentamente un corte de sangre en diagonal, desde el pómulo al mentón.

—Te encontraré —dijo, sonando casi feliz en ese momento—. Y será un gran día cuando eso ocurra.

Daniel no se consideraba un dandi, ni siquiera alguien libertino, pero creía que no había nada como un par de botas de buena confección.

El correo de la tarde había traído una carta de Hugh:

Winstead:

Como te prometí, he visitado a mi padre esta mañana. En mi opinión se ha mostrado sinceramente sorprendido, tanto de verme (no nos hablamos), como de tu infortunio de ayer noche, del cual le he informado. En pocas palabras, no creo que tenga responsabilidad en el ataque contra tu persona.

Concluí la entrevista con una reiteración de mi amenaza. Siempre va bien un recordatorio de las consecuencias de las acciones de uno, pero tal vez en el fondo el pretexto fuera mi deleite al ver su rostro quedarse lívido.

Tu seguro servidor,
H. Prentice (con vida mientras tú vivas)

Y de este modo, convencido otra vez de su seguridad, Daniel salió de casa para encaminarse a Hoby's en St. James's, donde le midieron el pie y la pierna con una precisión que habría impresionado al propio Galileo.

—No se mueva —exigió el señor Hoby.

—No me estoy moviendo.

—Desde luego que sí.

Daniel miró su pie sin calzado y comprobó que no se movía.

El rostro del señor Hoby se contrajo con desdén.

—Su Excelencia el duque de Wellington puede aguantar horas sin mover un solo músculo.

—Pero ¿respira de todos modos? —murmuró Daniel.

El señor Hoby no se molestó en levantar la vista.

—No le encontramos la gracia.

Daniel no pudo evitar preguntarse si el «nos» hacía referencia al señor Hoby y al duque, o si la conocida alta consideración de sí mismo que tenía el fabricante de botas se había extendido hasta el punto de verse obligado a hablar en plural al referirse a su persona.

—Necesitamos que se mantenga quieto —masculló Hoby.

El motivo entonces era la alta consideración. Era una costumbre fastidiosa, no importaba la alcurnia del personaje, pero Daniel se sintió predispuesto a aguantarlo, dada la perfección de las botas del señor Hoby.

—Me esforzaré a su voluntad —dijo Daniel con su voz más jovial.

El señor Hoby no dio muestras de divertirse, en su lugar gruñó una orden para que uno de sus asistentes le tendiera un lápiz con el que delinear el pie de lord Winstead.

Daniel se mantuvo totalmente quieto (superando incluso al duque de Wellington, quien sin duda respiraba mientras le medían los pies), pero antes de que el señor Hoby pudiera acabar sus calcos, se abrió de golpe la puerta de la tienda, golpeando en la pared con tanta fuerza que el vidrio vibró. Daniel dio un brinco, el señor Hoby maldijo y el asistente del señor Hoby se encogió. Cuando Daniel bajó la vista, en el contorno de su pie sobresalía un dedo gordo como la garra de un reptil.

Impresionante.

El ruido de la puerta al abrirse ya habría atraído por sí solo atención suficiente, pero luego quedó claro que en el establecimiento del fabricante de botas había entrado una *mujer*; una mujer que parecía alterada, una mujer que...

—¿Señorita Wynter?

No podía ser otra, con esos mechones azabaches asomándose por el tocado o el increíble movimiento de sus largas pestañas. Pero aparte de eso, por extraño que pareciera, Daniel pensó que la había reconocido más bien por la manera de moverse.

Anne dio tal brinco al escuchar su voz, que se tropezó con los expositores que había tras ella, y el consiguiente alud de zapatos fue detenido gracias a la rápida reacción del desolado asistente, que dio un brinco para salvar la situación.

—Señorita Wynter —tuvo que repetir Daniel acudiendo a su lado de una zancada—, tranquila, ¿qué sucede? Parece que haya visto un fantasma.

Anne negó con la cabeza, pero lo hizo con un movimiento demasiado brusco, demasiado rápido.

—No es nada —respondió—. Yo... ¡Ah!... Ahí... —Pestañeó y miró a su alrededor como si acabara de percatarse de que se había metido en una tienda para caballeros—. ¡Oh! —dijo, aunque fue más una exhalación que otra cosa—. ¡Cuánto lo siento! Por lo visto he entrado en el comercio equivocado. Mmm... Si tienen la bondad de disculparme, ahora... —Escudriñó por el escaparate antes de poner la mano en el pomo de la puerta—. Ahora mismo me voy —concluyó por fin.

Pero de hecho no llegó a girar el pomo, ni a abrir la puerta. La tienda estaba en silencio, y todo el mundo parecía esperar a que ella se marchara o que volviera a hablar o hiciera algo. Pero permaneció allí, clavada en el sitio y totalmente paralizada.

Daniel la agarró con delicadeza del brazo y la apartó del escaparate.

—¿Puedo ofrecerle mi ayuda?

La institutriz se volvió y Daniel se percató de que le miraba a los ojos por primera vez desde que había entrado. Pero la conexión fue fugaz; enseguida su atención volvió a la calle, aunque su cuerpo parecía encogerse por instinto para apartarse del exterior.

—Tendremos que continuar en otro momento —dijo en voz alta al señor Hoby—. Tengo que acompañar a casa a la señorita Wynter en...

—Había una rata —soltó ella de súbito. Habló muy alto.

—¡¿Una rata?! —gritó uno de los clientes próximos. Daniel no podía recordar su nombre, pero iba ataviado cuidando hasta el mínimo detalle, con un chaleco de brocado rosa y hebillas a juego en los zapatos.

—En el exterior de la tienda —dijo la señorita Wynter estirando el brazo hacia la puerta principal.

Agitaba el dedo índice como si el fantasma del roedor fuera tan terrible que no se viera capaz de señalarlo directamente.

A Daniel le resultó curioso, pero nadie más pareció advertir que había cambiado su historia. ¿Cómo era posible que hubiera entrado en el comercio equivocado si intentaba escapar de una rata?

—Me ha pasado por encima del zapato —añadió, y eso fue suficiente para que el hombre de las hebillas rosas se tambaleara.

—Permítame que la lleve a casa —dijo Daniel y a continuación añadió más alto, ya que todo el mundo les miraba—: La pobre dama se ha llevado un buen susto. —Lo consideró suficiente explicación, sobre todo cuando añadió que estaba a las órdenes de su tía. Se enfundó a toda prisa las botas que había traído puestas y luego intentó dirigir a la señorita Wynter hacia el exterior de la tienda. Pero los pies de la joven parecían negarse, de modo que una vez en la puerta, Daniel se inclinó y preguntó en voz baja, para que nadie le oyera—: ¿Va todo bien?

Anne tragó saliva, con su encantador rostro tenso y demacrado.

—¿Tiene su carruaje?

El conde asintió.

—Está en esta misma calle.

—¿Es cerrado?

Vaya pregunta más extraña. No llovía, ni siquiera había una sola nube.

—Se puede cerrar.

—¿Podría pedir que lo trajeran? No estoy segura de que pueda andar.

Sus piernas aún parecían inestables. Daniel asintió de nuevo y envió a uno de los asistentes de Hoby a buscar el carruaje. Unos minutos más tarde se encontraban instalados en el landó con la capota levantada y cerrada. Daniel concedió unos momentos a la institutriz para recuperarse y luego le preguntó con calma:

—¿Qué ha sucedido en realidad?

Ella levantó la vista, y sus ojos —de un tono azul oscuro extraordinario— mostraron un toque de sorpresa.

—Ha tenido que ser una rata muy grande —murmuró él—. Casi del tamaño de Australia, diría yo.

No intentaba hacerla sonreír, pero lo consiguió de todos modos, un tirón mínimo en sus labios. El corazón de Daniel también notó una sacudida; era difícil entender cómo un cambio tan pequeño de expresión por su parte podía provocar tal estallido de emoción.

No le había gustado verla tan alterada, y se daba cuenta ahora en qué medida.

La observó mientras intentaba decidir qué hacer. La joven no estaba segura de si podía confiar en él, eso podía verlo en su rostro. Miró por la ventanilla, pero solo un instante, y luego se acomodó en el asiento aún con la mirada al frente. A Anne le temblaron los labios y, por fin, con voz tan baja y titubeante que casi le rompe el corazón, dijo:

—Hay alguien... a quien no deseo ver.

Nada más. Ni explicaciones, ni detalles innecesarios, nada más que una frase de siete palabras que provocó un millar de nuevas preguntas. No obstante, él no formuló ninguna. Lo haría, pero no en aquel momento. Y, de todos modos, ella no iba a responderle. Estaba asombrado de que hubiera dicho tanto.

—Alejémonos de esta zona entonces —dijo, y ella asintió con agradecimiento. Se dirigieron hacia el este desde Piccadilly, la dirección incorrecta, pero eso fue lo que Daniel ordenó al chófer. La señorita Wynter necesitaba tiempo para recuperarse antes de regresar a la residencia Pleinsworth.

Y él no estaba listo del todo para renunciar a su compañía.

Anne continuaba mirando por la ventanilla mientras los minutos pasaban. No estaba segura de dónde se encontraba y, con franqueza, tampoco le importaba. Lord Winstead bien podía llevarla a Dover, y no le importaría mientras se alejaran, a buena distancia, de Piccadilly.

De Piccadilly y del hombre que podría haber sido George Chervil.

Sir George Chervil, supuso que sería ahora. Las cartas de Charlotte no llegaban con la regularidad que ansiaba ella, pero eran despreocupadas, cargadas de novedades y el único vínculo de Anne con su vida anterior. El padre de George había muerto hacía un año, escribió Charlotte, y este había heredado el título de baronet. Las noticias le helaron la sangre. Despreciaba al difunto sir Charles, pero también lo necesitaba. Había sido el único capaz de mantener a raya la naturaleza vengativa de su hijo. Con la pérdida de sir Charles, nadie le haría entrar en razón. Incluso Charlotte había expresado preocupación; por lo visto, George había hecho una visita a los Shawcross el día después del funeral de su padre. Aunque intentó pintarla como una visita de tarde a sus vecinos, Charlotte pensaba que había hecho demasiadas preguntas sobre ella.

Annelise.

A veces tenía que recordarse la persona que había sido en otro tiempo.

Sabía que existía la posibilidad de que George se encontrara en alguna ocasión por Londres. Al aceptar el puesto con los Pleinsworth, lo hizo suponiendo que ella continuaría en Dorset todo el año. Lady Pleinsworth llevaría a Sarah para la temporada social, y las tres hijas menores pasarían el verano en el campo con su institutriz y su niñera. Y su padre, por supuesto. Lord Pleinsworth nunca dejaba el campo. Le interesaban mucho más sus perros de caza que la gente, siempre había sido así, lo cual era ideal para ella. Cuando el marido no salía, se mantenía distraído, por lo que era casi como trabajar en una casa integrada tan solo por mujeres.

Lo cual era maravilloso.

Pero luego lady Pleinsworth había decidido que no podía estar sin sus hijas, y mientras lord Pleinsworth cavilaba sobre sus *bassets* y *blood hounds*, el personal hizo el equipaje y partió para Londres. Anne había pasado todo el viaje tranquilizándose y convenciéndose de que, aunque George viniera a la ciudad, nunca se cruzaría en su camino. Era una ciudad grande, la más grande de Europa. Tal vez del mundo. George podría haberse casado con la hija de un vizconde, pero los Chervil no se movían en los mismos círculos selectos que los Pleinsworth o los Smythe-Smith. Y aunque las familias se encontraran en el mismo evento, con toda certeza ella no asistiría, pues solo era la institutriz. La institutriz invisible, eso esperaba.

De todos modos, el peligro existía. Si los rumores que le llegaban a través de Charlotte eran ciertos, George recibía una asignación generosa del padre de su esposa y tenía dinero más que suficiente para permitirse la temporada en la capital. Tal vez incluso bastante para pagarse el acceso a algunos círculos sociales elevados.

Siempre había dicho que le gustaba la excitación de la ciudad. Eso sí lo recordaba. Había conseguido olvidar muchas cosas, pero recordaba eso. Junto al sueño de una muchacha de pasearse por Hyde Park del brazo de su apuesto esposo.

Suspiró, lamentándose de aquella jovencita, pero no de su alocado sueño. ¡Qué idiota había sido! ¡Qué manera tan terrible de juzgar su carácter!

—¿Puedo hacer alguna cosa para su comodidad? —preguntó lord Winstead en tono suave. No había dicho nada en bastante tiempo. A ella le gustaba eso de él; era un hombre afectuoso y de conversación fácil, pero parecía saber cuándo podía hablar.

Ella negó con la cabeza, sin mirarle aún. No intentaba evitarle, bueno, no a él en concreto. Habría evitado a cualquiera en ese momento. Pero entonces Daniel se movió. Fue poca cosa, en realidad, pero notó que el cojín del asiento se ajustaba a la separación entre ambos, y fue suficiente para recordarle que él la había rescatado aquella tarde. Había advertido su angustia y la salvó sin tan siquiera preguntar, hasta que llegaron al carruaje.

Se merecía un gesto de agradecimiento. No importaba cómo le temblaban aún las manos o que su mente examinara aún acelerada cada una de las atroces posibilidades. Lord Winstead nunca sabría cuánto la había ayudado, ni siquiera cuánto lo apreciaba, pero al menos podía darle las gracias.

Pero cuando se volvió a mirarle, otra cosa bien distinta salió de su boca. Su intención era decir «gracias», pero en su lugar...

—¿Es eso un nuevo moratón?

Lo era, estaba segura. Justo ahí en su mejilla. La marca estaba un poco rosada, no tan oscura como las que tenía cerca del ojo.

—Se ha hecho daño —dijo Anne—. ¿Qué ha sucedido?

Daniel pestañeó con aspecto bastante confundido, y se llevó una de las manos a la cara para tocársela.

—En el otro lado —indicó ella, y aunque sabía que era un gesto atrevidísimo, estiró los dedos y le tocó con amabilidad el pómulo—. No estaba ayer.

—Se ha dado cuenta —murmuró, dedicándole una estudiada sonrisa.

—No es un cumplido —replicó ella, intentando no pensar en lo que podría significar que su rostro le resultara tan familiar como para notar una nueva señal en medio de las secuelas de su pelea con lord Chatteris. Era ridículo, la verdad, su aspecto era ridículo.

—De todos modos no puedo evitar sentirme halagado porque haya advertido la última adición a mi colección —comentó.

Anne entornó los ojos.

—Claro, las heridas personales son algo tan distinguido que hay que coleccionarlas.

—¿Son tan sarcásticas todas las institutrices?

Viniendo de cualquier otra persona, se lo habría tomado como un recordatorio de cuál era su sitio, con intención de bajarle los humos. Pero en este caso no era así; él sonreía al decirlo.

Anne le dedicó una mirada burlona.

—Está evitando la pregunta.

Le pareció detectar cierta incomodidad. Era difícil decirlo; cualquier sonrojo que alcanzara sus mejillas quedaba oscurecido por el tema de conversación que les ocupaba: sus moratones.

El conde se encogió de hombros.

—Dos rufianes intentaron hacerse anoche con mi cartera.

—¡Oh, no! —gritó ella, y la fuerza de su propia reacción la dejó sorprendida—. ¿Qué sucedió? ¿Se encuentra bien?

—No fue tan malo como podría haber sido —objetó—. Marcus me hizo más daño la noche de la velada musical.

—¡Pero eran delincuentes comunes! ¡Podrían haberle matado!

Se inclinó un poco hacia ella.

—¿Me habría echado de menos?

Anne notó sus mejillas cada vez más calientes. Le llevó unos instantes controlarse y adoptar la apropiada expresión de severidad.

—Mucha gente le habría echado de menos —respondió con firmeza.

Incluida ella.

—¿Adónde se dirigía? —preguntó. *Detalles*, se recordó, los detalles eran importantes. Los detalles eran limpios y secos, no tenían nada que ver con las emociones o con perder a alguien o intranquilizarse o preocuparse o ninguna clase de verbo excepto saber los hechos—. ¿Sucedió en Mayfair? No pensaba que fuera una zona tan peligrosa.

—No fue en Mayfair —le contestó—, pero no muy lejos de allí. Volvía a casa desde Chatteris. Era tarde. No prestaba atención.

Anne no sabía dónde vivía el conde de Chatteris, pero no podía ser demasiado lejos de la residencia Winstead. Todas las familias nobles vivían relativamente próximas unas de otras. Y aunque lord Chatteris viviera en un extremo de las zonas elegantes, era poco probable que lord Winstead hubiera tenido que atravesar andando los barrios bajos para llegar a casa.

—No me había percatado de que la ciudad se hubiera vuelto tan peligrosa —dijo. Tragó saliva y se preguntó si el ataque contra lord Winstead tendría algo que ver con que ella descubriera a George Chervil en Piccadilly. No, ¿cómo podría ser? Solo se les había visto en público en una ocasión —el día anterior por Hyde Park—, y para cualquier curioso habría quedado claro que ella estaba ahí como institutriz de sus primas.

—Supongo que debería darle las gracias por insistir en acompañarme a casa la otra noche —dijo.

Daniel se volvió y la intensidad de su mirada la dejó sin aliento.

—No permitiría que diera dos pasos sola de noche, y mucho menos media milla.

Anne separó los labios, pensando, y con intención de hablar, pero solo consiguió quedárselo mirando. Sus miradas se encontraron, y lo extraordinario fue que ella no se fijó en su color, aquel azul cielo de asombroso brillo, sino que vio más allá, hasta las profundidades de... algo. O tal vez no fuera eso, tal vez fuera ella la que había quedado expuesta. Quizás él vio todos sus secretos, sus miedos.

Sus deseos.

Respiró entonces (por fin) y apartó la mirada de los ojos del conde. ¿Qué había sido eso? O más en concreto, ¿quién era ella? Porque no sabía la clase de mujer que le había mirado a él como si observara su propio futuro. No era imaginativa, no creía en el destino, y nunca había creído que los ojos fueran el espejo del alma. No después de la manera en que George Chervil la había mirado.

Tragó saliva y se tomó un momento para recuperar el equilibrio.

—Lo dice como si fuera un sentimiento que expresara en concreto por mí —replicó, complacida con la relativa normalidad de su voz—, pero sé que insistiría en hacer lo mismo por cualquier dama.

Daniel le dedicó una sonrisa tan insinuante que Anne tuvo que preguntarse si solo se había imaginado la intensidad en sus ojos momentos antes.

—La mayoría de damas fingirían sentirse halagadas.

—Creo que es ahora cuando se supone que debo decir que no soy la mayoría de damas —respondió en tono seco.

—Es indudable que quedaría bien si nos encontráramos sobre un escenario.

—Tendré que informar a Harriet —dijo Anne con una sonrisa—. Le gusta creer que es autora de teatro.

—¿Eso es lo que le gusta ahora?

Anne asintió.

—Creo que ha empezado una nueva obra. Suena de lo más deprimente; tiene algo que ver con Enrique VIII.

Daniel hizo una mueca.

—Eso sí que es lúgubre.

—Intenta convencerme de que haga el papel de Ana Bolena.

Él sofocó una risa.

—Mi tía nunca le pagaría lo suficiente.

Anne declinó hacer comentario alguno, y en vez de eso dijo:

—Le agradezco su preocupación de la otra noche. Pero en cuanto a sentirme halagada, me impresiona mucho más un caballero que valore la seguridad y bienestar de todas las mujeres.

Se tomó un momento para reflexionar sobre ello y luego asintió, sacudiendo un poco la cabeza a un lado al hacerlo. No se encontraba cómodo, se percató Anne con sorpresa. No estaba acostumbrado a que le halagaran por tales cosas.

Anne sonrió para sus adentros. Había algo bastante atractivo en observarle cambiar de postura en el asiento. Se suponía que estaba acostumbrado a los halagos por su encanto y atractivo.

Pero ¿por su buena conducta? Anne tuvo la sensación de que hacía tiempo que no le sucedía tal cosa.

—¿Le duele? —preguntó.

—¿La mejilla? —Negó con la cabeza, y luego se contradijo—. Bueno, un poco.

—Pero los ladrones salieron peor parados, ¿cierto? —dijo con una sonrisa.

—¡Oh! Mucho peor —respondió—. Muchísimo peor.

—¿Es ese el objetivo de pelearse? ¿Asegurarse de que el oponente acaba en peor estado?

—Pienso que podría ser así. Es ridículo, ¿no le parece? —La miró con una expresión extraña y pausada—. Es lo que me hizo salir del país.

Anne no conocía todos los detalles de lo que sucedió, pero...

—¿Qué? —preguntó, porque ni siquiera unos jóvenes podían ser tan necios.

—Bueno, no exactamente —concedió—, pero es el mismo tipo de estupidez. Alguien me llamó «tramposo» y yo casi lo mato. —Se volvió hacia ella con una mirada penetrante—. ¿Por qué? ¿Por qué hacer algo así?

Anne no contestó.

—Y no era mi intención matarlo. —Volvió a su posición en el asiento, con un movimiento repentino y forzado —. Fue un accidente. —Daniel permaneció en silencio un momento, y Anne le miró a los ojos. No le devolvió la mirada cuando añadió—: Pensaba que debería saberlo.

Ella lo sabía; él nunca sería el tipo de hombre que mata con tal frivolidad. Pero también se percató de que no deseaba decir más al respecto. Por lo tanto, preguntó:

—¿Adónde vamos?

Daniel no respondió de inmediato; pestañeó, luego echó un vistazo por la ventana y admitió:

—No lo sé. Le dije al cochero que condujera sin rumbo hasta nuevo aviso. Pensé que tal vez necesitaría unos minutos antes de regresar a la residencia Pleinsworth.

Anne asintió.

—Es mi tarde libre. No me esperan hasta más tarde.

—¿Le queda algún recado por hacer?

—No... ¡Sí! —exclamó. ¡Dios bendito! ¿Cómo lo había olvidado?—. Sí, así es.

El conde ladeó la cabeza hacia ella.

—Con sumo gusto la llevaré adonde necesite ir.

Anne tomó su cartera, sintiéndose bien por el leve sonido del papel arrugándose en su interior.

—No es nada, solo una carta que quiero echar al correo.

—¿Desea que se la franquee yo? Aún no he podido ocupar mi asiento en la Cámara de los Lores, pero supongo que disfruto de privilegios de franqueo. Mi padre desde luego aprovechaba los suyos.

—No —respondió al instante, pese a que su ofrecimiento la habría librado de un viaje a la estafeta. Por no mencionar el gasto que se ahorraría Charlotte. Pero si sus padres veían la carta franqueada por el conde de Winstead...

Su curiosidad no conocería límites.

—Muy amable por su parte —dijo Anne—, pero no puedo aceptar su generosidad.

—No es mi generosidad. Tendría que agradecérselo al Correo Real.

—De todos modos, no puedo abusar de sus privilegios de ese modo. Si pudiera acompañarme a una estafeta... —Miró por la ventana para establecer su paradero con más precisión—. Creo que hay una en Tottenham Court Road. O si no es allí, entonces... ¡Oh! No me había percatado de que nos hubiéramos alejado tanto hacia el este. Entonces deberíamos ir a High Holborn, justo antes de Kingsway.

Hubo una pausa.

—Conoce bien las estafetas de Londres —dijo él.

—¡Oh, bueno! La verdad es que no. —Se dio una patada mental y sacudió su cerebro en busca de una buena excusa—. Solo es que me fascina el sistema postal. Es algo realmente maravilloso.

Daniel la miró con curiosidad, y ella no distinguió si la creía. Por suerte, aquello era cierto, aunque lo dijera para tapar una mentira. El Correo Real le parecía muy interesante. Era asombroso con qué velocidad podía enviarse un mensaje de una punta a otra del país. Tres días de Londres a Northumberland. Parecía un milagro, la verdad.

—Un día me gustaría seguir el recorrido de una carta —le dijo—, solo para ver adónde va.

—A la dirección indicada, imagino —replicó él.

Anne apretó los labios para contestar a su pequeña burla, y luego añadió:

—Pero ¿cómo? Es un milagro.

Sonrió un poco.

—Debo confesar que no conocía el sistema postal en términos tan religiosos, pero siempre estoy dispuesto a instruirme.

—Es difícil imaginar que una carta pueda viajar más rápido de como lo hace hoy en día —dijo con felicidad—, a menos que aprendamos a volar.

—Siempre tendremos palomas mensajeras —apuntó.

Ella se rio.

—¿Se imagina toda una bandada alzando el vuelo para entregar nuestro correo?

—Es una perspectiva aterradora, sobre todo para quienes caminamos por debajo.

Eso provocó otra risita. Anne no recordaba la última vez que se había sentido tan alegre.

—Entonces pongamos rumbo hacia High Holborn —dijo—, porque nunca le permitiría confiar su misiva a las palomas de Londres. —Se inclinó hacia delante para abrir la portezuela en la capota del vehículo, dio instrucciones al cochero y se volvió a sentar—. ¿Puedo ayudarle en algún otro menester, señorita Wynter? Estoy por completo a su disposición.

—No, gracias. Si es tan amable de llevarme a la residencia Pleinsworth...

—¿A esta hora tan temprana de la tarde? ¿En su día libre?

—Hay tanto que hacer esta noche... —le dijo—. Nos vamos a... ¡Oh! Pero claro, usted ya lo sabe. Nos vamos mañana a Berkshire, a...

—Whipple Hill —apuntó.

—Sí, por sugerencia suya, creo.

—Parecía más sensato que el largo recorrido hasta Dorset.

—Pero ¿fue usted...? —Se interrumpió; luego apartó la mirada—. No importa.

—¿Está preguntando si yo ya tenía intención de ir? —Esperó un momento, y luego respondió—: No.

Anne sacó la punta de la lengua para humedecerse los labios, pero de todos modos no le miró. Sería demasiado peligroso. No debía desear cosas que quedaban fuera de su alcance. No podía. Lo había intentado en una ocasión y desde entonces pagaba por ello.

Y lord Winstead con toda posibilidad era el sueño más imposible de todos. Si se permitía desearle, eso la destruiría.

Pero... ¡Oh! ¡Cómo quería desearle!

—¿Señorita Wynter?

Su voz le llegó como una cálida brisa.

—Es muy... —Anne se aclaró la garganta en un intento de encontrar la voz; la voz que sonara como ella misma—. Es muy amable por su parte adaptar su agenda por atención a su tía.

—No lo hago por mi tía —comentó él en voz baja—. Pero creo que eso ya lo sabe.

—¿Por qué? —preguntó. Sabía que no tenía que explicarse; él sabría a qué se refería.

No por qué lo hacía. ¿Por qué ella?

Pero el conde no respondió, al menos no lo hizo de inmediato. Y luego, cuando finalmente lo hizo, justo cuando ella pensaba que tendría que levantar la vista y mirarle, le dijo:

—No lo sé.

Entonces Anne le miró. Su respuesta había sido tan sincera e inesperada que no podía dejar de volverse a mirar. Dirigió la mirada al conde y, al hacerlo, se apoderó de ella el deseo más intenso y extraño de estirar la mano para tocar la suya, para conectar de algún modo.

Pero no lo hizo. No podía. Y lo sabía, aunque él no tuviera ni idea.

La noche siguiente, Anne descendió del carruaje que usaban los Pleinsworth para viajar y levantó la vista para contemplar por primera vez Whipple Hill. Era una casa preciosa, sólida y señorial, situada en medio de colinas suavemente onduladas que descendían hasta un estanque rodeado de árboles. Había algo hogareño en ella que a Anne se le antojó interesante, pues era la casa solariega de los condes de Winstead. No es que estuviera muy familiarizada con las mansiones ancestrales de la aristocracia, pero las que había visto hasta entonces eran siempre de lo más recargadas y ostentosas.

El sol ya se había puesto, pero el resplandor naranja del crepúsculo aún perduraba en el aire, aportando un leve toque de calidez a la noche que se aproximaba rápidamente. Anne estaba ansiosa por encontrar su habitación y tomar tal vez un tazón de sopa antes de dormir, pero la noche anterior a su partida la niñera Flanders se había puesto enferma con un trastorno de estómago y, con la niñera obligada a quedarse en Londres, ella se había encontrado con el doble de obligaciones, como cuidadora e institutriz, lo cual significaba que sería preciso instalar a las chicas en su habitación antes de poder ocuparse de sus propias necesidades. Lady Pleinsworth le había prometido una tarde libre adicional mientras estuvieran en el campo, pero no había especificado cuál, y se temía que lo olvidaría por completo.

—¡Vamos, chicas! —dijo con energía. Harriet se había adelantado corriendo a uno de los otros carruajes, el que transportaba a Sarah y lady Pleinsworth, y Elizabeth había retrocedido veloz hasta otro. Aunque no podía adivinar siquiera de qué estaba hablando con las doncellas.

—Aquí estoy —dijo Frances decidida.

—Así me gusta —respondió Anne—. Medalla de oro para ti.

—Es una pena que no tenga medallas de oro de verdad. No tendría que apurar cada semana mi asignación para gastos personales.

—Si tuviera medallas de oro —replicó Anne arqueando una ceja—, no tendría que ser vuestra institutriz.

—*Touché!* —dijo Frances con admiración.

Anne le guiñó un ojo. Le satisfacía ganarse la admiración de una niña de diez años.

—¿Dónde están tus hermanas? —murmuró, y luego las llamó—: ¡Harriet! ¡Elizabeth!

Harriet llegó dando saltos.

—Mamá dice que puedo comer con los mayores mientras estemos aquí.

—¡Oooooh! A Elizabeth no va a gustarle eso —predijo Frances.

—¿No va a gustarme el qué? —preguntó Elizabeth—. Y a ti no va a gustarte lo que acaba de contarme Peggy.

Peggy era la doncella de Sarah. A Anne le caía bastante bien, aunque era una cotilla terrible.

—¿Qué te ha dicho? —preguntó Frances—. Y que sepas que Harriet va a comer con los mayores mientras estemos aquí.

Elizabeth soltó un jadeo de justificada indignación.

—Eso es una clara injusticia. Y lo que Peggy ha dicho es que Sarah le explicó que Daniel ha ordenado que la señorita Wynter también coma con la familia.

—Eso no va a suceder —replicó Anne con firmeza. Sería algo muy poco habitual; una institutriz solo se incorporaba a la familia cuando debía hacer bulto. Y, aparte de eso, tenía mucho trabajo del que encargarse. Dio unas palmaditas a Frances en la cabeza—. Yo comeré contigo.

La inesperada bendición de la enfermedad de la niñera Flanders. Anne no podía imaginarse en qué estaría pensando lord Winstead, solicitando que cenara con la familia. Esa sí que era una maniobra para ponerla en una posición incómoda. ¿El señor de la casa solariega pidiendo cenar con la institutriz? Era igual que decir públicamente que estaba intentando seducirla.

Y Anne tenía la sensación de que lo estaba intentando. No sería la primera vez que se veía obligada a esquivar insinuaciones de alguien que le daba trabajo.

Pero sería la primera vez que una parte de ella quería consentirlas.

—¡Buenas noches!

Era lord Winstead quien había salido al pórtico a recibirles.

—¡Daniel! —gritó Frances. La pequeña dio un giro de ciento ochenta grados, levantando una nube de polvo sobre sus hermanas, y se fue corriendo hacia él, casi derribándole cuando se lanzó a sus brazos.

—¡Frances! —le reprendió lady Pleinsworth—. Ya eres demasiado mayor como para ir saltando sobre tu primo.

—No me importa —dijo lord Winstead con una sonrisa. Le revolvió el pelo a Frances, con lo que se ganó una gran sonrisa de la pequeña.

Y entonces giró la cabeza hacia atrás para contestar a su madre:

—Si soy demasiado mayor para saltar sobre Daniel, ¿significa eso que soy bastante mayor para cenar con los adultos?

—Ni de lejos —contestó lady Pleinsworth con desparpajo.

—Pero Harriet...

—... tiene cinco años más.

—Vamos a pasarlo genial en el cuarto infantil —anunció la institutriz para librarse de caer bajo la responsabilidad de lord Winstead. Él se volvió hacia ella, y en sus ojos llameaba una familiaridad que hizo que a ella se le calentara la piel. Se percató de que él estaba a punto de decir algo para que cenara con la familia, por lo que se apresuró a añadir, a un volumen que todo el mundo pudiera oír—: Por regla general ceno en mi habitación, pero ya que la niñera Flanders está enferma, ocuparé encantada su puesto con Elizabeth y Frances en el cuarto infantil.

—Una vez más, es nuestra salvadora, señorita Wynter —canturreó lady Pleinsworth—. No sé qué haríamos sin usted.

—Primero la velada musical y ahora esto —dijo lord Winstead con aprobación.

Anne le dedicó una rápida mirada para intentar discernir el motivo de que dijera tal cosa, pero él ya había vuelto su atención a Frances.

—Tal vez debamos organizar un concierto mientras estamos aquí —sugirió Elizabeth—. Sería muy divertido.

Costaba distinguirlo con la luz del crepúsculo, pero Anne pensó haber visto a Lord Winstead palidecer.

—No he traído tu viola —se apresuró a decir—. Ni el violín de Harriet.

—¿Y mi...?

—Y tampoco tu contrafagot —comunicó Anne a Frances antes de que acabara siquiera la pregunta.

—¡Oh! Pero estamos en Whipple Hill —dijo lady Pleinsworth—. Ningún hogar Smythe-Smith estaría completo sin una generosa variedad de instrumentos musicales.

—¿Incluso un contrafagot? —preguntó Frances esperanzada.

Lord Winstead pareció dudar, pero dijo:

—Supongo que puedes echar una mirada.

—¡Eso voy a hacer! Señorita Wynter, ¿puede ayudarme?

—Por supuesto —murmuró Anne. Parecía una actividad tan buena como cualquier otra para evitar a la familia.

—Con Sarah recuperada, esta vez no tendrá que tocar el pianoforte —indicó Elizabeth.

Era una suerte que lady Sarah hubiera entrado ya en casa, pensó Anne, porque si no tendría que haber fingido una recaída en aquel mismo instante.

—Vayamos dentro —dijo lord Winstead—. No necesitáis cambiaros; podéis seguir con las ropas de viaje. La señora Barnaby ha preparado una cena informal para todos, Elizabeth y Frances incluidas.

Y usted también, señorita Wynter.

No lo dijo. Ni siquiera la miró, pero Anne sintió las palabras de todos modos.

—Si van a cenar *en famille* —dijo Anne a lady Pleinsworth—, les agradeceré mucho que me permitan retirarme a mi habitación, me encuentro agotada del viaje.

—Por supuesto, querida mía. Tendrá que ahorrar energías para esta semana. Me temo que vamos a abusar de usted. ¡Pobre niñera!

—¿No querrás decir «pobre señorita Wynter»? —preguntó Frances.

Anne sonrió a la niña. Estaba en todo.

—No tema, señorita Wynter —dijo Elizabeth—. Seremos comprensivas con usted.

—¡Oh! Eso sería estupendo. ¿De verdad?

Elizabeth puso cara inocente.

—Estoy dispuesta a renunciar a las Matemáticas durante la visita.

Lord Winstead soltó una risita y luego se volvió hacia Anne.

—¿Llamo a alguien para que la acompañen a su habitación?

—Gracias, milord.

—Venga conmigo. Me ocuparé de ello. —Se volvió hacia su tía y primas—. El resto de vosotras, pasad al comedor de los desayunos.

Anne no tuvo otra opción que seguirle a través del vestíbulo principal y luego por un larga galería de retratos. Pensó que se encontrarían en los inicios de la saga, a juzgar por el cuello isabelino que lucía el corpulento hombre que la miraba desde ahí arriba. Anne intentó dar con la doncella, el lacayo o con quien contara él para acompañarla a su habitación, pero estaban solos por completo.

A excepción de dos docenas de Winstead de épocas pasadas.

Permaneció en pie y se agarró las manos por delante con remilgo.

—Estoy segura de que quiere reunirse con su familia. Tal vez una doncella...

—¿Qué clase de anfitrión sería yo? —preguntó Daniel en voz baja—. Desatendiéndola como un bulto más del equipaje.

—¿Perdone? —murmuró Anne con cierta alarma. No se referiría él a...

Daniel sonrió. Como un lobo.

—La llevaré yo mismo a su habitación.

Daniel no sabía qué clase de locura se había apoderado de él, pero la señorita Wynter estaba adorable mientras observaba con ojos entrecerrados al tercer conde de Winstead (demasiados muslos de pavo compartidos con Enrique VIII, eso quedaba claro). Planeaba llamar a una doncella para que la acompañara a su habitación, de verdad, pero por lo visto no podía resistirse a su delicada forma de arrugar la nariz.

—Lord Winstead —empezó ella—, sin duda reconoce lo impropio de tal... tal...

—¡Oh! No se preocupe —dijo encantado de salvarla de sus dificultades a la hora de articular la frase—. Su virtud está a salvo conmigo.

—¡Pero mi reputación, no!

En eso llevaba razón.

—Iré rápido como un... —Hizo una pausa—. Bueno, lo que sea que vaya rápido y no sea poco agraciado.

Ella se lo quedó mirando como si le crecieran cuernos. Cuernos poco agraciados.

Él sonrió osado.

—Bajaré a cenar tan rápido que nadie se dará cuenta de que subí con usted.

—Esa no es la cuestión.

—¿Ah, no? Ha dicho que le preocupaba su reputación.

—En efecto, pero...

—Tan rápido —interrumpió él poniendo fin a la protesta, del tipo que fuera, a la que ella quería llegar— que apenas tendría tiempo de violarla si esa fuera mi intención.

Anne soltó una exclamación.

—¡Lord Winstead!

Aquellos comentarios eran incorrectos, pero muy divertidos.

—Estoy bromeando —le dijo el conde.

Ella le observó.

—Lo que digo es broma —se apresuró a explicar él—. No el sentimiento.

La institutriz seguía sin decir nada. Y luego:

—Creo que se ha vuelto loco.

—Es toda una posibilidad —respondió mostrando conformidad, y luego indicó el pasillo que llevaba a las escaleras del lado oeste—. Por aquí, venga por aquí. —Esperó un momento y luego añadió—: No es que pueda elegir.

Anne se puso tensa y se percató de que él había dicho algo equivocado. Pero equivocado por algo que ella había vivido en el pasado, en otra época en la que de verdad no podía elegir.

Tal vez equivocado también porque aquello no era propio de él, con independencia de su historia. Daniel no pellizcaba a las doncellas ni arrinconaba a las chicas en las fiestas; siempre había intentado tratar a las mujeres con respeto. Y no iba a ser menos con la señorita Wynter.

—Le ruego que me perdone —dijo el conde inclinando la cabeza para expresar su aprecio—. Me he comportado mal.

Ella separó los labios y pestañeó con rapidez varias veces. No sabía si creerle, y él se percató asombrado y en silencio de que la indecisión de la joven era descorazonadora.

—Mi disculpa es sincera —dijo.

—Por supuesto —se apresuró a decir ella, y el conde pensó que hablaba en serio. Confió en que así fuera. La institutriz habría dicho lo mismo aunque no lo creyera, solo por ser cortés.

—Permítame darle una explicación, de todos modos —añadió él—. Dije que no podía elegir, solo porque no sabe orientarse en la casa.

—Por supuesto.

Pero se sintió obligado a explicar más, porque... porque... porque no soportaba la idea de que ella tuviera una mala opinión de él.

—Cualquier visita se encontraría en la misma situación —concluyó con la esperanza de no parecer que estaba a la defensiva.

La institutriz fue a decir algo y luego se detuvo, probablemente porque habría sido otro «por supuesto». Él esperó con paciencia —ella todavía se hallaba junto al cuadro del tercer conde—, conformándose con observarla hasta que por fin dijo:

—Gracias.

Daniel asintió; fue un movimiento gracioso, elegante y sofisticado, el tipo de gesto realizado miles de veces. Pero por dentro casi lo arrastra un torrente de alivio. Era una lección de humildad. O, para ser más precisos, desconcertante.

—No es la clase de hombre que se aprovecha —dijo ella, y en ese momento él lo vio con claridad.

Alguien le había hecho daño. Anne Wynter sabía qué significaba encontrarse a merced de alguien más fuerte y poderoso.

Daniel notó que algo crecía con furia dentro de él. O tal vez era tristeza, o lástima.

No sabía qué sentía. Por primera vez en su vida sus pensamientos formaban una maraña, se zarandeaban y giraban, superponiéndose como anotaciones de una historia que se corregía sin fin. La única certeza era que necesitó cada gramo de fuerza para no cubrir la distancia que les separaba y estrecharla entre sus brazos. El cuerpo de Daniel se acordaba de Anne, de su fragancia, de sus curvas, incluso de la temperatura exacta de su piel contra él.

La deseaba. La deseaba por completo.

Pero su familia le esperaba para cenar y sus antepasados le observaban desde los marcos de sus retratos, y ella —la mujer en cuestión— le observaba con una cautela que le partió el corazón.

—Si espera un momento aquí —dijo en voz baja—, buscaré a una doncella para que la acompañe a la habitación.

—Gracias —contestó Anne con una leve inclinación.

El conde empezó a andar hacia el otro extremo de la galería, pero tras unos pasos se detuvo. Cuando se dio media vuelta, ella se hallaba en el mismo punto donde la había dejado.

—¿Algo va mal? —preguntó.

—Solo quiero que sepa... —dijo de repente.

¿Qué? ¿Qué quería que ella supiera? Ni siquiera sabía por qué había hablado.

Era un necio, pero eso ya lo sabía. Desde el momento en que la conoció no había parado de hacer el idiota.

—¿Lord Winstead? —preguntó tras un minuto entero sin que él acabara la frase.

—No es nada —musitó Daniel y volvió a darse la vuelta, esperando que los pies le sacaran de la galería, pero no fue así. Se quedó quieto y ansioso, de espaldas a ella, mientras su mente le gritaba que... se moviera de una vez. *Da un paso. ¡Muévete!*

Pero, en su lugar, se dio media vuelta. Una parte traicionera de él quería con desesperación dar una última mirada a la institutriz.

—Como usted desee —dijo ella en voz baja.

Y luego, sin oportunidad de considerar sus acciones, se encontró regresando a grandes pasos hasta ella.

—Precisamente —dijo.

—¿Disculpe? —Los ojos de Anne estaban empañados por la confusión. Confusión entremezclada con inquietud.

—Como yo desee —repitió—, eso es lo que acaba de decir.

—Lord Winstead, no creo que...

El conde se detuvo a un metro de ella, al alcance de su brazo. Confiaba en sí mismo, pero no del todo.

—No debería hacer esto —susurró ella.

Pero ya había ido demasiado lejos.

—Lo que deseo es besarla. Eso es lo que quiero que sepa. Si no lo hago, y parece ser que no lo voy a hacer, es porque usted no lo quiere, al menos no en este preciso instante... Pero si no lo hago, quiero que sepa que sí lo deseaba. —Hizo una pausa sin dejar de observar su boca, sus labios llenos y temblorosos—. Lo deseo de todos modos.

Daniel oyó el rumor del aire de un jadeo entre los labios de la joven, pero cuando la miró a los ojos, el azul era tan oscuro que podrían haber sido unos ojos negros, y supo que ella también le deseaba. Estaba horrorizada, eso era obvio, pero de todos modos ella le deseaba.

No iba a besarla ahora, ya se había percatado de que no era el momento adecuado. Pero tenía que hacérselo saber; ella tenía que saber lo que él quería.

Lo que ella también quería, si se permitiera reconocerlo.

—Este beso... —dijo con voz ardiente, cargada de un deseo incontenible—. Este beso... lo deseo con un fervor que me sacude el alma. No tengo ni idea de la razón, solo sé que lo noté en el momento en que la vi sentada tocando el piano, y desde entonces solo se ha intensificado con el paso de los días.

Anne tragó saliva, y la luz de la vela danzó sobre su delicado cuello. Pero no decía nada. Eso estaba bien, no había contado con que lo hiciera.

—Quiero el beso —continuó con voz ronca— y luego quiero más. Quiero cosas que ni se puede imaginar.

Permanecieron de pie en silencio, mirándose a los ojos.

—Pero, sobre todo —susurró—, deseo besarla.

Y entonces, con voz tan suave que apenas era un murmullo, ella dijo:

—Yo también lo deseo.

Yo también lo deseo.

Estaba mal de la cabeza.

No podía haber otra explicación. Había pasado los últimos dos días repitiéndose todas las razones por las que era imposible permitirse desear a este hombre y, a la primera de cambio, en el primer momento en que se encuentran a solas, ¿decía eso?

Levantó la mano para taparse la boca, no tenía ni idea de si lo hacía por estar horrorizada o porque las puntas de sus dedos contaban con más sentido común que el resto de su persona e intentaban impedir que cometiera un enorme error.

—Anne —susurró él mirándola con una intimidad abrasadora.

Nada de señorita Wynter. Anne. Se estaba tomando ciertas libertades: ella no le había dado permiso para llamarla así. Pero no pudo mostrar la indignación que sabía debería sentir. Porque cuando la llamó Anne, por primera vez sintió que ese nombre era suyo. Durante ocho años se había llamado a sí misma Anne Wynter, pero para el resto del mundo siempre había sido la señorita Wynter. Nadie en su vida le había llamado Anne, ni una sola persona.

No estaba segura de haberse percatado de aquel detalle antes de este momento.

Siempre había pensado que quería volver a ser Annelise, regresar a la vida donde su principal preocupación era qué vestido ponerse cada mañana, pero al oír a lord Winstead susurrar su nombre, se percató de que le gustaba la mujer en la que se había convertido. Tal vez no le gustaran los sucesos que la habían hecho llegar hasta ese punto o el temor aún presente a que

George Chervil pudiera encontrarla algún día e intentar acabar con ella, pero se gustaba a sí misma.

Era un pensamiento asombroso.

—¿Puede besarme tan solo una vez? —susurró, porque lo deseaba de veras. Quería saborear la perfección, pese a saber que no podría ir más lejos—. ¿Puede besarme una vez y no volver a hacerlo nunca más?

Los ojos de Daniel se empañaron y, por un momento, Anne pensó que tal vez no fuera a responder. Se estaba conteniendo de tal manera que le temblaba el mentón, y el único ruido que se oía era el esforzado sonido de su respiración.

La decepción descendió despacio por el interior de Anne. No quería saber en qué estaba pensando para hacer ese tipo de preguntas. Un beso, ¿y luego nada más? ¿Un beso, cuando sabía que ella misma también quería mucho más? Era una...

—No lo sé —respondió de repente.

La mirada de Anne, que por un momento había descendido a los pies, regresó al rostro del conde. Seguía observándola con intensidad, como si ella pudiera ser su salvación. Las heridas no se habían curado todavía, tenía cortes y rasguños en la piel, y aquel moratón casi negro que le rodeaba un ojo, pero en ese momento él era la cosa más hermosa que había visto en su vida.

—No creo que una vez sea suficiente —dijo.

Sus palabras eran emocionantes. ¿Qué mujer no querría ser deseada? Pero la parte precavida de la institutriz, la parte sensata, se percató de que estaba siguiendo un camino peligroso. Lo había hecho antes, permitirse enamorarse de un hombre que jamás se casaría con ella. La única diferencia era que en esta ocasión Anne lo entendía. Lord Winstead era un conde (pese a haber caído en desgracia, cierto), pero seguía siendo un conde y, con aquel aspecto y encanto, la sociedad no tardaría en volver a aceptarlo con los brazos abiertos.

Y ella era... ¿qué? ¿Una institutriz? Una falsa institutriz cuya historia empezaba en 1816 al bajar de un ferry, mareada y petrificada, y poner los pies en el suelo rocoso de la isla de Man.

Anne Wynter había nacido aquel día, y Annelise Shawcross... había desaparecido. Había volado con una ráfaga de aire como las salpicadas de mar que la rodeaban por todas partes.

Pero, en realidad, tanto daba quién fuera. Anne Wynter..., Annelise Shawcross..., ninguna de ellas era una pareja apropiada para Daniel Smythe-Smith, conde de Winstead, vizconde de Streathermore y barón de Touchton of Stoke.

Tenía más nombres que ella. Casi resultaba gracioso.

Pero lo cierto es que no tenía la menor gracia. Sus nombres eran auténticos y debía estar a la altura de todos ellos. Y eran un símbolo de su posición social, de cada motivo por el que ella no tendría que estar ahí con él, inclinando el rostro en su dirección.

De todos modos, deseaba este momento. Deseaba besarle, sentir sus brazos rodeándola, entregarse a ese abrazo, entregarse a la noche que les envolvía. Suave y misteriosa, cargada de promesas...

¿Qué tenía de especial una noche como esa?

Daniel estiró el brazo para tomarle la mano, y ella se lo permitió. Rodeó los dedos de Anne y, aunque no los atrajo hacia sí, ella notó el tirón, ardiente y pulsante de la atracción que la acercaba. Su cuerpo sabía qué hacer, sabía lo que quería.

Habría sido muy fácil negarlo, si su corazón no lo quisiera también.

—No puedo prometerle eso —manifestó Daniel con voz suave—, pero quiero decirle una cosa. Aunque no la bese ahora, si me doy media vuelta, me alejo, voy a cenar y finjo que no ha sucedido nada de esto, no puedo prometer que no vaya a besarla otra vez.

Se llevó la mano de Anne a la boca. Ella se había quitado los guantes en el carruaje y notó el cosquilleo en la piel desnuda, que brincó de deseo cuando sus labios la tocaron.

Anne tragó saliva sin saber qué decir.

—Puedo besarla ahora —dijo él—, sin la promesa. O podemos no hacer nada, también sin promesas. Lo que usted elija.

Si él hubiera sonado demasiado seguro de sí mismo, Anne habría encontrado fuerzas para apartarse. Si su postura hubiera sido arrogante o si algo en su voz hablara de seducción, habría sido diferente.

Pero él no amenazaba, ni siquiera hacía promesas. Solo le decía la verdad.

Y le dejaba elegir.

Anne tomó aliento e inclinó la cabeza hacia él.

Y susurró:

—Béseme.

Lo lamentaría mañana. O tal vez no. Pero en ese instante no le importaba. El espacio entre ellos se disolvió, y sus brazos, tan fuertes y seguros, la rodearon. Y cuando los labios la tocaron, pensó haberle oído pronunciar su nombre otra vez.

—Anne.

Fue un suspiro, un ruego. Una bendición.

Sin vacilar, ella se estiró para tocarle, hundiendo los dedos con delicadeza en el cabello oscuro. Ahora que ya lo había hecho, que le había pedido que la besara, lo quería todo. Quería tomar el control de su vida o, al menos, de este momento.

—Pronuncia mi nombre —murmuró él moviendo los labios desde la mejilla al lóbulo de la oreja.

Su voz, cálida contra su oído, se filtró por su piel como un bálsamo.

Pero ella no podía pronunciarlo, era demasiado íntimo. Por qué era así, no tenía ni idea, pues ella se había emocionado con el sonido de su nombre en sus labios, y más en concreto, con sus brazos, que la rodeaban, y deseaba con desesperación permanecer así para siempre.

Pero no estaba preparada del todo para llamarle Daniel.

En su lugar soltó un pequeño suspiro, o tal vez fuera un pequeño gemido, y se permitió apoyarse más en él. Notó la calidez del cuerpo de Daniel, y el suyo se acaloró de tal manera que pensó que iba a arder en llamas.

El conde deslizó las manos por su espalda y colocó una en su cintura, mientras bajaba la otra para tomar su trasero. Anne se sintió levantada y comprimida con fuerza contra él, apretada contra la evidencia de su deseo por ella. Y pese a saber que debería escandalizarse, o al menos recordar que no debería estar ahí con él, solo podía temblar de placer.

Era maravilloso sentirse deseada, que alguien la necesitara con tal desesperación. A ella. No a una guapa e insignificante institutriz que cualquiera podía arrinconar y manosear. No a la acompañante de una dama cuyo sobrino pensaba que debería sentirse agradecida por sus atenciones.

Ni siquiera a una jovencita que en realidad era solo una diana fácil.

Lord Winstead la deseaba a ella. La había deseado antes incluso de saber quién era. Aquella noche en la residencia Winstead, cuando la besó...

Por lo que él sabía, bien podía ser la hija de un duque, con quien tendría que casarse por honor solo por haber estado a solas con ella en un pasillo a oscuras. Y tal vez eso no fuera significativo, porque tampoco habían intercambiado tantas frases, pero aun así él la deseaba ahora y ella no pensaba que fuera solo porque creyera que podía aprovecharse.

Pero finalmente recuperó la cordura o tal vez solo el espectro de la realidad, y se obligó a rechazar su beso.

—Tiene que regresar —dijo, deseando que su voz sonara más firme—. Le estarán esperando.

El conde asintió, con ojos salvajes, como si no supiera qué acababa de sucederle.

Anne lo entendió. Ella se sentía igual.

—Quédese aquí —dijo por fin—. Mandaré una doncella para que la acompañe a su habitación.

Ella asintió mientras le observaba encaminándose al otro lado de la galería, con paso no tan resuelto como estaba acostumbrada a ver en él.

—Pero esto... —dijo volviéndose con un brazo estirado—. Esto no ha terminado. —Y entonces, con voz que revelaba deseo y determinación, y una buena dosis de desconcierto, añadió—: No puede acabar.

Esta vez Anne no asintió. Uno de ellos tenía que ser sensato. Acabarlo era la única posibilidad.

El clima inglés no es demasiado recomendable, pero cuando el sol y el aire se ponen de acuerdo no hay un lugar mejor, sobre todo por la mañana, cuando la luz todavía es indirecta y rosada, y la hierba cubierta de rocío centellea con la brisa.

Daniel se sentía especialmente bien cuando bajó a desayunar. El sol matinal entraba a raudales por cada ventana y bañaba la casa de un resplandor celestial, el fuerte aroma a beicon llegaba hasta su nariz y la noche anterior había sugerido que Elizabeth y Frances desayunaran con el resto de la familia (no es que hubiera algún motivo oculto para ello) en vez de arriba en el cuarto infantil.

Era una tontería que desayunaran solas cada mañana. Suponía más trabajo para todos los implicados y, por supuesto, él no quería verse privado de su compañía. Acababa de regresar al país después de tres años fuera. Tal y como les dijo, era la ocasión de estar con su familia, sobre todo con sus primas pequeñas, que tanto habían cambiado en su ausencia.

Aunque Sarah le dedicara una mirada sarcástica al decirlo y su tía se preguntara en voz alta por qué no estaba entonces con su propia madre y hermana, a Daniel se le daba a las mil maravillas hacer caso omiso de sus familiares femeninas cuando le convenía. Y, además, difícilmente podría haber contestado con el bullicio de vítores de las dos pequeñas Pleinsworth.

Por lo tanto, estaba decidido. Elizabeth y Frances no desayunarían en el cuarto infantil, sino que bajarían al comedor junto con el resto de la familia. Y si las chicas bajaban, la señorita Wynter también estaría ahí, y los desayunos serían maravillosos, desde luego que sí.

Con un ánimo un poco ingenuo, había que admitirlo, cruzó el vestíbulo principal para dirigirse al comedor matinal, haciendo una pausa para asomarse al salón del gran ventanal, que un lacayo con iniciativa había abierto para dejar entrar el aire cálido de la primavera. ¡Menudo día! Los pájaros gorjeaban, el cielo estaba azul, la hierba era verde (como siempre, pero era algo excelente, daba igual) y había besado a la señorita Wynter.

Casi dio un salto al pensar en ello.

Había sido espléndido. Maravilloso. Un beso que relegaba todos los besos anteriores a otra categoría inferior. La verdad, no sabía qué había estado haciendo con todas las demás mujeres, porque cuando tocaba sus labios lo que sucedía no eran besos.

No como el de anoche.

Cuando llegó al comedor, le encantó ver a la señorita Wynter de pie junto al aparador. Pero cualquier idea de coquetear se vio truncada al descubrir a Frances, quien recibía indicaciones de servirse más comida en el plato.

—Pero no me gustan los arenques ahumados —protestó la pequeña.

—No tienes que comer arenques —replicó la señorita Wynter con gran paciencia—, pero no sobrevivirás hasta la cena solo con un trozo de beicon. Toma unos huevos.

—No me gustan preparados así.

—¿Desde cuándo? —preguntó la señorita Wynter, que sonaba bastante recelosa. O tal vez simplemente exasperada.

Frances arrugó la nariz y se inclinó sobre el hornillo que mantenía la comida caliente.

—Parecen poco hechos.

—Algo que se puede corregir de inmediato —manifestó Daniel, decidiendo que ese momento era tan bueno como cualquier otro para anunciar su presencia.

—¡Daniel! —exclamó Frances con los ojos iluminados de alegría.

El conde dirigió una mirada furtiva a la señorita Wynter; todavía no pensaba en ella como Anne, excepto, por lo visto, cuando la tenía en sus brazos. La reacción de ella no fue tan efusiva, pero sus mejillas adquirieron un tono rosado extremadamente atractivo.

—Pediré al cocinero que te prepare una ración a tu gusto —le dijo a Frances, y estiró el brazo para revolverle el pelo.

—No hará tal cosa —replicó la señorita Wynter con severidad—. Estos huevos son perfectos. Preparar más sería un despilfarro de comida.

Daniel dirigió una mirada a Frances y se encogió de hombros en solidaridad.

—Me temo que no podemos llevar la contraria a la señorita Wynter. ¿Por qué no buscas otra cosa de tu agrado?

—No soy aficionada a los arenques.

El conde echó un vistazo al ofensivo plato y puso una mueca.

—Yo tampoco. No sé a quién le gustan, la verdad, aparte de a mi hermana. Y te diré una cosa, siempre acaba oliendo a pescado el resto del día.

Frances soltó un resoplido de horror cargado también de regocijo.

Daniel miró a la señorita Wynter.

—¿Le gustan los arenques?

Ella le devolvió la mirada.

—Mucho.

—Lástima. —Suspiró y se volvió hacia Frances—. Tendré que avisar a lord Chatteris de esta cuestión ahora que él y Honoria van a casarse. No me imagino que le apetezca besar a alguien que huele a arenque.

Frances se llevó una mano a la boca y se rio con gran entusiasmo. La señorita Wynter le dedicó una mirada de extrema severidad y dijo:

—No creo que sea la conversación más apropiada para una niña.

A lo que él respondió simplemente:

—¿Y lo es para los adultos?

Ella casi sonrió. Daniel se dio cuenta de que quería hacerlo, pero en vez de ello contestó:

—No.

El conde hizo un gesto triste con la cabeza.

—Lástima.

—Tomaré una tostada —anunció Frances—. Con montones y montones de mermelada.

—Un solo montón, por favor —ordenó la institutriz.

—La niñera Flanders me deja ponerme dos.

—Yo no soy la niñera Flanders.

—Que quede claro —comentó Daniel en voz baja.

La señorita Wynter le dirigió una mirada fulminante.

—Delante de las niñas... ¿En serio? —le reprendió él al pasar junto a ella, murmurando las palabras para que Frances no le oyera—. ¿Dónde está todo el mundo? —preguntó en voz alta, tomando un plato y yendo directo al beicon. Todo quedaba mejor con beicon.

La vida era mejor con beicon.

—Elizabeth y Harriet bajarán enseguida —contestó la señorita Wynter—. No sé nada de lady Pleinsworth y lady Sarah. No estaban en los alrededores de sus habitaciones.

—Sarah detesta levantarse por la mañana —dijo Frances sirviéndose mermelada con la cuchara mientras observaba de reojo a la institutriz.

La señorita Wynter la observaba a su vez, y ella se contentó con una cucharada; luego regresó a su asiento con aspecto un poco abatido.

—Su tía tampoco es madrugadora —le dijo Anne a Daniel, mientras se llenaba el plato con cuidado. Beicon, huevos, una tostada, mermelada, una empanadilla de carne... Era una entusiasta del desayuno, como podía verse.

Una buena porción de mantequilla, otra cucharada más moderada de mermelada de naranja, y luego...

¡No, los arenques no!

Arenques. Al menos tres veces lo que debería consumir un ser humano normal.

—¿Arenques? —preguntó—. ¿Le conviene?

—Ya le he dicho que me gustan.

O, para ser más exactos, él ya había señalado que los arenques constituían una coraza perfecta contra los besos.

—Son prácticamente el plato nacional en la isla de Man —dijo ella, dejando caer un último pescadito viscoso en su plato para dejar las cosas claras.

—Hemos estado estudiando la isla de Man en Geografía —dijo Frances con desánimo—. Está el gato «manés». Las personas se llaman «maneses». Es lo único a destacar allí. La palabra «manés».

A Daniel no se le ocurrió comentario alguno a las explicaciones de la niña.

—Y hablan en manés —explicó Frances, algo que no despejaba mucho sus dudas.

Daniel se aclaró la garganta, decidiendo no seguir aquella línea de diálogo sobre la dichosa palabreja, y volvió a la mesa tras la señorita Wynter.

—No es una isla muy grande —comentó el conde—. No se me hubiera ocurrido que hubiesen muchas cosas que estudiar sobre ella.

—Al contrario —comentó Anne ocupando un asiento en diagonal con Frances—. La isla es rica en historia.

—Y en pescado, por lo visto.

—Cierto —admitió la señorita Wynter clavando el tenedor en un arenque—, es lo único que echo en falta de allí.

Daniel la observó con curiosidad mientras se sentaba a su lado, ocupando el asiento que quedaba justo enfrente de Frances. Era una afirmación extraña para una mujer tan reservada acerca de su pasado.

Pero Frances interpretó el comentario de un modo totalmente diferente. Con un triángulo de tostada a medio comer colgando de la punta de los dedos, se quedó paralizada, mirando a su institutriz con absoluto asombro.

—Entonces, ¿por qué nos obliga a estudiarla? —inquirió finalmente.

Anne la miró con un aplomo impresionante.

—Difícilmente podría preparar una lección sobre la isla de Wight. —Se volvió a Daniel y dijo—: Con franqueza, no sé nada al respecto.

—Tiene mucha razón —le dijo él a su primita—. Es difícil enseñar sobre lo que no sabes.

—Pero no sirve para nada —protestó Frances—. Al menos la isla de Wight está cerca. Podría ser que algún día fuéramos allí. La isla de Man está en medio de la nada.

—Del mar de Irlanda, en realidad —apuntó Daniel.

—Nunca se sabe adónde puede llevarte la vida —comentó con calma la señorita Wynter—. Puedo asegurarte que, cuando tenía tu edad, estaba convencida de que nunca pondría un pie en la isla de Man.

Había un tono de solemnidad en su voz que resultaba fascinante, y ni Daniel ni Frances dijeron una palabra. Al final, la institutriz encogió un poco los hombros y volvió a centrar la atención en la comida, pinchó otro arenque y dijo:

—No creo que supiera siquiera ubicarla en un mapa.

Se produjo otro silencio, en esta ocasión más incómodo que el anterior. Daniel decidió que era hora de superarlo y dijo:

—Bien —lo cual le daba tiempo para pensar en algo un poco más inteligente—. Tengo pastillas de menta en mi despacho.

La señorita Wynter se volvió, luego pestañeó y dijo:

—Disculpe, ¿cómo ha dicho?

—¡Genial! —exclamó Frances, olvidando la isla de Man—. Me encantan los caramelos de menta.

—¿Y a usted, señorita Wynter? —preguntó.

—Le gustan —dijo Frances.

—Tal vez tengamos que ir al pueblo —añadió Daniel— a comprar más.

—Me ha parecido oírte decir que ya los tenías —le recordó Frances.

—Así es. —Dirigió una mirada a los arenques de la señorita Wynter al tiempo que alzaba las cejas lleno de alarma—. Pero me da la impresión de que no tendremos suficientes.

—Por favor —replicó la señorita Wynter pinchando un pescadito más con el tenedor y permitiendo que temblara en el aire—. Por mí no lo haga.

—¡Oh! Creo que será por todos los demás.

Frances desplazó varias veces una mirada ceñuda de Daniel a la institutriz.

—No entiendo de qué estáis hablando —anunció.

Daniel sonrió con deleite a Anne, quien optó por no responder.

—Hoy vamos a dar las lecciones al aire libre —le dijo Frances a su primo—. ¿Te apetece acompañarnos?

—Frances —se apresuró a intervenir la institutriz—, estoy segura de que su señoría...

—Estará encantado de acompañaros —dijo Daniel con gran elocuencia—. Estaba pensando en el día tan maravilloso que hace, soleado y cálido.

—¿No hacía sol y calor en Italia? —preguntó Frances.

—En efecto, pero no era lo mismo. —Dio un gran bocado al beicon, que tampoco era igual en Italia. Todo lo demás que se comía allí era mejor, menos el beicon.

—¿Y eso por qué? —preguntó Frances.

Se lo pensó un momento.

—La respuesta obvia sería que a menudo hacía demasiado calor para disfrutar.

—¿Y la menos obvia? —preguntó la señorita Wynter.

El conde sonrió encantado hasta lo absurdo con la participación de ella en la conversación.

—Me temo que también es menos obvio para mí, pero si tuviera que expresarlo con palabras, diría que tenía algo que ver con sentimientos relacionados con pertenecer a un lugar. O no, supongo yo.

Frances asintió como si fuera toda una sabia.

—Podía hacer un día precioso —continuó Daniel—, la perfección en realidad, pero nunca era lo mismo que un día precioso en Inglaterra. Huele diferente por completo, y el aire es más seco. El paisaje es espléndido, por supuesto, sobre todo junto al mar, pero...

—Estamos junto al mar —interrumpió Frances—. ¿A qué distancia estamos del mar aquí en Whipple Hill, a diez millas tal vez...?

—Bastante más que eso —respondió Daniel—, pero nunca podrías comparar el canal de la Mancha con el mar Tirreno. Uno es verde grisáceo y vivo, y el otro es azul como un espejo.

—Me encantaría ver un mar azul como un espejo —dijo la señorita Wynter con un suspiro de anhelo.

—Es espectacular —admitió él—. Pero no es tu hogar.

—¡Oh! Pero piense en lo celestial que podría ser —continuó ella— navegar y no vomitar sin parar.

Daniel se rio a su pesar.

—¿Es propensa al mareo entonces?

—De una forma espantosa.

—Yo nunca me mareo —manifestó Frances.

—Nunca has viajado en barco —indicó la institutriz con desparpajo.

—Por lo tanto, nunca me mareo —replicó triunfal Frances—. ¿O tal vez debería haber dicho que «nunca me he mareado»?

—Sería más exacto.

—Como institutriz, está en todo —comentó Daniel con afecto.

Pero la expresión que adoptó Anne fue extraña, como si tal vez no hubiera querido que le recordaran ese hecho. Fue una señal clara para que Daniel cambiara de tema:

—No puedo recordar siquiera cómo hemos acabado hablando del mar Tirreno. Yo iba...

—Ha sido porque he preguntado sobre Italia —apuntó Frances voluntariosa.

—... iba a decir —continuó con calma, ya que por supuesto no sabía con exactitud cómo habían acabado hablando del mar Tirreno— que me hace mucha ilusión acompañaros en vuestra lección *en plein air*.

—Eso significa al aire libre —dijo Frances a la señorita Wynter.

—Lo sé —murmuró ella.

—Ya sé que lo sabe —contestó Frances—. Solo quería asegurarme de que sabía que yo lo sabía.

Entonces llegó Elizabeth, y mientras Frances comprobaba si sabía traducir la expresión *en plein air*, Daniel se volvió a la señorita Wynter y dijo:

—Confío en que no sea un inconveniente que las acompañe a la clase.

El conde lo sabía muy bien; ella no podía decir otra cosa que «por supuesto que no», y fue justo lo que dijo. Pero parecía una frase tan buena como cualquier otra para empezar una conversación. Esperó hasta que ella acabó de comer los huevos y luego añadió:

—Estaría encantado de ayudar de alguna manera.

Anne se llevó la servilleta con delicadeza a la boca y luego dijo:

—Estoy segura de que las chicas encontrarán más grata la clase si toma parte en ella.

—¿Y usted?

Sonrió con afabilidad.

—Para mí también será grato —dijo con un matiz de malicia.

—Entonces es lo que haremos —contestó él con grandiosidad; luego frunció el ceño—. No tendrá planeada alguna vivisección esta tarde, ¿verdad?

—Solo hacemos vivisecciones en el aula —respondió con un rostro que llamaba la atención por su seriedad.

Daniel se rio lo bastante alto como para que Elizabeth, Frances y Harriet, que también había llegado, se volvieran en su dirección. Fue sorprendente porque, aunque las tres no se parecían demasiado, en ese momento, con la misma expresión de curiosidad en el rostro, parecían idénticas.

—Lord Winstead estaba preguntando por nuestro plan de lecciones para hoy —les explicó la señorita Wynter.

Hubo un silencio. Luego debieron de decidir que no les interesaba indagar más sobre el tema, y volvieron la atención de nuevo a la comida.

—¿Qué vamos a estudiar esta tarde? —preguntó Daniel.

—¿Esta tarde? —repitió la señorita Wynter—. Espero la presencia de todos a las diez y media.

—Esta mañana, entonces —corrigió debidamente aleccionado.

—Primero Geografía, pero no la isla de Man —explicó en voz alta cuando las tres jóvenes cabezas se giraron en su dirección con furia—. Luego algo de Aritmética y, finalmente, nos concentraremos en la Literatura.

—¡Mi favorita! —dijo Harriet con entusiasmo, ocupando el asiento situado junto a Frances.

—Lo sé —contestó la señorita Wynter mientras le dedicaba una mirada indulgente—, por eso la dejamos para el final. Es la única manera de garantizar que prestes atención el resto del día.

Harriet sonrió avergonzada, pero su rostro se iluminó de repente.

—¿Podemos leer una de mis obras?

—Ya sabes que estamos estudiando dramas históricos de Shakespeare —dijo la institutriz a modo de disculpa— y...

Se detuvo de golpe.

—¿Y qué? —preguntó Frances.

La señorita Wynter contempló a Harriet. Luego miró a Daniel. Y entonces, mientras empezaba a sentirse como un cordero que va al matadero, se volvió otra vez a Harriet y preguntó:

—¿Has traído contigo tus obras?

—Por supuesto, nunca voy a ningún lado sin ellas.

—Nunca sabes cuándo vas a tener la oportunidad de representarlas —manifestó Elizabeth con cierta maldad.

—Bueno, eso por un lado —respondió Harriet, haciendo caso omiso de la indirecta de su hermana o, simplemente, sin darse cuenta, y Daniel pensó que eso era lo más probable—. Pero mi gran temor es —continuó— el fuego.

Su primo sabía que no debía hacer preguntas, pero no pudo aguantarse.

—¿El fuego?

—En casa —confirmó ella—. ¿Y si la residencia Pleinsworth quedara reducida a cenizas mientras estamos aquí en Berkshire? El trabajo de toda una vida perdido.

Elizabeth soltó un resoplido.

—Si se quema la residencia Pleinsworth, te aseguro que tendremos muchas más preocupaciones que la pérdida de tus escritos.

—Yo tengo miedo a las granizadas —anunció Frances—. Y a las plagas de langostas.

—¿Ha leído alguna vez las obras de su prima? —preguntó con inocencia la señorita Wynter.

Daniel negó con la cabeza.

—De hecho, se parecen bastante a esta conversación —explicó y, a continuación, mientras él lo asimilaba, se volvió a las chicas a su cargo y anunció—: ¡Buenas noticias para todo el mundo! Hoy, en vez de *Julio César*, estudiaremos una de las obras de Harriet.

—¿Estudiaremos? —preguntó Elizabeth, llena de horror.

—Leeremos una de ellas —corrigió la institutriz. Se volvió hacia Harriet—. Puedes elegir la que prefieras.

—¡Oh, cielos! Eso va a resultar difícil. —Harriet dejó el tenedor y, mientras pensaba, se puso una mano en el corazón con los dedos estirados como una estrella de mar.

—No la de la rana —afirmó Frances con decisión—. Porque ya sabéis que yo tendré que hacer de rana.

—Haces muy bien de rana —dijo la señorita Wynter para mostrarle su apoyo.

Daniel permanecía en silencio, observando el intercambio con interés y terror.

—De todas formas —dijo Frances con desdén.

—No te preocupes, Frances —intervino Harriet dándole una palmadita en la mano—, no vamos a representar *La marisma de las ranas*. La escribí hace muchos años. Mis trabajos recientes tienen muchos más matices.

—¿Va más adelantada la obra sobre Enrique VIII? —preguntó la señorita Wynter.

—¿Tiene unas ganas locas de que le corten la cabeza? —murmuró el conde—. Harriet quería darle el papel de Ana Bolena en la obra, ¿verdad que sí?

—Todavía no está lista —respondió la joven escritora—. Tengo que revisar el primer acto.

—Le dije que falta un unicornio en la obra —explicó Frances.

Sin apartar la vista de sus primas, Daniel se inclinó hacia la institutriz.

—¿Voy a tener que hacer de unicornio?

—Quizá tenga esa suerte.

Sacudió la cabeza para volverse hacia ella.

—¿Qué significa ese...?

—¡Harriet! —dijo la institutriz en voz alta—. Hay que escoger una obra, en serio.

—Muy bien —manifestó Harriet mientras se estiraba en su asiento con una postura excepcionalmente erguida—. Entonces vamos a representar...

¿La extraña y triste tragedia de lord Finstead?

La reacción de Daniel podía resumirse mejor con dos palabras: *«¡oh!»* y *«no»* —El final es muy optimista, de verdad —le dijo Harriet.

El semblante del conde, que ya reflejaba una mezcla de pasmo y horror, bien lo sabía él, añadió entonces algunas *reservas* al repertorio expresivo.

—Lleva la palabra «tragedia» en el título.

Harriet frunció el ceño.

—Tal vez tenga que cambiar eso.

—No creo que vaya a funcionar demasiado bien como *La extraña y triste comedia...* —apuntó Frances.

—No, no —reflexionó Harriet—, tendría que reelaborarlo todo.

—Pero «Finstead» ... —insistió Daniel—. ¿De verdad?

Harriet levantó la vista hacia él.

—¿Crees que suena demasiado sospechoso?

La señorita Wynter había estado conteniendo su alegría, pero de pronto estalló con una rociada de huevos y beicon.

—¡Oh! —exclamó y, la verdad, su situación no era envidiable —. Lo siento. ¡Oh! ¡Qué falta de educación! Pero...

Su intención era añadir algo, Daniel no era capaz de distinguirlo, pero la risa volvió a dominarla, interrumpiendo cualquier frase inteligible.

—¡Qué suerte que hoy vayas de amarillo! —le dijo Elizabeth a Frances.

Frances se miró el corpiño, se encogió de hombros y luego se sacudió suavemente con la servilleta.

—¡Qué pena que el patrón no tenga algunos ramitos de flores rojas —añadió Elizabeth—. El beicon, ya sabes.

Se volvió hacia Daniel como si esperara alguna clase de confirmación, pero él no quería tomar parte en ninguna conversación que incluyera beicon parcialmente comido y transportado por el aire, por lo que se volvió a la institutriz y dijo:

—Ayuda. ¿Por favor?

Anne le dedicó un gesto avergonzado de asentimiento —pero no tan avergonzado como debiera— y se volvió hacia Harriet.

—Creo que lord Winstead se refiere a la rima del nombre del título.

—Harriet pestañeó dos veces.

—No rima.

—¡Oh, por el amor de Dios! —estalló Elizabeth—. ¿Finstead Winstead?

El jadeo de Harriet casi deja la habitación sin aire.

—¡No me había dado cuenta! —exclamó.

—Eso resulta obvio —dijo la hermana arrastrando las palabras.

—Debo de haber pensado en ti cuando escribía la obra —le dijo a Daniel. Por su expresión dedujo que lo decía como un halago, por lo tanto, intentó sonreír.

—Le han tenido en sus pensamientos a menudo —apuntó la señorita Wynter.

—Tendremos que cambiar el nombre —dijo Harriet con un suspiro—. Va a significar un montón de trabajo, pues me veré obligada a copiar toda la obra. Lord Finstead aparece casi en cada escena, como ya sabéis. —Se volvió hacia Daniel—. Es el protagonista.

—Lo he supuesto —comentó en tono seco.

—Tendrás que interpretar el papel.

Daniel se volvió hacia la señorita Wynter.

—¿No hay vuelta de hoja, no es cierto?

Ella mostró un deleite absoluto, la muy traidora.

—Eso me temo.

—¿Hay un unicornio? —preguntó Frances—. Yo hago muy bien de unicornio.

—Creo que preferiría hacer de unicornio —dijo Daniel con desánimo.

—¡Tonterías! —canturreó la institutriz—. Tiene que ser nuestro héroe.

A lo cual Frances replicó con total naturalidad:

—Los unicornios también pueden ser héroes.

—¡Ya basta de unicornios! —estalló Elizabeth.

Frances sacó la lengua.

—Harriet —dijo la señorita Wynter—, ya que lord Winstead todavía no ha leído tu obra, tal vez puedas explicarle su personaje.

Harriet se volvió ansiosa hacia su primo y declaró con complacencia:

—¡Oh! Va a encantarte ser lord Finstead. Había sido muy apuesto.

Daniel se aclaró la garganta.

—Lo había sido.

—Hubo un incendio —explicó Harriet, acabando la breve frase con una especie de suspiro triste que Daniel supuso que reservaba normalmente a las víctimas de incendios reales.

—Espera un momento —dijo su primo, y entonces se volvió a la institutriz con preocupación creciente—. El incendio no tendrá lugar en el escenario, ¿verdad?

—¡Oh, no! —respondió Harriet—. Lord Finstead ya aparece muy desfigurado cuando se abre la obra. —Y entonces, en un estallido de prudencia que era a la vez tranquilizador y sorprendente, la chica añadió—: Sería peligrosísimo representar un incendio en el escenario.

—Bien, eso...

—Aparte —interrumpió de nuevo la autora—, casi no hará falta ayudarte con la caracterización. Ya tienes... —Indicó su propia cara con la mano, señalándola con un pequeño círculo.

Daniel no tenía ni idea de qué estaba haciendo la chica.

—Tus moratones —dijo Frances en un susurro muy audible.

—¡Ah, sí! —replicó el conde—. Sí, por supuesto. Por desgracia, sé un poco de desfiguración facial en estos momentos.

—Al menos no te hará falta maquillaje —dijo Elizabeth.

Daniel estaba dando gracias a Dios por estas pequeñas concesiones, pero entonces Harriet dijo:

—Bueno, a excepción de la verruga.

La gratitud de Daniel retrocedió.

—Harriet —dijo mirándola a los ojos igual que a un adulto—, tengo que serte sincero y decirte que nunca he sido actor.

La chica restó importancia a aquello con un gesto, como si intentara espantar un mosquito.

—Eso es lo maravilloso de mis obras. Cualquiera puede pasarlo bien.

—No sé —dijo Frances—, no me gustó hacer de rana, me dolían las piernas al día siguiente.

—Tal vez deberíamos escoger *La marisma de las ranas* —sugirió con inocencia la señorita Wynter—. El verde botella hace furor en la moda masculina de este año. Sin duda lord Winstead tendrá algo en el vestuario de ese color.

—No voy a hacer de rana. —El conde entrecerró los ojos con malicia—. A menos que lo haga usted también.

—Solo hay una rana en la obra —dijo Harriet con aire risueño.

—Pero ¿el título no es *La marisma de las ranas*? —preguntó pese a saber que no era buena idea—. ¿Plural?

¡Dios bendito! Aquella conversación le estaba dejando mareado.

—Ahí está la ironía —dijo Harriet, y Daniel consiguió detenerse justo antes de preguntarle a qué se refería con eso, porque no se correspondía con ninguna definición de ironía que hubiera escuchado.

Le dolía el cerebro.

—Creo que lo mejor será que el primo Daniel se lea primero la obra —dijo Harriet. Luego le dirigió una mirada—. Iré a buscar las páginas nada más acabar de desayunar. Puedes leerla mientras damos las clases de Geografía y Matemáticas.

Daniel tuvo la sensación de que preferiría dar Geografía y Matemáticas. Y eso que ni siquiera le gustaba la Geografía. Ni las Matemáticas.

—Tengo que pensar otro nombre para lord Finstead —continuó Harriet—. Si no, todo el mundo dará por supuesto que eres tú en realidad. Y por supuesto no lo eres. A menos que...

Su voz se apagó, posiblemente para dar efecto dramático.

—¿A menos qué? —preguntó él, aunque estaba bastante seguro de que no quería oír la respuesta.

—¿Alguna vez has cabalgado un semental de espaldas ?

Abrió la boca, pero no salió ningún sonido. Sin duda le perdonarían tal carencia porque, la verdad, ¿un semental? ¿De espaldas?

—¿Daniel? —le recordó Elizabeth.

—No —tuvo que decir por fin—. No, nunca.

Harriet negó con la cabeza con pesar.

—Eso creía.

Y Daniel se quedó con la sensación de no dar la talla en cierto modo. Lo cual era ridículo. Y mortificante.

—Estoy convencido —dijo— de que no hay un hombre en el planeta que pueda cabalgar un semental de espaldas.

—Bueno, eso depende, diría yo —replicó la señorita Wynter.

Daniel no podía creer que ella fomentara aquello.

—No imagino de qué depende.

Anne agitó una de las manos hasta dejar la palma hacia arriba, como si esperara que la respuesta cayera del cielo.

—¿Va el hombre sentado hacia atrás en el caballo o es el caballo el que se mueve marcha atrás?

—Ambas cosas —respondió Harriet.

—Entonces no creo que pueda hacerse —contestó la institutriz, y Daniel casi creyó que se tomaba la conversación en serio. En el último momento se dio la vuelta y alcanzó a ver un revelador tirón en la comisura de la boca mientras intentaba no reírse. Se estaba burlando de él, la muy sinvergüenza.

¡Oh! Pero había elegido un contrincante poco indicado. Era un hombre que tenía cinco hermanas. La institutriz no tenía ninguna opción.

Se volvió hacia Harriet.

—¿Qué papel va a interpretar la señorita Wynter?

—¡Oh! Yo no voy a interpretar ningún papel —interrumpió Anne—. Nunca lo hago.

—¿Y eso por qué?

—Superviso.

—Puedo supervisar yo —dijo Frances.

—¡Oh, no! No puedes —dijo Elizabeth, con la velocidad y vehemencia de una hermana mayor.

—Si alguien va a supervisar, tengo que ser yo —dijo Harriet—. Escribí la obra.

Daniel colocó un codo en la mesa, luego apoyó la barbilla en la mano y miró a la señorita Wynter con un aire pensativo cuidadosamente estudiado, manteniendo esta postura el tiempo suficiente para que ella se moviera nerviosa en el asiento. Al final, incapaz de aguantar más su examen, estalló con un:

—¡¿Qué pasa?!

—¡Oh! Nada en realidad —suspiró—. Solo pensaba que no la había tomado por una cobarde.

Las tres niñas Pleinsworth soltaron idénticos resoplidos y abrieron los ojos como platos, que desplazaron veloces de Daniel a la señorita Wynter, como si siguieran un partido de tenis.

El conde supuso que, en cierto modo, era lo que hacían. Y, sin duda, ahora le tocaba a la señorita Wynter.

—No es cobardía —respondió—. Lady Pleinsworth me contrató para guiar a estas tres jovencitas hacia la vida adulta, con el propósito de que supieran comportarse en compañía de mujeres educadas. —Y mientras Daniel intentaba seguir ese disparate rimbombante, ella añadió—: Me limito a hacer el trabajo para el cual contrataron mis servicios.

Los tres pares de ojos se entretuvieron en la señorita Wynter durante un segundo más, y luego se lanzaron por lo alto hacia Daniel.

—Un esfuerzo noble sin duda —contraatacó—, pero seguro que observar su buen ejemplo solo puede ayudarles a mejorar.

Y los ojos regresaron a la señorita Wynter.

—¡Ah! —dijo, y él estaba convencido de que intentaba ganar tiempo—. Pero en mis años como institutriz, he aprendido que las aptitudes dramáticas no se cuentan entre mis talentos. No deseo corromper sus mentes con tan poca aptitud como la que exhibo.

—Su talento dramático difícilmente será peor que el mío.

Anne entrecerró los ojos.

—Tal vez sea cierto, pero usted no es la institutriz.

Daniel entrecerró los ojos.

—Es cierto, sin lugar a dudas, pero eso no viene al caso.

—*Au contraire* —dijo ella, con evidente placer—. Como primo varón de las jóvenes, no se espera de usted que sea un modelo de comportamiento femenino.

Daniel se inclinó hacia delante.

—Está disfrutando, ¿verdad?

Ella sonrió. Tal vez un poco.

—Mucho.

—Creo que esto es mejor que la obra de Harriet —dijo Frances, desplazando la mirada a Daniel al igual que sus hermanas.

—Lo estoy escribiendo —apuntó esta.

Daniel la miró. No pudo evitarlo. Sabía a ciencia cierta que el único utensilio que sostenía en la mano era un tenedor.

—Bueno, lo estoy memorizando para poder escribirlo en un futuro.

Daniel se volvió de nuevo hacia la señorita Wynter. Su aspecto era correctísimo, sentada en la silla con la postura perfecta. Llevaba el pelo oscuro recogido en un moño exquisito, cada mechón sujeto con meticulosidad en su lugar. No había nada en ella que se saliera de lo normal, ni remotamente, y de todos modos...

Estaba radiante.

Al menos para él. Con toda probabilidad, para los ojos de todos los hombres de Inglaterra. Si Harriet, Elizabeth y Frances no lo veían, solo era por eso, porque eran chicas. Y, además, jóvenes, incapaces de verla como una rival. Sin las trabas de los celos o los prejuicios, la veían de la manera como él pensaba que ella quería que la vieran: leal, inteligente, con un ingenio implacable.

Y guapa, por supuesto. Era una idea extraña, y Daniel no tenía ni idea de dónde había salido, pero tenía la impresión de que a la señorita Wynter le gustaba ser guapa igual que odiaba ser bella.

Y aún le pareció más fascinante por ello.

—Dígame, señorita Wynter —escogió las palabras con calculada determinación—, ¿alguna vez ha intentado actuar en una de las obras de Harriet?

Anne apretó los labios. La había arrinconado con una pregunta *sí-o-no*, y no le hacía ninguna gracia.

—¿No cree que ya es hora de que lo haga? —remató Daniel.

—No, la verdad que no.

La miró con firmeza.

—Si yo actúo en la obra, usted actúa en la obra.

—Sería de gran ayuda —dijo Harriet—. Hay veinte personajes, señorita Wynter, y sin usted tendremos que interpretar cinco cada uno.

—Si participa —añadió Frances—, solo tendremos que hacer cuatro.

—Lo cual —concluyó Elizabeth triunfal— ¡es una reducción del veinticinco por ciento!

Daniel aún tenía la barbilla apoyada en la mano e inclinó un poquito la cabeza para dar la impresión de mayor consideración.

—¿Ningún cumplido por la excelente aplicación de sus capacidades arit-méticas, señorita Wynter?

Anne parecía a punto de perder la paciencia, y nadie podía culparla con todo el mundo conspirando contra ella, pero la institutriz que llevaba dentro no pudo resistirse a indicar:

—Ya os dije que os resultaría útil poder sumar y multiplicar mental-mente.

Harriet tenía los ojos cada vez más abiertos a causa de la emoción.

—¿Significa eso que va a tomar parte?

Daniel no estaba seguro de cómo había llegado a esa conclusión su pri-mita, pero no era el tipo de persona que dejaba pasar una oportunidad, y expresó su apoyo de inmediato.

—Bien hecho, señorita Wynter. Hay ocasiones en las que todos debemos salir de los terrenos en que nos sentimos cómodos. Estoy orgulloso de usted de veras.

La mirada que ella le dedicó decía con claridad: «Voy a destriparlo, gra-nuja presumido». Pero por supuesto nunca pronunciaría algo así delante de las niñas, lo cual significaba que él podía observar con satisfacción cómo le hervía la sangre.

¡Jaque mate!

—Señorita Wynter, creo que debería hacer de reina malvada.

—¿Hay una reina malvada? —repitió Daniel con evidente placer.

—Por supuesto —contestó Harriet—. Toda buena obra tiene una reina malvada.

Frances alzó entonces una mano.

—Y un uni...

—No lo digas —masculló Elizabeth.

Frances entrecerró los ojos, se llevó el cuchillo a la frente imitando un cuerno y relinchó.

—Entonces está decidido —dijo Harriet con resolución—. Daniel hará de lord Finstead —alzó una mano para acallar cualquier comentario—, que no será lord Finstead, sino algún otro nombre que pensaré después; la se-ñorita Wynter será la reina malvada; Elizabeth será... —Entrecerró los ojos y miró a su hermana, quien a su vez le devolvió la mirada con clara descon-fianza.

—Elizabeth será la hermosa princesa —anunció al final Harriet, para gran asombro de la interesada.

—¿Y yo qué? —preguntó Frances.

—El mayordomo —respondió Harriet sin un segundo de vacilación.

Frances abrió la boca de inmediato para protestar.

—No, no —dijo su hermana—. Es el mejor papel, te lo prometo. Puedes hacer de todo.

—Excepto de unicornio —murmuró Daniel.

Frances inclinó la cabeza a un lado con expresión resignada.

—En mi siguiente obra —cedió Harriet al final— encontraré la manera de incluir un unicornio. Ya estoy trabajando en ella.

Frances levantó ambos puños en el aire con energía.

—¡Hurra!

—Pero solo si dejas de hablar de unicornios ahora mismo.

—Secundo la moción —dijo Elizabeth a nadie en concreto.

—Muy bien —accedió Frances—. Nada más de unicornios. Al menos donde vosotras podáis oírme.

Harriet y Elizabeth parecieron a punto de objetar algo, pero la señorita Wynter intercedió diciendo:

—Creo que es justo; no podéis imponerle que no hable más de ellos.

—Entonces asunto zanjado —dijo Harriet—. Decidiremos los papeles secundarios más tarde.

—¿Y tú que vas a hacer? —quiso saber Elizabeth.

—¡Oh! Voy a ser la diosa del sol y la luna.

—El relato suena cada vez más extraño —dijo Daniel.

—Pues espere a leer el séptimo acto... —replicó la señorita Wynter.

—¿Séptimo? —Levantó la cabeza de golpe—. ¿Hay siete actos?

—Doce —corrigió Harriet—, pero no te preocupes, solo sales en once. Pues bien, señorita Wynter, ¿cuándo propone que empecemos con nuestros ensayos? ¿Deberíamos hacerlos al aire libre? Hay un claro junto a la glorieta que sería ideal.

La institutriz se volvió hacia Daniel para pedirle su confirmación. El conde se encogió de hombros y dijo:

—Harriet es la autora.

Anne asintió y se volvió otra vez hacia las chicas.

—Iba a decir que podíamos empezar después del descanso de las lecciones, pero dado que hay doce actos que preparar, os doy un día de vacaciones de Geografía y Matemáticas.

Las chicas profirieron un clamoroso vítor, e incluso Daniel se sintió arrastrado por la alegría general.

—En fin —le dijo a la señorita Wynter—, uno no tiene la oportunidad de sentirse triste y extraño cada día.

—O malvada.

Daniel soltó una risita.

—O malvada. —Luego tuvo una idea. Una idea triste y extraña—. No moriré al final, ¿verdad?

Ella negó con la cabeza.

—¡Qué alivio! Hago fatal de cadáver.

Anne se rio al oír su comentario o, más bien, apretó los labios con firmeza intentando no reírse. Las chicas charlaban a lo loco mientras daban los últimos bocados al desayuno y luego salieron corriendo de la habitación. Y entonces el conde se encontró sentado al lado de la señorita Wynter, solo ellos dos y sus platos del desayuno, con el cálido sol matinal filtrándose a través de las ventanas.

—Me pregunto —dijo en voz alta— si tendremos la oportunidad de ser perversos.

El tenedor de Anne golpeó el plato.

—Disculpe, ¿cómo ha dicho?

—Triste, extraño y malvado está muy bien, pero me gustaría ser perverso. ¿A usted no?

Ella separó los labios y él oyó la leve ráfaga de su jadeo. El sonido le provocó un cosquilleo, y ganas de besarla.

Pero todo parecía provocarle ganas de besarla. Se sentía joven otra vez, excitado todo el tiempo, solo que esto era mucho más concreto. Cuando estaba en la Universidad coqueteaba con todas las mujeres que conocía, conseguía besos de ellas o, para ser más exactos, los aceptaba cuando se los ofrecían voluntariamente.

Esto era diferente. No quería una mujer; la quería a ella. Y supuso que si tenía que pasar la tarde sintiéndose extraño, triste y desfigurado solo por estar en su compañía, merecería la pena.

Luego recordó la verruga.

Se volvió hacia la señorita Wynter y dijo con decisión:

—No voy a ponerme una verruga.

La verdad, un hombre tenía que saber dónde estaba el límite.

Seis horas después, mientras Anne se ajustaba la banda negra que la señalaba como la reina malvada, lo tuvo que admitir: no recordaba una tarde más deliciosa que esa.

Ridícula, sí; sin el menor valor académico, también. Pero, de todos modos, totalmente deliciosa.

Se había divertido mucho.

Diversión. Ya no recordaba esa palabra.

Habían ensayado todo el día (no porque planearan representar ante el público *La extraña y triste tragedia del lord que no era Finstead*), y no era capaz de recordar el número de veces que había tenido que parar desternillándose de risa.

—¡Vos nunca atormentaréis a mi hija! —entonó agitando un bastón en el aire.

Elizabeth se agachó.

—¡Oh! —Anne dio un respingo—. ¡Cuánto lo siento! ¿Estás bien?

—¡Señorita Wynter, se sale del papel otra vez! —se lamentó Harriet.

—Casi doy un golpe a Elizabeth —explicó Anne.

—No me importa.

Elizabeth soltó un resoplido de indignación.

—A mí sí que me importa.

—Igual sería mejor que no utilizara un bastón —dijo Frances.

Harriet dedicó a su hermana una mirada de desdén antes de volverse hacia los demás.

—¿Y si volvemos al guion? —preguntó con una voz tan afectada que rozaba el sarcasmo.

—Por supuesto —respondió Anne mirando su guion—. ¿Dónde estamos? ¡Oh, sí! En lo de no atormentar a mi hija y todo eso.

—Señorita Wynter.

—¡Oh, no! No estaba diciendo mi frase aún, solo la estaba buscando. —Se aclaró la garganta y agitó el bastón en el aire, con precaución de esquivar a Elizabeth—. ¡Vos nunca atormentaréis a mi hija!

No sabía cómo había conseguido decirlo sin reírse.

—No quiero atormentarla —dijo lord Winstead con suficiente dramatismo como para que el público de Drury Lane se echara a llorar—. Quiero casarme con ella.

—Eso jamás.

—¡No, no, no, señorita Wynter! —exclamó Harriet—. No suena molesta en absoluto.

—Bueno, no lo estoy —admitió Anne—. La hija es un poco boba. Yo diría que la reina malvada se alegraría si se librara de ella.

Harriet soltó un suspiro propio de alguien que lleva sufriendo mucho tiempo.

—Puede pensar lo que quiera, pero la reina malvada no cree que su hija sea boba.

—A mí me parece una boba —intervino Elizabeth canturreando.

—Pero tú eres la hija —dijo Harriet.

—¡Lo sé! Llevo todo el día leyendo las frases. Es una idiota.

Mientras discutían, lord Winstead se acercó más a Anne y le dijo:

—Me siento un poco viejo verde, intentando casarme con Elizabeth.

Anne soltó una risita.

—¿No ha considerado la posibilidad de cambiar de papel? —añadió el conde.

—¿Con usted?

Él le regañó con la mirada.

—Con Elizabeth.

—¿Después de su comentario con respecto a que soy la perfecta reina malvada? Creo que no.

Se inclinó un poco más.

—No es por buscarle los tres pies al gato, pero creo haber dicho que hace a la perfección de reina malvada.

—¡Oh, sí! Eso está mucho mejor. —Anne frunció el ceño—. ¿Ha visto a Frances?

Lord Winstead inclinó la cabeza hacia la derecha.

—Creo que se ha ido a husmear tras los arbustos.

Anne siguió su mirada con inquietud.

—¿A husmear?

—Me ha dicho que estaba practicando para la próxima obra.

Anne le miró pestañeando, pues no le seguía.

—Para cuando, por fin, pueda hacer de unicornio.

—¡Oh, por supuesto! —contestó con una risita—. Es bastante testaruda.

Lord Winstead sonrió y Anne notó que el estómago le daba un vuelco. ¡Qué sonrisa tan encantadora tenía! De pícaro sin duda, pero con... ¡Oh! Anne no tenía ni idea de cómo describirlo aparte de decir que era un buen hombre; un hombre honorable con ideas claras sobre lo que estaba bien y lo que estaba mal, por muy pícaras que parecieran sus sonrisas...

Sabía que él no iba a hacerle daño.

Ni siquiera había considerado a su propio padre tan digno de confianza.

—De pronto se ha puesto muy seria —dijo lord Winstead.

Anne pestañeó para salir de su ensoñación.

—¡Oh! No es nada —se apresuró a decir, confiando en no sonrojarse. A veces debía recordarse a sí misma que no podía permitir que se asomara a sus pensamientos. Desplazó la mirada hacia Harriet y Elizabeth. Seguían discutiendo, aunque habían dejado ya el tema de la inteligencia (o falta de ella) de la hermosa princesa y habían empezado con...

¿Estaban discutiendo sobre jabalíes?

—Creo que va a hacer falta un descanso.

—Le diré una cosa —dijo lord Winstead—. No pienso hacer de jabalí.

—No creo que deba preocuparse por eso —dijo Anne—. Frances querrá adjudicárselo sin duda.

Daniel alzó la vista y ella le miró. Y juntos estallaron en risas, tan fuertes que Harriet y Elizabeth tuvieron que dejar sus reproches.

—¿Qué tiene tanta gracia? —preguntó Harriet seguida de Elizabeth y con una extrema desconfianza—. ¿Se ríen de mí?

—Nos reímos de todo el mundo —dijo lord Winstead con lágrimas en los ojos—. Incluso de nosotros mismos.

—Tengo hambre —anunció Frances, que apareció de detrás de los arbustos. Llevaba algunas hojas pegadas al vestido y una ramita le sobresalía por un lado de la cabeza. Anne no creía que la chica pretendiera que eso fuera el cuerno de un unicornio, pero el efecto era de todos modos encantador.

—Yo también —dijo Harriet con un suspiro.

—¿Por qué no va alguna de vosotras corriendo a casa y pide en la cocina que preparen una cesta de pícnic? —sugirió Anne—. Nos iría bien un poco de comida.

—Voy yo —se ofreció Frances.

—Voy contigo —le dijo Harriet—. Pienso mejor cuando ando.

Elizabeth miró a sus hermanas, luego a los adultos.

—Pues yo no voy a quedarme aquí sola —dijo, pues por lo visto no contaba a los adultos como compañía adecuada, y las tres chicas partieron hacia la casa a buen paso, que aceleraron poco a poco hasta acabar en una carrera en toda regla.

Anne las observó desapareciendo sobre la cuesta. Probablemente no debería quedarse ahí a solas con lord Winstead, pero era difícil inventar una excusa. Era mediodía y se encontraba al aire libre, y para ser más exactos, se estaba divirtiendo tanto que no creyó justo buscar una excusa en ese momento.

Tenía una sonrisa en el rostro, y estaba encantada de mantenerla así.

—Creo que ya puede retirarse la banda —sugirió lord Winstead—. Nadie necesita ser malvado todo el tiempo.

Anne se rio, deslizando los dedos por la cinta negra.

—No lo sé. Creo que estoy disfrutando haciendo de malvada.

—No me extraña, tengo que confesar que estoy bastante celoso de sus maldades. Pobre lord Finstead, o como acabe llamándose. Le iría bien un poco de rencor; es un tipo bastante desdichado.

—¡Ah! Pero acaba consiguiendo a la princesa —le recordó Anne—, y la reina malvada tiene que pasar el resto de su vida en un desván.

—Lo cual plantea una cuestión —dijo volviéndose hacia ella con el ceño fruncido—. ¿Por qué es triste el relato de lord Finstead? La parte extraña queda muy clara, pero si la reina perversa acaba en el desván...

—Es el desván de lord Finstead —interrumpió Anne.

—¡Oh! —Daniel intentaba no reírse—. Eso lo cambia todo.

Y entonces sí se rieron. Los dos. Juntos.

Otra vez.

—¡Oh! Yo también tengo hambre —dijo Anne, una vez que su alegría quedó en una sonrisa—. Confío en que las chicas no tarden.

Y luego notó cómo lord Winstead la tomaba de la mano.

—Espero que tarden lo suficiente —murmuró. Tiró de Anne hacia él, y ella se lo permitió, demasiado feliz en ese momento como para recordar todas las maneras en que, sin duda, él le rompería el corazón.

—Le dije que la volvería a besar —susurró.

—Me dijo que lo intentaría.

Daniel le rozó los labios.

—Sabía que lo conseguiría.

La besó otra vez y entonces ella se apartó, pero solo un par de centímetros.

—Sí que está seguro de sí mismo.

—Mmm... —Encontró con sus labios el extremo de la boca de Anne, luego flotó sobre su piel hasta que ella no pudo resistirse y echó la cabeza hacia atrás para dejarle acceder a la curva de su cuello.

La capa ribeteada de piel se escurrió de los hombros de Anne y dejó más piel expuesta al fresco aire de la tarde, y Daniel la besó, justo sobre el extremo del corpiño, antes de regresar a su boca.

—¡Santo cielo! Te deseo tanto... —dijo con voz ronca. La sujetó con más fuerza, tomando su trasero con ambas manos y levantándola un poco..., y otro poco..., hasta que Anne se sintió dominada por la ardiente necesidad de rodearle con ambas piernas. Era lo que él quería y, ¡que Dios la asistiera!, era lo que también quería ella.

Gracias al cielo estaba la falda, que posiblemente fue lo único que impidió que no se comportara como una absoluta desvergonzada. Pero, de todos modos, cuando Daniel metió una de las manos por dentro del corpiño, ella no se negó. Y cuando acarició su pezón con un suave movimiento de la palma, lo único que pudo hacer fue gemir.

Esto tenía que detenerse. Pero no en ese preciso momento.

—Soñé con usted anoche —susurró otra vez sobre su piel—. ¿Quiere saber qué pasaba?

Ella negó con la cabeza, aunque quería saberlo con desesperación. Pero sabía dónde estaba el límite. Tenía que detenerse en este punto del camino.

Si oía sus sueños, si esas palabras salían de sus labios mientras la cubría de suaves besos, ella lo desearía también, todo lo que dijera.

Y dolía demasiado desear algo que no podía alcanzarse.

—¿Con qué soñó usted?

—Yo no sueño —respondió.

Él se detuvo y luego se echó hacia atrás para poder mirarla, con esos espectaculares ojos azul claro llenos de curiosidad. Y tal vez con un toque de tristeza.

—No sueño —repitió—. No lo he hecho durante años —dijo encogiéndose de hombros. Era algo normal para ella, y no se le había ocurrido pensar hasta ese momento que a los demás pudiera parecerles extraño.

—Pero ¿de niña sí?

Ella asintió. En realidad no había pensado antes en eso o tal vez no había querido hacerlo. Pero no recordaba si había soñado en algún momento desde su partida de Northumberland. Cada mañana, antes de abrir los ojos, no había nada aparte de la negrura de la noche. Un espacio lleno del vacío absoluto. Ni esperanzas ni sueños.

Pero tampoco pesadillas.

No parecía un precio excesivo; ya pasaba suficientes horas despierta preocupándose de George Chervil y su demente ansia de venganza.

—¿No lo encuentra extraño? —preguntó.

—¿No soñar? —Sabía qué quería decir, pero por algún motivo necesitó decirlo en voz alta.

Él hizo un gesto afirmativo.

—No.

Su voz sonó rotunda. Aunque fuera extraño, resultaba menos arriesgado.

Daniel no dijo nada, pero la estudió con una mirada de penetrante intensidad, y ella tuvo que apartar la suya. Él estaba viendo demasiado de su interior. En menos de una semana este hombre había desvelado más cosas de las que ella había confiado a nadie en ocho años. Era inquietante.

Era peligroso.

Se separó de su abrazo a su pesar y dio los pasos necesarios para alejarse de él. Se inclinó para recoger la prenda que había caído sobre la hierba y, sin decir nada, volvió a ajustársela sobre los hombros.

—Las chicas volverán enseguida —dijo, aunque sabía que no era así. Al menos tardarían un cuarto de hora en regresar, puede que más.

—Demos un paseo, entonces —sugirió ofreciéndole el brazo.

Anne le miró con desconfianza.

—No todo lo que hago son tentativas lascivas —dijo con una risa—. He pensado en mostrarle uno de mis lugares favoritos de Whipple Hill. —Mientras ella unía la mano a su brazo, añadió—: Estamos a unos trescientos metros del lago.

—¿Está lleno de peces? —preguntó.

Ya no recordaba la última vez que había ido a pescar, pero, ¡oh!, ¡cómo le gustaba de niña! Ella y Charlotte habían sido la cruz de su madre, que por supuesto quería que se dedicaran a actividades más femeninas. Y finalmente lo habían hecho, pero incluso después de que ella se obsesionara con los vestidos y estuviera pendiente de las veces que un buen partido echaba una mirada a una damita disponible...

Ella había seguido adorando ir a pescar. Incluso se ocupaba encantada de destripar el pescado y limpiarlo. Y, por supuesto, de comérselo. No podía subestimarse la satisfacción que daba pescar tu propia comida.

—Diría que sí —contestó lord Winstead—. Siempre lo estaba antes de que yo me fuera, y no creo que mi administrador haya cambiado de idea. —Los ojos de Anne debieron de brillar de deleite, pues Daniel sonrió con indulgencia y preguntó—: Entonces, ¿le gusta pescar?

—¡Oh, muchísimo! —respondió con un suspiro de anhelo—. Cuando era niña... —Pero no acabó la frase. Había olvidado que no hablaba de su infancia.

Daniel no mostró curiosidad, aunque ella estaba segura de que la sentía. Mientras descendían la ligera ladera hacia un frondoso grupo de árboles, el conde se limitó a decir:

—A mí también me encantaba pescar de niño. Venía aquí a todas horas con Marcus..., lord Chatteris —añadió, ya que por supuesto ella no trataba con tanta familiaridad al noble.

Anne absorbió el paisaje que la rodeaba. Era un glorioso día de primavera y parecía haber un centenar de matices de verde meciéndose en las hojas y la hierba. Daba la impresión de que el mundo era algo completamente nuevo, lleno de esperanza.

—¿Cuando era niño venía aquí a menudo con lord Chatteris? —preguntó, ansiosa por ceñir la conversación a temas agradables.

—Constantemente —respondió lord Winstead—. O, al menos, durante las vacaciones escolares. Cuando cumplimos los trece años no recuerdo haber venido a casa sin él.

Caminaron un poco más, y entonces él se estiró para arrancar una hoja que colgaba de una rama baja. La miró con el ceño fruncido y luego la hizo subir con un leve movimiento de sus dedos. Salió por el aire describiendo una espiral, y algo en aquel movimiento oscilante debió de hipnotizarles porque ambos dejaron de andar para observar cómo regresaba a la hierba.

Y luego, como si ese momento nunca hubiera sucedido, lord Winstead retomó la conversación con toda tranquilidad donde la había dejado.

—Marcus no tenía familia, podríamos decir. Sin hermanos, su madre murió cuando era muy joven.

—¿Y qué era de su padre?

—¡Oh! Apenas se hablaba con él —contestó lord Winstead. Pero lo dijo con despreocupación, como si no hubiera nada extraño en que un padre y un hijo no se hablaran. No era propio de él, pensó Anne. No es que fuera alguien insensible, precisamente no lo era, pero... En fin, no sabía de qué se trataba, pero la sorprendió. Y luego la dejó sorprendida que ella le conociera lo bastante como para advertir algo así.

Sorprendida y tal vez un poco inquieta, porque no debería conocerle tan bien. No le correspondía algo así, una conexión de este tipo solo podía llevar a romperle el corazón a alguno de los dos. Ella lo sabía, y él también debería saberlo.

—¿Estaban distanciados? —preguntó aún curiosa por lord Chatteris. Solo había coincidido con el conde en una ocasión, y brevemente por cierto, pero parecían tener algo en común.

Lord Winstead negó con la cabeza.

—No. Creo que lord Chatteris, el padre, simplemente no tenía nada que decir.

—¿A su propio hijo?

Él se encogió de hombros.

—No es tan extraño, la verdad. La mitad de mis compañeros de estudios no habrían sabido decir de qué color tenían los ojos sus padres.

—Azules —susurró Anne, invadida de pronto por una enorme oleada de añoranza que formó un nudo en su estómago—. Y verdes.

Y los ojos de sus hermanas también eran azules y verdes, pero recuperó la compostura antes de explicar eso.

Daniel ladeó la cabeza hacia ella, pero no hizo ninguna pregunta, por lo que ella sintió una desesperada gratitud. En vez de preguntar, le dijo:

—Mi padre tenía los ojos exactamente como los míos.

—¿Y su madre? —Anne había coincidido con ella, pero no había tenido motivos para fijarse en sus ojos. Y quería mantener la conversación centrada en él. Todo sería más fácil así.

Por no mencionar que el tema en cuestión le provocaba un interés especial.

—Los ojos de mi madre también son azules —dijo—, pero de un tono más oscuro. No tanto como el de usted... —Volvió la cabeza para fijar la mirada en ella—. Pero tengo que decir que no sé si alguna vez he visto unos ojos como los suyos, casi parecen violetas. —Inclinó un poco la cabeza a un lado—. Pero no, son solo azules.

Anne sonrió y apartó la mirada. Siempre había estado orgullosa de sus ojos; era el único orgullo que aún se permitía.

—De lejos parecen marrones —aclaró ella.

—Más motivo para valorar el tiempo que se pasa cerca de usted —murmuró él.

A Anne se le cortó la respiración y miró a Daniel de soslayo, pero él ya no la miraba, indicaba con el brazo hacia delante para decir:

—¿Ve el lago? Justo a través de esos árboles.

Anne estiró el cuello lo justo para captar el destello plateado que resplandecía entre los troncos de los árboles.

—En invierno se ve bastante bien, pero una vez que brotan las hojas, queda oculto.

—¡Qué hermoso! —dijo Anne con sinceridad. Incluso ahora, sin poder ver la mayor parte del agua, era idílico. ¿Permite la temperatura bañarse en verano?

—Bañarse a propósito, no, pero todos los miembros de mi familia hemos acabado en el agua en algún momento.

Anne notó una risa juguetona en sus labios:

—¡Oh, cielos!

—Y algunos de nosotros en más de una ocasión —añadió lord Winstead avergonzado.

La institutriz desplazó la mirada hacia Daniel, su aspecto juvenil era tan adorable que la dejó sin aliento. ¿Qué habría sido de su vida si, en vez de conocer a George Chervil a los dieciséis años, le hubiera conocido a él? Y si no a él (ya que nunca hubiera podido casarse con un conde, ni siquiera como Annelise Shawcross), al menos alguien como él. Alguien llamado Daniel Smythe o Daniel Smith. Pero habría sido Daniel. Su Daniel.

Algún heredero de un título de baronet, o de nada en absoluto, tan solo un terrateniente con una casa cómoda y acogedora, diez acres de tierra y una jauría de perros de caza.

Y a ella le habría encantado, hasta el último momento trivial.

¿Alguna vez había ansiado ella una vida excitante? Con dieciséis años creía querer venir a Londres e ir al teatro, también a la ópera y a cada fiesta de la que llegara una invitación. Una joven atractiva y digna, eso era lo que había dicho a Charlotte que quería ser.

Pero eso no era más que una locura de juventud. Sin duda, aunque se hubiera casado con un hombre que la sacara de Northumberland para llevarla a la capital e introducirla de lleno en la deslumbrante vida de la sociedad moderna... Sin duda se habría cansado de todo aquello y habría deseado regresar a su tierra, donde los relojes parecían correr más despacio y el aire se volvía gris por la niebla, no por el hollín.

Todo lo que sabía, lo había aprendido demasiado tarde.

—¿Le apetece ir de pesca esta semana? —preguntó Daniel en cuanto llegaron a la orilla del lago.

—¡Oh! Eso me gustaría más que cualquier otra cosa. —Las palabras surgieron de sus labios con el azoramiento de la alegría—. Tendremos que traer a las chicas, por supuesto.

—Por supuesto —murmuró Daniel, como un perfecto caballero.

Permanecieron en silencio por un momento. Anne podría haber seguido ahí todo el día, mirando las calmadas aguas. De vez en cuando un pez se asomaba a la superficie y la rompía con diminutas ondas, como los anillos de una diana.

—Si aún fuera niño —dijo Daniel, tan hechizado por el agua como ella—, tendría que tirar una piedra; tendría que hacerlo.

Daniel. ¿Cuándo había empezado Anne a pensar en él de ese modo?

—Si yo fuera niña, tendría que quitarme los zapatos y las medias.

Él hizo un gesto de asentimiento y luego, con una graciosa media sonrisa, admitió:

—Y yo casi seguro que la habría empujado.

Ella seguía con la mirada fija en el agua.

—¡Oh! Le habría arrastrado conmigo.

Él soltó una risita, y luego se quedó en silencio, contento con mirar tan solo el agua, los peces y los fragmentos de pelusa de diente de león que se adherían a la superficie cerca de la orilla.

—Ha sido un día perfecto —dijo Anne en voz baja.

—Casi —susurró Daniel, y entonces ella se encontró otra vez en sus brazos.

El conde la besó, pero esta vez fue diferente. No había tanta urgencia, ni fogosidad. El contacto de sus labios fue dolorosamente delicado y tal vez no le hizo perder la cabeza como para apretarse contra él y atraerlo hacia ella. En vez de eso, Daniel la hizo sentirse ingrávida, como si pudieran tomarse de la mano y alejarse flotando, siempre que él no dejara de besarla. Sentía un hormigueo en todo el cuerpo y se puso de puntillas casi esperando el momento de despegarse del suelo.

Y entonces, él interrumpió el beso, y se apartó lo justo para apoyar su frente en la de ella.

—Ahora —dijo acunando su rostro entre sus manos—. Con esto sí que es un día perfecto.

Casi un día después, Daniel estaba sentado en la biblioteca con paneles de madera de Whipple Hill preguntándose qué había pasado para que el día actual no fuera tan perfecto como el anterior.

Después de besar a la señorita Wynter junto al lago, habían caminado de vuelta al claro donde el pobre lord Finstead había cortejado antes a su hermosa y un tanto idiota princesa. Llegaron tan solo un momento antes que Harriet, Elizabeth y Frances, acompañadas de dos lacayos con las cestas del pícnic. Tras un abundante almuerzo, habían leído algunas partes de *La extraña y triste tragedia de lord Finstead* durante varias horas más, hasta que Daniel pidió misericordia, indicando que le dolían los costados de tanto reír.

Ni siquiera Harriet, que no dejaba de intentar recordarles que su obra de arte no era una comedia, se ofendió por ello.

Luego regresaron a la mansión, donde descubrieron que la madre y la hermana de Daniel habían llegado. Y mientras todo el mundo se saludaba como si no se hubieran visto justo dos días antes, la señorita Wynter se retiró con discreción a su habitación.

Daniel no la había vuelto a ver desde entonces.

Tampoco durante la cena, que ella había solicitado tomar en el cuarto infantil con Elizabeth y Frances, ni durante el desayuno que... En fin, no sabía por qué no había bajado a desayunar, lo único que sabía era que ya era mediodía y que había comido más de la cuenta de tanto demorarse en la mesa, dos horas ya, con la esperanza de poder verla.

Había tomado dos desayunos completos cuando a Sarah le pareció conveniente informarle de que lady Pleinsworth le había dado buena parte del día libre a la señorita Wynter. Era una compensación, por lo visto, por todo el trabajo adicional que había desempeñado. Primero la velada musical, y ahora su doble tarea de institutriz y niñera. La señorita Wynter había mencionado que quería ir al pueblo, contó Sarah, y como el sol se asomaba otra vez entre las nubes, parecía el momento ideal para su paseo.

Por lo tanto, Daniel había salido también a hacer todas esas cosas que se supone que el señor de una casa solariega hace cuando no está perdidamente encaprichado de la institutriz. Se reunió con el mayordomo y revisó todos los libros de cuentas de los últimos tres años, recordando con retraso que no tenía un gusto especial por las sumas, y que de todos modos nunca se le habían dado bien.

Tenía un millar de cosas que hacer, estaba seguro de eso, pero cada vez que se sentaba para completar una tarea, su mente se perdía pensando en ella. Su sonrisa, su boca cuando se reía, los ojos cuando estaban tristes.

Anne.

Le gustaba su nombre, le quedaba bien; era sencillo y directo. Leal hasta la médula. Quienes no la conocían podían pensar que su belleza requeriría algo más dramático, tal vez Esmeralda o Melissande.

Pero él la conocía. No sabía nada de su pasado, ni de sus secretos, pero la conocía. Y era una Anne perfecta para aquel nombre.

Una Anne que en aquel momento estaba en algún lugar donde él no se encontraba.

¡Santo cielo! Esto era ridículo. Era un hombre adulto, y ahí estaba él recorriendo decaído su casa porque echaba de menos la compañía de su institutriz. No podía quedarse quieto, ni siquiera podía sentarse erguido. Tuvo incluso que cambiar de sitio las sillas del salón sur porque se encontró de frente a un espejo y, cuando descubrió su reflejo, se vio tan abatido y patético que no pudo soportarlo.

Al final decidió ir a ver si alguien tenía ganas de jugar una partida a las cartas. A Honoria le gustaba jugar, a Sarah también. Y aunque la desdicha se llevaba mejor en solitario, al menos podría distraerse. Pero cuando llegó al salón azul, todas sus familiares femeninas (incluso las niñas) estaban reunidas en torno a una mesa, implicadas en una profunda discusión sobre la inminente boda de Honoria.

El conde inició una retirada muy silenciosa hacia la puerta.

—¡Oh, Daniel! —exclamó su madre, descubriéndole antes de que pudiera escaparse—. Únete a nosotras. Estamos intentando decidir si Honoria debería casarse de lavanda-azulado o de azul-lavanda.

Abrió la boca para preguntar cuál era la diferencia y luego decidió no hacerlo.

—Azul-lavanda —contestó con seguridad, sin tener ni idea de lo que estaba diciendo.

—¿Eso crees? —respondió su madre con el ceño fruncido—. Yo de verdad creo que el lavanda-azulado sería mejor.

La pregunta obvia era por qué había pedido su opinión para empezar, pero una vez más decidió que lo prudente era no hacer ese tipo de averiguaciones. En su lugar hizo una amable inclinación a las damas y les informó de que se iba a catalogar las recientes adquisiciones de la biblioteca.

—¿La biblioteca? —preguntó Honoria—. ¿De verdad?

—Me gusta leer —dijo.

—A mí también, pero ¿qué tiene que ver eso con catalogar?

Daniel se inclinó y le murmuró al oído:

—¿Es ahora cuando se supone que debo decir en voz alta que intento escapar de un grupo de mujeres?

Ella sonrió, esperó a que su hermano se levantara y entonces respondió.

—Creo que ahora es cuando dices que hace demasiado tiempo que no lees un libro en inglés.

—Desde luego.

Y se fue.

Pero al cabo de cinco minutos en la biblioteca, no pudo soportarlo más. No era un hombre al que le gustara quedarse deprimido, de modo que cuando se percató de que llevaba ya un minuto con la frente apoyada en la mesa, se sentó, consideró las razones que podrían justificar hacer una visita al pueblo (eso le llevó medio segundo) y decidió salir de casa.

Era el conde de Winstead. Esta era su casa, y llevaba tres años fuera. Tenía el deber moral de visitar el pueblo. Esta era su gente.

Después de recordarse no pronunciar jamás estas palabras en voz alta, no fuera que Honoria y Sarah se desternillaran de risa, se puso la casaca y se fue hasta los establos. No hacía tan buen tiempo como el día anterior, pues estaba más nublado que despejado. Daniel no pensaba que fuera a llover, al menos en las inmediatas horas, por lo que ordenó que prepararan un carrocín de dos ruedas para el recorrido de tres kilómetros. Un carruaje de viaje sería demasiado ostentoso para una visita al pueblo, y no encontraba motivos para no conducir él mismo. Aparte, le gustaba sentir el aire en el rostro.

Y echaba de menos conducir su carrocín. No era un vehículo tan deslumbrante como los altos faetones descubiertos, pero por otro lado no era tan inestable. Y solo hacía dos meses que lo tenía cuando se vio obligado a abandonar el país. Sobraba decir que no había demasiados carrocines pequeños y elegantes disponibles para jóvenes ingleses exiliados.

Cuando llegó al pueblo, tendió las riendas a un muchacho en la posada de posta y se fue a hacer sus visitas. Tendría que visitar cada establecimiento, no fuera que alguien se sintiera menospreciado, así que empezó por la parte inferior de la calle principal, por el fabricante de velas, y luego siguió el recorrido ascendente. La noticia de su presencia en el pueblo se propagó a toda prisa, y para cuando Daniel entró en Percy's Sombreros y Tocados de Calidad, solo la tercera visita del día, el señor y la señora Percy estaban esperando delante de su tienda con sonrisas idénticas en el rostro.

—Milord —dijo la señora Percy con una reverencia tan profunda como le permitió su rechoncho corpachón—. ¿Tengo el placer de ser una de las primeras en darle la bienvenida a casa? Es un honor para ambos volver a verle.

La mujer se aclaró la garganta y entonces su marido dijo:

—Desde luego.

Daniel les dedicó un gracioso gesto con la cabeza, al tiempo que daba un vistazo disimulado al establecimiento por si había más clientes. O más bien una clienta. En concreto.

—Gracias, señora Percy, señor Percy —dijo—. Es un placer volver a casa.

La señora Percy asintió con entusiasmo.

—Nunca creímos ninguna de las cosas que decían de usted. Ni una.

Lo cual dejó a Daniel preguntándose qué tipo de cosas habrían contado. Por lo que sabía, todos los cuentos que circulaban sobre él eran ciertos. Había disputado un duelo con Hugh Prentice y le había disparado en una pierna. En cuanto a la huida del país, Daniel no sabía qué tipo de aderezo habría adquirido esa historia, pero pensaba que, sin duda, las pestes y juramentos de venganza de lord Ramsgate serían lo bastante estimulantes.

Pero si no había estado de humor para debatir con su madre sobre los méritos del lavanda-azulado y el azul-lavanda, desde luego tampoco lo estaba para hablar de sí mismo con la señora Percy.

El triste y extraño relato de lord Winstead. Algo así sería.

Por lo tanto, se limitó a decir:

—Gracias. —Y se apresuró a acercarse al expositor de sombreros, confiando en que su interés por la mercancía eclipsara el interés de la señora Percy por su vida.

Y así fue. Se lanzó de inmediato a enumerar la lista de cualidades del diseño de su chistera más reciente que, tal y como le aseguró, podía confeccionarse a la medida de su cabeza.

El señor Percy añadió:

—Desde luego.

—¿Le gustaría probarse una, milord? —preguntó la señora Percy—. Creo que encontrará la curva del ala de lo más favorecedora.

Necesitaba un sombrero nuevo, de hecho, de modo que estiró el brazo para tomarlo de las manos de la mujer, pero antes de poder ponérselo, se abrió la puerta de la tienda y la pequeña campana tintineó alegre en el aire. Daniel se dio media vuelta, pero no le hacía falta verla para saberlo.

Anne.

El aire cambió cuando entró en la habitación.

—Señorita Wynter —dijo—, ¡qué sorpresa tan agradable!

Anne pareció sorprendida, pero solo un momento y, mientras la señora Percy la observaba con evidente curiosidad, hizo una inclinación y dijo:

—Lord Winstead.

—La señorita Wynter es la institutriz de mis primas pequeñas —explicó a la señora Percy—. Están de visita para una breve estancia.

La señora Percy expresó su agrado al conocerla y el señor Percy dijo: «Desde luego», y Anne fue guiada hasta el extremo de la tienda dedicado a las damas, donde la señora Percy tenía un sombrero azul con cintas a rayas que iba a sentarle a la perfección. Daniel se fue andando tras ellas, con la chistera negra todavía en las manos.

—¡Oh, su señoría! —exclamó la señora Percy una vez que se percató de que las había seguido—. ¿No diría que la señorita Wynter está encantadora?

La prefería sin gorro, con el sol reluciendo en su cabello, pero cuando la joven levantó la mirada con el movimiento de las pestañas enmarcando el azul oscuro de sus ojos, no pensó que hubiera un hombre en toda la cristiandad que no coincidiera con él al decir:

—De lo más encantadora, sin duda.

—Por supuesto —dijo la sombrerera a Anne con una sonrisa alentadora—. Es un sueño.

—Me gusta —dijo Anne con anhelo—. Mucho. Pero es carísimo.

Soltó las cintas con dedos reacios, se lo quitó de la cabeza y lo contempló con obvio deseo.

—Una confección así costaría el doble en Londres —le recordó la señora Percy.

—Lo sé —dijo Anne con sonrisa compungida—, pero las institutrices cobran el doble en Londres. Por lo tanto, rara vez me queda suficiente para sombreros, ni siquiera tan preciosos como los suyos.

Daniel se sintió de pronto como un bellaco ahí en medio con la chistera en la mano; un sombrero que todos sabían que podría comprar mil veces sin que afectara a su bolsillo.

—Disculpen —dijo aclarándose la garganta un poco incómodo. Regresó a la sección de caballeros de la tienda y le tendió el sombrero al señor Percy, quien dijo: «Desde luego», y volvió junto a las damas, que todavía contemplaban el tocado azul.

—Aquí tiene —dijo la señorita Wynter cuando por fin se lo devolvió a la señora Percy—. Le explicaré a lady Pleinsworth lo preciosos que son sus sombreros. Estoy segura de que deseará traer a sus hijas de compras mientras estén de visita.

—¿Hijas? —repitió la señora Percy, animándose con la perspectiva.

—Cuatro —le dijo Daniel con afabilidad—. Y mi madre y mi hermana también se encuentran en Whipple Hill.

Mientras la señora Percy se abanicaba, azorada por la excitación de tener siete damas de la aristocracia instaladas tan cerca de la tienda, Daniel aprovechó la oportunidad de ofrecer el brazo a Anne.

—¿Me permite acompañarla a su siguiente recado? —le preguntó, sabiendo demasiado bien que sería muy torpe negarse delante de la señora Percy.

—Ya casi he acabado —le dijo—. Solo tengo que comprar un poco de lacre.

—Por suerte para usted, sé dónde puede conseguirlo.

—En la papelería, imagino.

¡Válgame Dios! Se lo estaba poniendo difícil.

—Sí, pero sé dónde está la papelería —replicó él.

Ella indicó con el dedo algún lugar vago en dirección oeste.

—Al otro lado de la calle, creo, y colina arriba.

El conde cambió un poco de posición para que el señor y la señora Percy no pudieran seguir su conversación con tanta facilidad y dijo en voz baja:

—¿Va a dejar de poner tantas pegas y permitirme acompañarla a comprar ese lacre?

Anne mantuvo la boca bien cerrada, lo cual significaba que el pequeño resoplido de risa que oyó debía de provenir de su nariz. No obstante, su aspecto era muy digno cuando dijo:

—En fin, si lo plantea así, no veo cómo podría negarme.

A Daniel se le ocurrieron varias respuestas, pero tuvo la sensación de que una vez que salieran de sus labios no sonarían tan ingeniosas como en su cabeza, por lo que asintió mostrando su conformidad y estiró el brazo, que ella aceptó con una sonrisa.

En cuanto salieron a la calle, Anne se volvió hacia él con los ojos entrecerrados y preguntó, sin rodeos:

—¿Me está siguiendo?

Daniel tosió.

—Bueno, yo no diría «siguiendo» exactamente.

—¿No exactamente?

Anne logró que sus labios no sonrieran, pero no sus ojos.

—Bien —continuó él, adoptando la más inocente de las expresiones—. Yo estaba en la tienda antes de que entrara usted. Alguien podría decir incluso que usted me sigue a mí.

—Sí, alguien —reconoció—. Pero yo no. Ni usted.

—No —respondió conteniendo una mueca—. Es evidente que no.

Empezaron a caminar colina arriba hacia la papelería, y aunque Anne no insistió en el asunto, él estaba disfrutando demasiado con la conversación como para abandonarla, de modo que dijo:

—Por si le interesa, alguien puso en mi conocimiento su posible presencia en el pueblo.

—Está claro que es una información de mi interés —murmuró ella.

—Y como, además, se requería mi presencia para hacer unos recados...

—¿Sí? —le interrumpió—. ¿Se requería?

Decidió ignorar este comentario.

—Y ya que parecía que iba a llover, pensé que era mi deber como caballero realizar hoy mi visita al pueblo, no fuera que las inclemencias climatológicas la sorprendieran sin transporte adecuado para regresar a casa.

Permaneció callada el rato suficiente como para que la mirada dirigida al conde transmitiera sus dudas antes de decir (no preguntar, decir):

—La verdad.

—No —admitió él con una amplia sonrisa—. Sobre todo la estaba buscando, pero de todos modos tenía que visitar a todos los comerciantes un día de estos, y pensé... —Se detuvo y miró hacia arriba—. Está lloviendo.

Anne estiró la mano y, no cabía duda, una gruesa gota aterrizó cerca de la punta de sus dedos.

—En fin, supongo que no debería ser una sorpresa. Se han formado nubes a lo largo del día.

—Entonces, ¿nos ocupamos de su lacre para poder regresar? He venido en mi carrocín y estaría encantado de acompañarla a casa.

—¿Su carrocín? —preguntó alzando las cejas.

—Se mojará igualmente —reconoció—, pero con mucho estilo. —Ante su mueca por respuesta, añadió—: Y regresará a Whipple Hill más rápido.

Para cuando acabaron con el lacre, de un azul oscuro e intenso, exacto al color del gorro que había descartado en la tienda, la lluvia caía ligera pero constante. Daniel se brindó a esperar con ella en el pueblo hasta que amainara, pero Anne le dijo que la esperaban para la hora del té y, aparte, ¿quién decía que fuera a escampar? Las nubes cubrían el cielo con un denso manto; muy bien podría llover hasta el próximo martes.

—Y no llueve tanto —comentó ella mirando por la ventana de la papelería con el ceño fruncido.

Era cierto, pero cuando llegaron a la altura de Percy's Sombreros y Tocados de Calidad el conde se detuvo y le preguntó:

—¿Recuerda si venden paraguas?

—Creo que sí.

Levantó un dedo para indicarle que esperara y volvió a salir con un paraguas al cabo de un momento, con tiempo suficiente para indicar al matrimonio que mandaran la factura a Whipple Hill, a lo que el señor Percy respondió: «Desde luego».

—Milady —dijo Daniel con una galantería que la hizo sonreír. Abrió el paraguas y lo sostuvo sobre Anne mientras iban hacia la posada.

—Debería taparse usted también con el paraguas —dijo Anne, con cuidado de no pisar los charcos. El dobladillo del vestido se estaba mojando, aunque intentaba levantárselo con las manos.

—Ya lo hago —mintió él. Pero no le importaba mojarse. En cualquier caso, su sombrero resistiría la lluvia mucho mejor que el de ella.

La posada no estaba mucho más lejos, pero cuando llegaron la lluvia arreciaba con más vigor y, por lo tanto, Daniel sugirió otra vez esperar a que amainara.

—La comida es bastante buena aquí —le comentó—. No tienen arenques ahumados en esta época del año, pero estoy seguro de que encontraremos algo de su gusto.

Anne soltó una risita, y para sorpresa de él, dijo:

—Tengo un poco de hambre.

Daniel miró al cielo.

—No creo que llegue a casa para el té.

—No se preocupe por eso, me imagino que nadie esperará que vuelva a casa andando con este tiempo.

—Le seré totalmente sincero —dijo él—. Mantenían una intensa discusión sobre la inminente boda de Honoria. Con toda franqueza, dudo que alguien haya advertido su ausencia.

Sonrió mientras entraban en el comedor.

—Es comprensible, su hermana se merece la boda de sus sueños.

¿Y qué hay de tus sueños?

La pregunta llegó a la punta de su lengua, pero Daniel la retuvo. Habría incomodado a Anne y estropeado la camaradería natural y adorable que se había establecido entre ellos.

Y dudaba de que fuera a responder de todos modos.

Cada vez valoraba más cada minúscula gota de pasado que se deslizaba hasta los labios de Anne. Los colores de los ojos de sus padres, el hecho de que tuviera una hermana, y que a ambas les encantaran los arenques ahumados... Estas eran las pocas cosas que había revelado, y él no estaba seguro de si lo había hecho por accidente o de forma consciente.

Pero quería más. Cuando la mirara a los ojos quería entenderlo todo, cada instante que la había traído al momento actual. No quería llamarlo «obsesión», pues sonaba demasiado siniestro para lo que él sentía.

Un encaprichamiento alocado, eso era. Una extraña y atolondrada fantasía. Sin duda, no era el primer hombre que caía hechizado por una bella mujer de manera tan fulminante.

Pero mientras tomaban asiento en el ajetreado comedor de la posada, la miró desde su lado de la mesa y no fue su belleza lo que vio. Fue su corazón. Y su alma. Y entonces le invadió la desazón al comprender que su vida ya nunca sería la misma.

13

¡Oh, cielos! —exclamó Anne, permitiéndose tiritar un poco mientras se sentaba. Se había puesto su abrigo, pero los puños no quedaban bien ajustados y le había entrado agua por las mangas. Ahora estaba empapada hasta los codos y, por si fuera poco, congelada.

—Cuesta imaginar que estemos casi en mayo.

—¿Té? —preguntó Daniel, llamando al posadero con un gesto.

—Sí, por favor. O cualquier cosa caliente. —Se quitó los guantes e hizo una pausa para mirar con el ceño fruncido el agujerito que se estaba agrandando en la punta del dedo corazón derecho. Eso no podía ser; ese dedo necesitaba mantener toda la dignidad posible, el cielo sabía que lo agitaba frente a las chicas muy a menudo.

—¿Algo va mal? —inquirió Daniel.

—¿Qué? —Alzó la vista y pestañeó. ¡Oh! Debía de haberse dado cuenta de cómo se miraba el guante—. Es solo mi guante. —Lo levantó—. Un agujerito en la costura; tendré que coserlo esta noche.

Lo inspeccionó con más atención antes de dejarlo a su lado en la mesa. No servía de mucho coser un guante, y sospechaba que el suyo no aguantaría mucho más.

Daniel pidió al posadero dos tazas de té; luego volvió a ella.

—A riesgo de revelar mi completo desconocimiento sobre la realidad de servir a una familia como la mía, debo decir que me cuesta creer que mi tía no le pague lo suficiente como para comprar un par de guantes nuevos.

Anne estaba convencida de que él desconocía por completo esa realidad, pero apreció que al menos lo reconociera. También sospechaba que desconocía por completo el coste de un par de guantes o de cualquier otra cosa. Ella había ido de compras con las clases altas con bastante frecuencia y sabía que nunca se preocupaban por el precio de las cosas. Si les gustaba algo, lo compraban y pedían que les mandaran la cuenta a casa, donde alguien más se ocuparía de pagarlo.

—Su tía me paga —le dijo—; me paga lo bastante, quiero decir. Pero ser ahorradora es una virtud, ¿no está de acuerdo?

—No si ello significa que se le congelen los dedos.

Anne sonrió, tal vez con un poco de condescendencia.

—No creo que llegue a tanto. Estos guantes tendrán que zurcirse al menos un par de veces más.

Daniel frunció el ceño.

—Entonces, ¿cuántas veces los ha cosido ya?

—¡Oh, válgame Dios! No lo sé. ¿Cinco? ¿Seis?

La expresión del conde fue de ligera indignación.

—Esto es del todo inaceptable. Informaré a tía Charlotte de que debe proporcionarle un guardarropa adecuado.

—No hará tal cosa —se apresuró a decir.

¡Santo cielo! ¿Estaba loco? Una muestra más de interés indebido por su parte y Anne acabaría en la calle. Ya era bastante terrible estar sentada con él delante de todo el pueblo en la posada, pero al menos tenía la excusa de la tormenta. Nadie podría culparla por haberse puesto a cobijo de la lluvia.

—Le aseguro —dijo la institutriz señalando los guantes— que estos están en mucho mejor estado que los de la mayoría de la gente. —Bajó la mirada a la mesa, donde los guantes del conde, confeccionados en cuero con un lujoso forro, formaban un descuidado bulto. Se aclaró la garganta—. Sin contar la compañía actual.

Daniel se revolvió un poco en el asiento.

—Por supuesto, puede ser que sus guantes también se hayan cosido —añadió Anne sin pensar—. La única diferencia es que su ayuda de cámara los retira de su vista antes de que usted advierta que necesitan remendarse.

Él no dijo nada, y al instante ella se sintió avergonzada de aquel comentario. Reaccionar con pedantería no era tan feo como ser una presuntuosa, pero de todos modos no tenía por qué caer en algo así.

—Le ruego me disculpe —dijo.

Daniel la observó un momento más, y luego preguntó:

—¿Por qué estamos hablando de guantes?

—No tengo ni idea. —Pero eso no era del todo cierto. Tal vez fuera él quien había sacado el tema, pero ella no tenía por qué haberle animado. Anne había querido recordarle su diferencia de posición, se percató, o tal vez quería recordárselo a sí misma.

—Ya basta entonces —dijo con energía la institutriz, al tiempo que daba una palmadita a la prenda zurcida.

Levantó la vista de nuevo para mirarle y decir algo de lo más inocente sobre el tiempo, pero él le sonreía de tal manera que sus ojos formaban arruguitas a su alrededor y...

—Creo que se está curando —se oyó decir Anne.

No se había percatado de la terrible hinchazón que rodeaba el ojo junto con el moratón, pero ahora que casi había desaparecido, su sonrisa era diferente. Tal vez incluso más alegre.

El conde se tocó la cara.

—¿La mejilla?

—No, el ojo. Todavía está un poco descolorido, pero ya no parece hinchado. —Le dedicó una mirada triste—. La mejilla sigue igual.

—¿De verdad?

—Bueno, lo cierto es que tiene peor aspecto, como cabía esperar. Por regla general, estas cosas tienen peor aspecto antes de recuperar el buen aspecto.

El conde alzó las cejas.

—¿Y cómo es que se ha convertido en una experta en rasguños y moratones?

—Soy institutriz —respondió. Porque, la verdad, esto tenía que ser suficiente explicación.

—Sí, pero enseña a tres chicas...

Anne se rio, interrumpiéndole con habilidad.

—¿Cree que las chicas nunca hacen travesuras?

—¡Oh! Sé que las hacen. —Se dio con una mano en el corazón—. Cinco hermanas. ¿Sabe lo que es eso? Cinco.

—¿Se supone que así da lástima?

—Debería —respondió—. Pero, de todos modos, no las recuerdo llegando a las manos.

—La mitad del tiempo Frances cree que es un unicornio —dijo Anne simplemente—. Créame cuando le digo que se lleva su buena cantidad de trompazos y moratones. Y, aparte de eso, también he educado a niños. Alguien tiene que darles clase antes de que vayan a un colegio.

—Supongo que sí —comentó él encogiéndose de hombros como si claudicara. Luego, arqueando las cejas con fanfarronería, se inclinó hacia delante y murmuró—: ¿Sería poco decoroso por mi parte admitir que me halaga muchísimo su atención por los detalles de mi rostro?

Anne soltó una risa.

—Poco decoroso y también ridículo.

—Es verdad que nunca he estado tan lleno de colorido —dijo con un fingido suspiro.

—Es un verdadero arco iris —concedió ella—. Veo rojo y..., en fin, no veo naranja y amarillo, pero sí que aprecio verde y azul y violeta...

—Olvida el añil.

—No, no lo olvido —dijo con su mejor voz de institutriz—. Siempre me ha parecido una adición estúpida al espectro. ¿Ha visto alguna vez un arco iris?

—Una o dos veces —respondió, divertido con su discurso.

—Ya es bastante difícil advertir la diferencia entre el azul y el violeta, qué decir de encontrar el añil en medio.

Él hizo una breve pausa y luego, con labios llenos de humor, comentó:

—Ha pensado mucho en ello.

Anne apretó los labios en un intento de no devolverle la sonrisa.

—Desde luego —dijo por fin y luego estalló en risas. Era la conversación más ridícula del mundo, y al mismo tiempo la más deliciosa.

Daniel se rio con ella, y ambos recuperaron la compostura cuando la camarera llegó con dos tazas humeantes de té. Al instante, ella rodeó con las manos la suya y suspiró de placer con el calor filtrándose por su piel.

Daniel dio un sorbo, se estremeció cuando el líquido caliente descendió por su garganta, y volvió a sorber.

—Creo que me favorece —dijo— estar tan magullado. Tal vez debería empezar a inventar historias sobre cómo me herí: peleando con Marcus no es lo bastante emocionante.

—No se olvide de los asaltantes —le recordó ella.

—Eso —respondió en tono seco— no es digno siquiera.

Anne le sonrió al oírlo. Era raro que un hombre se burlara tanto de sí mismo.

—¿Qué le parece? —preguntó, volviéndose como si fuera a acicalarse un poco—. ¿Debería decir que peleé con un jabalí? ¿O tal vez que me libré de unos piratas con un machete?

—Pues eso depende —respondió ella—. ¿Quién tenía el machete? ¿Usted o los piratas?

—¡Oh! Yo diría que los piratas. Impresiona mucho más retenerles con las propias manos.

Las agitó como si practicara una técnica oriental ancestral.

—¡Basta! —suplicó ella riéndose—. Todo el mundo le está mirando.

Daniel se encogió de hombros.

—Mirarán de todos modos; hace tres años que no vengo por aquí.

—Sí, pero pensarán que está loco.

—¡Ah! Se me permite ser un excéntrico. —Le dedicó una media sonrisa deslumbrante y alzó las cejas un instante—. Es una de las ventajas del título.

—¿Ni el dinero ni el poder?

—Bueno, también eso —admitió—, pero justo ahora estoy disfrutando mucho con la excentricidad. Los moratones ayudan a eso, ¿no le parece?

Anne entornó los ojos y dio otro sorbo al té.

—Tal vez una cicatriz —reflexionó en voz alta, volviéndose para poner la mejilla—. ¿Qué le parece? Justo aquí. Podría...

Pero Anne no oyó el resto de sus palabras. Solo vio su mano, cortando el aire desde la sien hasta la barbilla. Una diagonal larga y furiosa, igual que...

Lo vio, el rostro de George cuando se arrancó las vendas de la piel en el estudio de su padre.

Y lo notó, el espantoso hundimiento del puñal al atravesar su piel.

Se apartó de súbito, intentando respirar. Pero no podía. Era como si una tenaza rodeara sus pulmones, un gran peso instalado en su pecho. Se atragantó y ahogó al mismo tiempo, necesitada de aire con desesperación. ¡Oh, santo cielo! ¿Por qué le sucedía esto ahora? Hacía años que no notaba ese terror espontáneo, pensaba que lo había superado.

—Anne —dijo Daniel con urgencia, estirando el brazo sobre la mesa para tomarle la mano—, ¿qué sucede?

Fue como si su contacto cortara una estrecha venda, porque de repente todo su cuerpo se estremeció con una respiración profunda. Los negros extremos que comprimían su visión resplandecieron y se disolvieron, y, poco a poco, notó cómo su cuerpo volvía a la normalidad.

—Anne —dijo otra vez Daniel, pero ella no le miró. No quería ver la preocupación en su rostro. Antes había estado de broma, lo sabía perfectamente. ¿Cómo iba a explicar una reacción tan excesiva?

—El té —dijo confiando en que no recordara que ya había dejado la taza cuando él hizo su comentario.

—Creo... —tosió, y no fingía—. Creo que se ha ido por donde no debía.

El conde observó su rostro con atención.

—¿Está segura?

—O igual estaba demasiado caliente —respondió con hombros temblorosos, encogiéndose nerviosa—. Pero ya estoy casi recuperada, se lo aseguro. —Sonrió o al menos lo intentó—. Es de lo más embarazoso, la verdad.

—¿Puedo hacer algo?

—No, por supuesto que no. —Se abanicó—. ¡Santo cielo! De repente tengo calor, ¿no le sucede lo mismo?

Él negó con la cabeza, sin apartar los ojos de su rostro.

—El té —repitió intentando sonar alegre y contenta—. Como he dicho, está bastante caliente.

—Lo está.

Anne tragó saliva. Él se daba cuenta de que estaba actuando, de eso estaba segura. Daniel no sabía la verdad, pero percibía que ella no la decía. Y, por primera vez desde que dejó su casa hacía ocho años, notó una punzada de remordimiento por callar la verdad. No tenía obligación de compartir sus secretos con ese hombre, y aun así, ahí estaba, sintiéndose esquiva y culpable.

—¿Cree que ha mejorado el tiempo? —preguntó volviendo la cara hacia la ventana. Era difícil decirlo; el vidrio era viejo y ondulado, y la gran cornisa de la posada la protegía de la embestida de la lluvia.

—No, todavía no —contestó él.

Anne se volvió mientras murmuraba.

—No, por supuesto que no. —Adoptó una expresión sonriente—. Me acabaré el té de todas formas.

Daniel la miraba con curiosidad.

—¿Ya no tiene calor?

La institutriz pestañeó, tardando un momento en recordar que se había estado abanicando justo un momento antes.

—No —dijo—. ¡Qué curioso!, ¿verdad?

Sonrió otra vez y se llevó la taza a los labios. Pero se libró de tener que imaginar cómo recuperar la fluida conversación anterior cuando se oyó un fuerte estallido afuera.

—¿Qué ha podido ser eso? —preguntó Anne, pero Daniel ya estaba en pie.

—Quédese aquí —ordenó, y se apresuró a salir dando grandes pasos hasta la puerta. Parecía tenso, y Anne reconoció algo familiar en su postura. Algo que ella había visto en sí misma, repetidas veces. Era casi como si esperara problemas. Pero eso no tenía sentido. Por lo que ella sabía, el hombre que le había obligado a salir del país había desistido de su deseo de venganza.

Pero supuso que las viejas costumbres no se pierden con facilidad. Aunque George Chervil se asfixiara de repente con un hueso de pollo o se mudara a las Indias Orientales, ¿cuánto tardaría ella en dejar de mirar por encima del hombro?

—No ha sido nada —dijo Daniel regresando a la mesa—. Solo un borracho que ha organizado un barullo tremendo cuando ha ido de la posada a los establos y luego ha vuelto. —Levantó la taza de té, dio un largo trago y luego añadió—: Por otra parte, ya no llueve tanto. Aún cae una llovizna, pero creo que deberíamos aprovechar para irnos.

—Por supuesto —dijo Anne, poniéndose en pie.

—Ya les he pedido que traigan el vehículo a la entrada —dijo acompañándola a la puerta.

Anne le hizo un gesto con la cabeza cuando se dispuso a salir al exterior. El aire fresco era tonificante, no le importaba el frío. La gélida niebla tenía una cualidad purificadora e hizo que recuperara su ánimo habitual.

Y justo entonces, en ese momento preciso, le pareció que no era tan mala persona.

Daniel seguía sin tener idea de qué le había sucedido a Anne en el comedor. Supuso que podría haber sido justo lo que ella había dicho, que se atragantó con un poco de té. A él mismo le había pasado alguna vez, y sin duda era suficiente para ponerse a toser, sobre todo cuando el té estaba tan caliente.

Pero Anne se había quedado muy pálida, y sus ojos, en esa milésima de segundo antes de apartar la mirada, parecían aterrorizados.

Le trajo a la mente el día en que la había visto en Londres, cuando entró tropezando en Hoby's con un susto terrible. Dijo que había visto a alguien. O más bien dijo que había alguien a quien no quería ver.

Pero eso era Londres. Esto era Berkshire y, para ser más exactos, se encontraban sentados en una posada llena de parroquianos que él conocía de toda la vida. No había ni un alma en esa sala que tuviera motivos para tocarle ni un solo pelo de la cabeza.

Tal vez fuera el té. Tal vez él se había imaginado todo lo demás. Estaba claro que Anne parecía haber vuelto ahora a la normalidad, sonriente mientras él la ayudaba a subir al carrocín. La media capota subida les protegía de la lluvia, pero aunque el tiempo aguantara como estaba, estarían helados del todo cuando llegaran a Whipple Hill.

Baños calientes para ambos. Ordenaría que los prepararan en cuanto llegasen.

Aunque, por desgracia, no los compartirían.

—Nunca he viajado en un carrocín —dijo Anne, sonriendo mientras se ajustaba las cintas del sombrero.

—¿No?

No sabía por qué le sorprendía. Con certeza una institutriz no tenía motivos para montar en uno de estos carruajes, pero todo en ella hablaba de buena cuna. En algún momento de su vida tendría que haber sido un buen partido, con legiones de caballeros suplicando su compañía en carrocines y faetones descubiertos.

—Bueno, he ido en una calesa —explicó—. Mi anterior empleador tenía una y tuve que aprender a conducirla. Era una mujer bastante mayor y nadie confiaba en ella cuando tomaba las riendas.

—¿En la isla de Man? —preguntó el conde adoptando a posta un tono alegre. Era tan poco habitual que ofreciera información de su pasado que temía que se la guardara otra vez si hacía demasiadas preguntas.

Pero Anne no pareció esquivarla esta vez.

—Cierto —confirmó—. Antes de eso solo había conducido una carreta. Mi padre no habría conservado un vehículo de solo dos plazas. Siempre fue un hombre muy práctico.

—¿Monta a caballo? —preguntó él.

—No —respondió simplemente.

Otra pista. Si sus padres tuvieran algún título, la habrían puesto sobre una silla de montar antes de que aprendiera a leer.

—¿Cuánto tiempo vivió allí? —preguntó para seguir con la conversación—. En la isla de Man.

Ella no respondió de inmediato, y él pensó que tal vez se negara a hacerlo, pero luego, en voz baja, cargada de recuerdos, dijo:

—Tres años. Tres años y cuatro meses.

Con los ojos fijos en la carretera por responsabilidad, Daniel comentó:

—No parece que tenga recuerdos agradables.

—No. —Se quedó callada otra vez, durante al menos diez segundos, y luego dijo—: No era espantoso, solo era... No sé. Yo era joven, y no era mi hogar.

Hogar. Algo que casi nunca mencionaba. Algo sobre lo que sabía que era mejor no hacer preguntas.

—¿Era dama de compañía?

Anne asintió. Alcanzó a ver apenas por el rabillo del ojo — y parecía haberlo olvidado— que él estaba atento a los caballos y no a sus gestos.

—No era una ocupación pesada —comentó—. Le gustaba que le leyeran, por lo que hice mucho de eso. También costura. Le escribía toda la correspondencia, pues le temblaban bastante las manos.

—Se marchó cuando se murió, supongo.

—Sí. Tuve bastante suerte de que tuviera una sobrina nieta cerca de Birmingham que necesitaba una institutriz. Quizás intuía que le había llegado la hora y dispuso las cosas para buscarme un nuevo empleo antes de fallecer. —Entonces se quedó un rato callada, luego notó que se enderezaba a su lado, casi como si estuviera sacudiéndose un manto nebuloso de recuerdos—. Y desde entonces he sido institutriz.

—Parece adecuado para usted.

—La mayor parte del tiempo, sí.

—Yo diría que...

Se interrumpió de golpe. Algo no iba bien con los caballos.

—¿Qué sucede? —preguntó Anne.

Daniel sacudió la cabeza. No podía hablar en aquel momento. Tenía que concentrarse. El tiro se dirigía hacia la derecha, aquello no tenía sentido. Algo soltó un chasquido y los caballos se lanzaron a una velocidad vertiginosa, arrastrando también el carrocín hasta que...

—¡Santo Dios! —soltó Daniel en voz baja mientras observaba, horrorizado y forcejeando aún para controlar el tiro, cómo se separaba el arnés del eje y los caballos partían hacia la izquierda.

Sin carruaje.

Anne soltó un gritito de terror y sorpresa mientras el carrocín descendía la colina a toda velocidad, inclinándose descontrolado sobre sus dos ruedas.

—¡Inclínese hacia delante! —gritó Daniel. Si conseguían mantener el carruaje en equilibrio, podrían rodar hasta descender la colina y aminorar entonces la marcha. Pero la capota cargaba el peso hacia atrás, y los baches y surcos hacían casi imposible aguantar la posición inclinada hacia delante.

Y entonces Daniel recordó el giro. A medio camino colina abajo la carretera tomaba una curva marcada a la izquierda. Si continuaban rectos, acabarían saltando por la colina, arrojados al espeso bosque.

—Escúcheme bien —le dijo a Anne con apremio—. Cuando lleguemos a la falda de la colina, inclínese a la izquierda. Con todo lo que tenga, inclínese hacia la izquierda.

La joven hizo un gesto frenético de asentimiento. Tenía los ojos aterrorizados, pero no estaba histérica. Haría lo necesario. En cuanto...

—¡Ahora! —gritó él.

Los dos se arrojaron a la izquierda, Anne aterrizando encima de él. El carrocín se levantó sobre una sola rueda y sus rayos de madera protestaron con un chillido horrible al recibir la carga adicional.

—¡Hacia delante! —gritó Daniel, y ambos se incorporaron hacia delante, lo cual provocó que el carruaje girara a la izquierda, salvando por poco el borde de la carretera.

Pero mientras giraban, la rueda izquierda (la única en contacto con el suelo) chocó contra algo, y el carrocín salió dando un bote hacia delante que los arrojó por los aires antes de volver a aterrizar sobre la misma rueda con un crujido atroz. Daniel aguantó con todas sus fuerzas y pensó que Anne haría lo mismo, pero justo cuando fue a mirarla con impotente terror, el carrocín la lanzó con fuerza y la rueda... ¡Oh, santo Dios, la rueda! Si la arrollaba...

Daniel no se paró a pensar. Se arrojó a la derecha, volcando el vehículo antes de que pudiera golpear a Anne, que estaba en algún lugar por el suelo, en algún lugar a la izquierda.

El carrocín dio contra el suelo y resbaló varios metros antes de detenerse en el barro. Por un momento, Daniel fue incapaz de moverse. Le habían pegado antes, se había caído de caballos, ¡qué demonios!, hasta le habían pegado un tiro; pero nunca se había quedado sin aliento de forma tan brusca como cuando el carrocín se estrelló contra el suelo.

Anne. Tenía que llegar hasta ella. Pero primero debía respirar, y sus pulmones parecían sufrir un espasmo. Al final, buscando aire aún, salió a cuatro patas del carruaje volcado.

—¡Anne! —intentó aullar, pero solo era capaz de soltar un sonido sibilante. Sus manos chapoteaban en el barro, y luego sus rodillas, y después, aprovechando el lado astillado del carrocín para apoyarse, consiguió ponerse en pie tambaleante.

—¡Anne! —llamó otra vez, en esta ocasión con más volumen—. ¡Señorita Wynter!

No hubo respuesta, ningún sonido en absoluto, salvo la lluvia que daba en el suelo empapado.

Casi incapaz de aguantarse todavía en pie, Daniel inspeccionó con frenesí desde su lugar junto al vehículo, volviéndose en círculo mientras seguía aguantándose apoyado, buscando cualquier señal de Anne. ¿De qué color vestía? Marrón. Iba de marrón, un tono intermedio, que se confundiría a la perfección con el barro.

Tenía que estar detrás de él. El carrocín había rodado y resbalado cierta distancia después de que ella fuera arrojada. Daniel intentó abrirse camino hasta la parte posterior del vehículo, encontrando poco agarre para sus botas en aquel barro profundo. Se resbaló, perdió el equilibrio, y a punto estuvo de caerse de bruces, buscando con las manos cualquier cosa que pudiera mantenerle en pie. En el último instante, agarró una delgada correa de cuero.

El arnés.

Daniel miró el cuero que tenía en las manos. Era el tirante que se suponía tenía que unir al caballo con el eje del carruaje. Pero estaba cortado. Solo el extremo se veía deshilachado, como si lo hubieran dejado colgando de un hilo para que se partiera con la menor presión.

Ramsgate.

La rabia dominó su cuerpo, y Daniel encontró al final la energía para avanzar más allá del vehículo roto y buscar a Anne. ¡Dios mío! Si le había sucedido algo... Si sufría alguna herida seria...

Mataría a lord Ramsgate, le arrancaría las vísceras con sus propias manos.

—¡Anne! —gritó dando vueltas como un loco en el barro mientras la buscaba. Y luego... ¿era eso una bota? Se apresuró, tropezando a través de la lluvia hasta que la vio con claridad, hecha un ovillo sobre el suelo, medio en la carretera medio en el bosque.

—¡Dios bendito! —susurró Daniel, y se adelantó corriendo con el terror atenazando su corazón—. Anne —dijo con frenesí al llegar a su lado y buscarle el pulso—. Contéstame. ¡Que Dios me ayude! Contéstame ahora mismo.

No respondía, pero el pulso constante en su muñeca fue suficiente para devolverle la esperanza. Se encontraban a tan solo media milla de Whipple Hill. Podría llevarla en brazos esa distancia. Temblaba y estaba lleno de golpes, probablemente sangraba, pero seguro que lo lograría.

Con sumo cuidado, la levantó en brazos e inició el traicionero recorrido de vuelta a casa. El barro convertía cada paso en un ejercicio de equilibrio, apenas veía a través del pelo aplastado sobre sus ojos con la lluvia. Pero continuó andando, y su cuerpo agotado encontró fuerza en el terror.

Y en la furia.

Ramsgate iba a pagar por esto. Ramsgate pagaría, y tal vez Hugh pagaría también, y por Dios, el mundo lo pagaría si los ojos de Anne no volvían a abrirse.

Un paso seguido de otro. Es lo que hizo hasta que Whipple Hill apareció ante su vista. Y luego se encontró en la calzada, luego en el círculo y, finalmente, justo cuando sus músculos gritaban y temblaban y sus rodillas amenazaban con ceder, alcanzó los tres escalones de la grandiosa entrada principal y llamó a la puerta con fuerza.

Otra vez.

Y otra vez.

Y otra vez y otra vez y otra vez, hasta que oyó las pisadas que se apresuraban hacia él.

Se abrió la puerta y allí estaba el mayordomo, que soltó un sonoro «¡Milord!». Y luego, mientras tres lacayos se apresuraban a aliviar a Daniel de su carga, se hundió en el suelo, exhausto y aterrorizado.

—Ocupaos de ella —dijo entre jadeos—. Haced que entre en calor.

—De inmediato, milord —le tranquilizó el mayordomo—, pero usted...

—¡No! —ordenó Daniel—. Ocupaos de ella primero.

—Por supuesto, milord. —El mayordomo se apresuró a acudir al lado del aterrorizado lacayo que sujetaba a Anne, haciendo caso omiso de los ríos de agua que caían por sus mangas—. ¡Vamos! —ordenó—. ¡Rápido! Llevadla arriba, y tú —hizo un enérgico gesto con la cabeza a una doncella que entró en el vestíbulo y se quedó boquiabierta— empieza a calentar agua para un baño. ¡Ahora!

Daniel cerró los ojos, tranquilizado con el trajín de actividad que se desarrollaba a su alrededor. Había hecho lo necesario. Había hecho cuanto podía.

Por el momento.

14

Cuando Anne recuperó por fin el conocimiento y su mente salió poco a poco de aquella negrura implacable para encontrarse en un remolino de nubes grises, lo primero que notó fueron unas manos palpando, hurgando e intentando retirarle la ropa.

Quiso gritar, lo intentó, pero su voz no le obedecía. Temblaba sin control, le dolían los músculos del agotamiento, no estaba segura de poder abrir la boca y mucho menos de proferir algún sonido.

En el pasado ya se había encontrado arrinconada por jóvenes con exceso de seguridad que veían en la institutriz un blanco legítimo; por un señor que se pensaba que entraba en el sueldo que le pagaba por trabajar en su casa; incluso por George Chervil, quien había empujado su vida por ese camino antes que nadie.

Pero siempre había sido capaz de defenderse. Tenía fuerza y tenía ingenio, y en el caso de George incluso tenía un arma. Ahora no tenía nada de eso. Ni siquiera podía abrir los ojos.

—No —gimió, sacudiéndose y cambiando de posición sobre lo que parecía un frío suelo de madera.

—¡Chis! —dijo una voz familiar. Al menos era una mujer, algo que le resultó tranquilizador.

—Deje que la ayudemos, señorita Wynter.

Sabían su nombre. Anne no supo decidir si eso era algo bueno o no.

—Pobrecita —dijo una mujer —. Tiene la piel fría como el hielo. Vamos a tener que meterla en un baño caliente.

Un baño. Un baño sonaba como el paraíso. Tenía tanto frío, no recordaba haber tenido tanto frío en la vida. Todo parecía pesarle... Los brazos, las piernas, incluso el corazón.

—Estamos aquí, cielo —repitió la voz de la mujer otra vez—. Deje que me ocupe de esos botones.

Anne se esforzó una vez más por abrir los ojos. Parecía que alguien hubiera puesto algo pesado en sus párpados o la hubiera sumergido en algún tipo de pringue pegajoso del que no conseguía escapar.

—Ahora se encuentra a salvo —dijo la mujer.

Tenía una voz amable y parecía que quería ayudar.

—¿Dónde estoy? —susurró ella intentando todavía obligarse a abrir los ojos.

—Está otra vez en Whipple Hill. Lord Winstead la trajo de vuelta en medio de la lluvia.

—Lord Winstead... está...

Soltó un jadeo y por fin abrió los ojos, que revelaron un cuarto de baño mucho más elegante y ornamentado del que le habían asignado en la zona infantil. Había dos doncellas con ella, una echando agua humeante, la otra intentando retirarle la ropa empapada.

—¿Está bien? —preguntó Anne con frenesí—. ¿Lord Winstead?

La invadieron destellos de recuerdos. La lluvia. Los caballos soltándose del arnés. El sonido horripilante de la madera astillándose. Y luego el carrocín, precipitándose hacia delante sobre una sola rueda. Y después... nada. Anne no podía recordar nada. Tal vez se estrellaron... pero ¿por qué no lo recordaba?

¡Santo cielo! ¿Qué les había pasado?

—Su señoría está bien —le tranquilizó la doncella—. Agotado, pero nada que no pueda curar un poco de descanso. —Le brillaban los ojos con orgullo mientras ajustaba la posición de Anne para poder sacarle las mangas de los brazos—. Es un héroe, eso es. Un verdadero héroe.

Anne se frotó la cara con la mano.

—No recuerdo nada. Algunos fragmentos, pero eso es todo.

—Su señoría nos dijo que salió arrojada del carruaje —contó la doncella, poniéndose con la otra manga—. Lady Winstead dijo que lo más probable es que sufriera un golpe en la cabeza.

—¿Lady Winstead?

¿Cuándo había visto ella a lady Winstead?

—La madre de su señoría —informó la doncella, malinterpretando la pregunta de Anne—. Sabe un poco de heridas y curas, eso sí. La ha examinado ahí mismo en el suelo del vestíbulo.

—¡Oh, santo cielo!

Anne no sabía por qué le resultaba tan mortificante, pero lo era.

—Su señoría dijo que tenía un chichón, más o menos aquí.

La doncella se tocó su propia cabeza, un par de centímetros por encima de la oreja izquierda.

Frotándose aún la sien, desplazó la mano hacia arriba por el pelo. Encontró el chichón al instante, abultado y tierno.

—¡Ay! —dijo apartando los dedos. Se miró la mano. No había sangre. O tal vez la lluvia la había eliminado.

—Lady Winstead dijo que pensaba que querría cierta intimidad —continuó la doncella, bajando el vestido de Anne—. Vamos a hacerle entrar en calor y a lavarla, y la meteremos en la cama. También mandó llamar al médico.

—¡Oh! Estoy segura de que no hará falta un médico —se apresuró a decir. De todos modos se sentía fatal: tenía frío y le dolía todo, y un chichón explicaba su espantoso dolor de cabeza. Pero eran males temporales, de esos que una sabía por instinto que solo precisaban una cama cómoda y un tazón de sopa caliente.

Pero la doncella se encogió de hombros.

—Ya ha mandado llamar al doctor, así pues, no creo que tenga mucha elección.

Anne asintió.

—Todo el mundo está preocupadísimo por usted. La pequeña lady Frances estaba llorando y...

—¿Frances? —interrumpió Anne—. Pero si nunca llora...

—Pues esta vez, sí.

—¡Oh, por favor! —rogó Anne desconsolada por la desazón—. Por favor, que alguien le haga saber que estoy bien.

—Un lacayo subirá enseguida con más agua caliente. Le pediremos que le diga a lady...

—¿Un lacayo?

Anne soltó un jadeo, cubriéndose por instinto. Aún llevaba la camisola puesta, pero tan húmeda que casi era transparente.

—No se preocupe —dijo la doncella con una risita—. La dejará en la puerta. Es solo para que Peggy no tenga que subir todas las escaleras con el balde.

—Gracias —dijo Anne más tranquila—. Gracias a las dos.

—Soy Bess —le dijo la primera doncella—. ¿Cree que se puede levantar? ¿Solo un minuto? Tengo que sacarle esta prenda por la cabeza.

Anne asintió, y con ayuda de Bess se puso en pie y se agarró al lado de la gran bañera de porcelana en busca de apoyo. Una vez que le sacó la camisola, le ayudó a entrar en la bañera. Anne se hundió agradecida en el agua. Estaba demasiado caliente, pero no importaba. Era una delicia sentir otra cosa aparte del entumecimiento.

Permaneció hundida en el baño hasta que el agua se quedó tibia, entonces Bess la ayudó a ponerse la bata de lana que había ido a buscar a la habitación de Anne en la zona infantil.

—Así está bien —dijo guiando a Anne por la alfombra mullida hasta una cama con dosel.

—¿Qué habitación es esta? —preguntó Anne fijándose en el elegante entorno. Las volutas formaban espirales en el techo y las paredes estaban cubiertas de damasco de un delicado azul plateado. Con diferencia, era la habitación más espléndida en la que había dormido.

—La habitación azul de invitados —dijo Bess ahuecando las almohadas—. Es una de las mejores de Whipple Hill. En el mismo pasillo que la familia.

¿Que la familia? Anne levantó la vista sorprendida.

Bess se encogió de hombros.

—Su señoría insistió en ello.

—¡Oh! —dijo Anne con un nudo en la garganta, preguntándose qué pensaría de eso el resto de la familia.

Bess observó mientras Anne se acomodaba bajo las pesadas colchas y luego preguntó:

—¿Puedo decirle a todo el mundo que ya está en condiciones de recibir visitas? Sé que quieren verla.

—¿No se referirá a lord Winstead? —preguntó Anne horrorizada. Sin duda no le permitirían entrar a él en su dormitorio. Bueno, no era su dormitorio, pero de todos modos era un dormitorio. Con ella ahí.

—¡Oh, no! —la tranquilizó Bess—. Está echado en su propia cama, confío en que dormido. No creo que le veamos en un día al menos. El pobre hombre estaba agotado. Reconozco que pesa un poco más mojada que seca.

Bess soltó una risita con su propio chiste y salió del dormitorio.

En menos de un minuto entró lady Pleinsworth.

—¡Oh! Mi pobre niña, pobrecita —exclamó—. Vaya susto nos ha dado. Pero, ¡Dios bendito!, su aspecto ha mejorado muchísimo en una hora.

—Gracias —dijo Anne, un poco incómoda con tal efusividad por parte de su señora.

Lady Pleinsworth siempre había sido muy amable, pero nunca había intentado que se sintiera como un miembro de la familia, ni ella lo esperaba. Era la extraña suerte de la institutriz: no era una sirviente exactamente, pero tampoco formaba parte de la familia. Su primera empleadora, la señora mayor de la isla de Man, se lo había advertido: siempre atrapada subiendo y bajando las escaleras, así estaba una institutriz, y era preferible acostumbrarse lo más rápido posible.

—Tendría que haberse visto cuando su señoría la trajo —dijo lady Pleinsworth mientras se acomodaba en la silla junto a la cama—. La pobre Frances pensaba que estaba muerta.

—¡Oh, no! ¿Aún está afectada? ¿Ya le ha explicado alguien...?

—Está bien —dijo lady Pleinsworth con un enérgico gesto de la mano—. Insiste de todos modos en verlo con sus propios ojos.

—Sería un detalle —dijo Anne intentando reprimir un bostezo—. Disfrutaré con su compañía.

Entonces asintió y se hundió un poco más en las almohadas.

—Estoy segura de que querrá saber cómo está lord Winstead —continuó lady Pleinsworth.

Anne volvió a asentir. Quería saberlo, con desesperación, pero se había obligado a no preguntar.

Lady Pleinsworth se inclinó hacia ella, y había algo en su expresión que ella no supo interpretar.

—Para su información, estuvo a punto de sufrir un colapso tras traerla a casa.

—¡Cuánto lo siento! —susurró Anne.

Pero lady Pleinsworth no dio muestras de haberla oído.

—De hecho, supongo que lo correcto sería decir que sí sufrió un colapso. Dos lacayos tuvieron que ayudarle a levantarse y casi llevarlo a rastras hasta la habitación. Juro que nunca había visto nada por el estilo.

Anne notó las lágrimas escociendo en sus ojos.

—¡Oh! ¡Cuánto lo siento! Lo siento mucho.

Lady Pleinsworth la miraba con una expresión peculiar, casi como si hubiera olvidado con quien hablaba.

—No tiene por qué, no fue culpa suya.

—Lo sé, pero...

Anne sacudió la cabeza. Ya no sabía qué sentía, no lo sabía.

—De todos modos —dijo lady Pleinsworth con un gesto de su mano—, debería estar agradecida. La llevó en brazos a lo largo de media milla. Y él también estaba herido.

—Estoy muy agradecida —dijo Anne en voz baja—, muchísimo.

—Las riendas se partieron —explicó lady Pleinsworth—. Debo decir que me siento consternada. Es inconcebible que un vehículo en tan mal estado tuviera permiso para salir de los establos. Alguien va a perder su puesto por este motivo, estoy segura.

Las riendas, pensó Anne. Eso tenía sentido, todo había sucedido tan de repente.

—Sea como fuere, dada la severidad del accidente, debemos estar agradecidos de que ninguno de los dos haya sufrido heridas más serias —continuó lady Pleinsworth—. Aunque me dicen que sería recomendable vigilar de cerca ese golpe en la cabeza.

Anne se lo tocó otra vez con un gesto de dolor.

—¿Duele?

—Un poco —admitió.

Lady Pleinsworth pareció no saber qué hacer con esa información. Se movió un poco en la silla y luego enderezó los hombros antes de decir por fin:

—Bien.

Anne intentó sonreír. Era ridículo, pero casi se sintió como si ella tuviera que animar a lady Pleinsworth. Probablemente respondería a tantos años de servicio, siempre deseosa de complacer a sus empleadores.

—El médico no tardará en llegar —continuó finalmente lady Pleinsworth—, pero entretanto tendremos que asegurarnos de comunicar a lord Winstead que se ha despertado. Estaba de lo más preocupado por usted.

—Gracias... —empezó a decir, pero por lo visto lady Pleinsworth no había acabado.

—Es curioso, de todos modos —habló apretando los labios—. ¿Cómo es que se encontraba en su carruaje? La última vez que vi a mi sobrino, estaba aquí, en Whipple Hill.

Anne tragó saliva. Era el tipo de conversación que uno esperaba tratar con el máximo tacto.

—Le vi en el pueblo —explicó—. Empezó a llover y lord Winstead se ofreció a traerme de regreso a Whipple Hill. —Esperó un momento, pero al ver que lady Pleinsworth no hablaba, añadió—: Me sentí muy agradecida.

Lady Pleinsworth se tomó un momento para considerar su respuesta y entonces dijo:

—Sí, es muy generoso en ese sentido. Aunque, dado el desenlace, le habría ido mejor volver caminando. —Se levantó con energía y dio una palmadita en la cama—. Ahora debe descansar, pero no se duerma. Me dicen que no debe dormir hasta que llegue el médico para examinarla. —Frunció el ceño—. Creo que mandaré a Frances; como mínimo la mantendrá despierta.

Anne sonrió.

—Tal vez pueda leerme un poco, no ha practicado la lectura en voz alta en bastante tiempo, y me gustaría ver si ha trabajado su dicción.

—Maestra en cualquier circunstancia, ya veo —dijo lady Pleinsworth—. Pero es lo que queremos en una institutriz, ¿verdad?

Anne asintió, no del todo convencida de si había sido un cumplido o si lo había dicho para recordarle su sitio.

Lady Pleinsworth se fue hasta la puerta y luego regresó.

—¡Oh! En cuanto a las clases, no se preocupe por las chicas. Lady Sarah y lady Honoria compartirán sus obligaciones mientras se recupera. Estoy segura de que entre las dos pueden organizar un plan de lecciones.

—Matemáticas —dijo Anne con un bostezo—. Necesitan dar Matemáticas.

—Pues entonces darán Matemáticas. —Lady Pleinsworth abrió la puerta y salió al pasillo—. Intente descansar un poco ahora, pero no se duerma.

Anne asintió y cerró los ojos pese a saber que no debía hacerlo. No creía que fuera a dormirse de todos modos. Aunque su cuerpo estaba agotado, tenía la mente acelerada. Todo el mundo le decía que Daniel estaba bien, pero seguía preocupada y lo estaría hasta que lo viera con sus propios ojos. No obstante, no podía hacer nada al respecto en estas circunstancias, si apenas era capaz de caminar.

Y entonces entró Frances dando saltos y se plantó al lado de la cama junto a Anne, y acaparó sus oídos con su charla. Era justo lo que necesitaba, se percató después.

El resto del día transcurrió bastante apacible. Frances se quedó con ella hasta la llegada del médico, quien le aconsejó que permaneciera despierta hasta que se hiciera de noche. Luego llegó Elizabeth con una bandeja de pasteles y dulces, y finalmente Harriet, que llevaba consigo un pequeño fajo de papeles: su actual obra, *Enrique VIII y el unicornio del Juicio Final*.

—No estoy segura de que Frances vaya a contentarse con hacer de unicornio maligno —le dijo Anne.

Harriet alzó la vista con una ceja arqueada.

—No especificó que debía ser un unicornio bueno.

Anne sonrió.

—Vas a tener que librar una batalla, es todo lo que voy a decir al respecto.

Harriet se encogió de hombros y añadió:

—Voy a empezar por el segundo acto. El primero es un completo desastre. He tenido que descartarlo del todo.

—¿Por el unicornio?

—No —dijo Harriet con una mueca—. Me equivoqué en el orden de las esposas. Es divorciada, decapitada, muerta, divorciada, decapitada, viuda.

—¡Qué alegre!

Harriet le dedicó una miradita y luego dijo:

—Cambié una de las divorciadas por una decapitada.

—¿Puedo darte un pequeño consejo? —preguntó Anne.

Harriet alzó la vista.

—No permitas que nadie te oiga decir eso fuera de contexto.

Harriet se rio en voz alta al oírlo y luego sacudió un poco los papeles para indicar que estaba lista para empezar.

—Segundo acto —empezó con gesto elegante—. Y no se preocupe, no se sienta confundida, sobre todo ahora que ya hemos revisado todas las desapariciones de las esposas.

Pero antes de que Harriet llegara al acto tercero, lady Pleinsworth entró en la habitación con expresión de urgencia y seriedad.

—Debo hablar con la señorita Wynter —le dijo a Harriet—. Por favor, discúlpanos.

—Pero ni siquiera hemos...

—Ahora, Harriet.

La pequeña dedicó a Anne una mirada *qué-puede-ser* a la que Anne no reaccionó, no con lady Pleinsworth de pie delante de ella con aspecto de malos augurios.

Harriet recogió los papeles y salió. Lady Pleinsworth se fue hasta la puerta, escuchó para asegurarse de que Harriet no se había quedado a poner la oreja y luego dijo volviéndose a Anne:

—Cortaron las riendas.

Anne soltó una exclamación.

—¡¿Qué?!

—Las riendas del carrocín de lord Winstead. Las cortaron.

—No, eso es imposible. ¿Por qué alguien...?

Pero sabía por qué y sabía quién.

George Chervil.

Anne sintió que se quedaba pálida. ¿Cómo la había encontrado aquí? ¿Y cómo había sabido...?

La posada. Ella y lord Winstead habían pasado al menos media hora dentro. Cualquiera que la hubiera estado vigilando se habría percatado de que él la llevaría a casa en su carrocín.

Anne había aceptado hacía mucho que el tiempo no apagaría el fuego de la venganza en George Chervil, pero nunca habría pensado que fuera tan temerario como para poner en peligro la vida de otra persona, sobre todo de alguien con la posición de Daniel. Era el conde de Winstead, ¡por el amor de Dios! La muerte de una institutriz tal vez no fuera investigada, pero ¿la de un conde?

George se había vuelto loco, o al menos más de lo que lo estaba antes. No podía haber otra explicación.

—Los caballos regresaron hace varias horas —continuó lady Pleinsworth—. Enviaron unos mozos a buscar el carrocín, y entonces fue cuando lo vieron. Era evidente que se trataba de un acto de sabotaje; el cuero gastado no se parte en línea recta y regular.

—No —dijo Anne en un intento de asimilar todo aquello.

—Supongo que no tendrá algún enemigo infame en su pasado del que se haya olvidado hablarnos —dijo lady Pleinsworth.

A Anne se le secó la garganta. Iba a tener que mentir, no había otra...

Pero debió de ser algún arranque de humor negro de lady Pleinsworth porque no esperó su respuesta.

—Ha sido Ramsgate —dijo—. ¡Maldito sea! Ese hombre ha perdido el juicio por completo.

Anne no podía hacer otra cosa que quedarse mirando, sin saber si sentirse aliviada por librarse del pecado de tener que mentir o escandalizada porque lady Pleinsworth utilizara ese lenguaje presa de la furia.

Y tal vez lady Pleinsworth estuviera en lo cierto. Tal vez esto no tuviera nada que ver con ella, y el villano fuera sin duda el marqués de Ramsgate. Había obligado a salir del país a Daniel tres años antes; sin duda cuadraba con su carácter intentar ahora su asesinato. Y era evidente que no le importaría acabar con la vida de una institutriz durante la operación.

—Ramsgate prometió a Daniel que le dejaría en paz —explicó furiosa lady Pleinsworth mientras recorría la habitación—. Es el único motivo de su regreso; pensaba que estaba a salvo. Lord Hugh viajó hasta Italia para decirle que su padre había prometido poner fin a todo este disparate. —Profirió un alarido de frustración, con los puños cerrados en jarras—. Han pasado tres años, tres años en el exilio. ¿No es suficiente? Daniel ni siquiera mató a su hijo, solo fue una herida.

Anne seguía en silencio, pues no estaba segura de si se suponía que debía tomar parte en la conversación.

Pero entonces lady Pleinsworth se volvió y la miró de frente.

—Me figuro que conoce la historia.

—La mayor parte, creo.

—Sí, por supuesto. Las chicas se lo habrán contado todo. —Cruzó los brazos, luego los descruzó, y a Anne se le ocurrió pensar que nunca había visto a su señora tan consternada. Lady Pleinsworth negó con la cabeza y luego dijo—: No sé cómo se lo va a tomar Virginia. Casi la mata que su hijo tuviera que irse del país.

Virginia debía de ser lady Winstead, la madre de Daniel. Anne no sabía su nombre de pila.

—En fin —dijo lady Pleinsworth, y luego añadió de repente—: Supongo que ahora ya puede dormir, se ha puesto el sol.

—Gracias —dijo Anne—. Por favor, dé...

Pero se detuvo ahí.

—¿Ha dicho algo? —preguntó lady Pleinsworth.

Anne negó con la cabeza. Sería inapropiado pedir a lady Pleinsworth que saludara de su parte a lord Winstead. O, como mínimo, sería imprudente.

Lady Pleinsworth dio un paso en dirección a la puerta; luego hizo una pausa y dijo:

—Señorita Wynter.

—¿Sí?

Lady Pleinsworth se volvió despacio.

—Hay una cosa.

Anne esperó. No era habitual en su señora dejar tales silencios en medio de la conversación. No presagiaba nada bueno.

—No se me ha pasado por alto que mi sobrino...

De nuevo hizo una pausa, posiblemente para buscar la combinación correcta de palabras.

—Por favor —soltó Anne, segura de que su empleo pendía de un hilo—. Lady Pleinsworth, le aseguro...

—No me interrumpa. —Lady Pleinsworth lo dijo sin dejar de ser amable en ningún momento. Levantó una mano para indicar a Anne que esperara mientras ponía orden en sus pensamientos. Justo cuando ella estaba segura de que no podría aguantar más, dijo por fin—: Usted parece caerle muy bien a lord Winstead.

Anne confió en que lady Pleinsworth no esperara una respuesta.

—Puedo confiar en su buen juicio, ¿verdad?

—Por supuesto, milady.

—Hay veces en que una mujer debe dar muestra de la sensatez de la cual carecen los hombres, y creo que esta es una de ellas.

Hizo una pausa y miró a Anne a los ojos, indicando que esta vez sí esperaba una respuesta. Por lo tanto, Anne dijo:

—Sí, milady —y rogó por que aquello fuera suficiente.

—La verdad es, señorita Wynter, que sé muy poco de usted.

Anne abrió mucho los ojos.

—Sus referencias son impecables, y por supuesto su conducta desde que forma parte de nuestro personal es más que irreprochable. Es con certeza la mejor institutriz que he contratado nunca.

—Gracias, milady.

—Pero no sé nada de su familia. No sé quién era su padre ni su madre, ni el tipo de relaciones que podrían tener. Ha recibido una buena educación, es algo evidente, pero más allá de eso... —Alzó las manos, y entonces miró a Anne directamente a los ojos—. Mi sobrino debe casarse con alguien de prestigio, sin mancha.

—Soy consciente de ello —contestó Anne en voz baja.

—Casi con toda certeza será de familia noble.

Anne tragó saliva, esforzándose por no permitir que emoción alguna llegara a su rostro.

—No es estrictamente necesario, por supuesto. Es posible que se case con una muchacha de la alta burguesía, pero tendría que ser alguien muy excepcional. —Lady Pleinsworth dio un paso hacia ella e inclinó la cabeza levemente a un lado, como si intentara ver dentro de ella—. Me cae bien, señorita Wynter, dijo despacio, pero no la conozco. ¿Entiende?

Anne asintió.

Lady Pleinsworth se fue andando hasta la puerta y puso la mano en el pomo.

—Sospecho que no quiere que la conozca.

Y entonces salió, dejando a Anne sola con la vela vacilante y sus tortuosos pensamientos.

No cabían interpretaciones erróneas respecto a los comentarios de lady Pleinsworth. Le había advertido que se mantuviera alejada de lord Winstead, o más bien que se asegurara de que él permanecía alejado de ella. Pero había sido agridulce. Había dejado una pequeña puerta abierta, sugiriendo que podría considerarse una pareja apropiada si se supiera más de sus orígenes.

Pero, por supuesto, eso era imposible.

¿Te lo imaginas? ¿Contarle a lady Pleinsworth la verdad sobre mi origen?

Bien, la cuestión es que no soy virgen.

Y en realidad no me llamo Anne Wynter.

¡Oh! Y he apuñalado a un hombre que no dejará de perseguirme como un loco hasta que esté muerta.

Una risita horrorizada de desesperación surgió de la garganta de Anne. Vaya historial.

—Soy una joya —dijo a la oscuridad, y entonces se rio un poco más. O tal vez lloró. Al cabo de un rato era difícil diferenciar una cosa de la otra.

15

A la mañana siguiente, antes de que algún miembro femenino de su familia pudiera poner freno a algo que era un comportamiento inadecuado, lo sabía, Daniel se fue por el pasillo y llamó a la puerta de la habitación azul de invitados con un golpe seco de los nudillos. Ya estaba casi vestido para partir de viaje, pues tenía planeado salir para Londres en menos de una hora.

No se oía nada dentro de la habitación, por lo que volvió a llamar. Esta vez oyó un rumor seguido de un «adelante» que sonó bastante débil.

Así lo hizo y cerró la puerta con pestillo tras él, justo a tiempo de oír a Anne soltar una exclamación:

—¡Milord!

—Tenemos que hablar —dijo de manera concisa.

Con un gesto de asentimiento, Anne subió como pudo la colcha hasta su barbilla, algo que para él resultaba ridículo dado el saco tan poco atractivo que parecía haberse puesto por camisón.

—¿Qué hace aquí? —preguntó sin parar de pestañear.

Sin más preámbulos soltó:

—Me voy a Londres esta mañana.

Ella no dijo nada.

—Estoy seguro de que ya sabe que cortaron el arnés.

Anne asintió.

—Ha sido lord Ramsgate —dijo—. Uno de sus hombres, probablemente el que yo salí a investigar, el borracho del que le hablé.

—Dijo que había armado un barullo tremendo desde los establos a la posada —susurró ella.

—Eso mismo.

Tenía cada músculo del cuerpo tenso por el esfuerzo de mantenerse quieto mientras hablaba. Si se movía, si bajaba la guardia durante un instante, no sabía qué podría pasar, si empezaría a gritar, si golpearía las paredes... Lo único cierto era que algo furioso crecía dentro de él. Cada vez que pensaba poderlo controlar, que esa rabia no se expandiría más, algo en su interior parecía saltar y crepitar. La piel le comprimía demasiado, la rabia y la furia... pugnaban por liberarse.

Cada vez más ardientes, más negras, estrujando su mismísima alma.

—¿Lord Winstead? —dijo ella bajito, y él no se imaginaba qué parte de su cólera habría aparecido en su rostro, porque Anne tenía los ojos muy abiertos y llenos de alarma. Y luego, apenas en un susurro—: ¿Daniel?

Era la primera vez que pronunciaba su nombre.

El conde tragó saliva y apretó los dientes, esforzándose por mantener el control.

—No es la primera vez que intenta matarme —dijo por fin—. Pero sí es la primera vez que casi mata a alguien más en el intento.

La observó con atención; aún sujetaba las mantas debajo de su barbilla, asiéndolas con los dedos por un extremo. Movía la boca como si quisiera decir algo. Esperó.

Anne no habló.

Daniel continuó quieto, con el cuerpo erguido y las manos sujetas a la espalda. Había cierta formalidad insoportable en esa estampa, pese al hecho de que Anne se encontrara en la cama con el pelo despeinado de dormir, formando una sola trenza espesa que descansaba sobre su hombro derecho.

Por regla general no hablaban con tal rigidez. Tal vez deberían hacerlo, tal vez eso le habría librado de tal encaprichamiento, le habría salvado de estar en su compañía el día en que Ramsgate decidió pasar a la acción.

Habría sido mejor para ella no haberle conocido nunca, estaba claro.

—¿Qué vas a hacer? —preguntó por fin.

—¿Cuando le encuentre?

Anne asintió.

—No sé. Si tiene suerte no le estrangularé nada más verlo. Lo más probable es que también esté detrás del ataque en Londres, el que todos pensamos que solo fue cuestión de mala suerte, un par de ladrones insignificantes en busca de un buen monedero.

—Pudo ser así. No puedes saberlo, en Londres roban a la gente a todas horas. Es...

—¿Le estás defendiendo? —preguntó el conde con incredulidad.

—¡No! Por supuesto que no. Solo que... En fin... —Tragó saliva con un movimiento convulso que hizo vibrar su garganta. Cuando volvió a hablar su voz apenas era audible—. No cuentas con toda la información.

Por un momento él se limitó a observarla, por lo que ella pudiera decir.

—He pasado los últimos tres años huyendo de sus hombres en Europa —dijo al final—. ¿Lo sabías? ¿No? Pues bien, así fue. Estoy harto. Si quería venganza, está claro que la obtuvo. Tres años de mi vida arrebatados. ¿Tienes idea de lo que es eso? ¿Que te roben tres años de tu vida?

Anne separó los labios y, por un momento, él pensó que iba a decir que sí. Parecía aturdida, casi hipnotizada, y dijo finalmente:

—Lo siento. Continúa.

—Hablaré primero con su hijo. Puedo confiar en lord Hugh. O al menos siempre he pensado que podía hacerlo. —Daniel cerró los ojos un momento y se limitó a respirar en un intento de recuperar un equilibrio que no se dejaba atrapar—. Ya no sé en quién puedo confiar.

—Puedes... —Se detuvo, tragó con dificultad. ¿Estaba a punto de decir que podía confiar en ella? La observó de cerca, pero había apartado la mirada, para concentrarla en la ventana próxima. Las cortinas estaban corridas, pero ella miraba de todos modos como si hubiera algo allí—. Que tengas un buen viaje —susurró.

—Te has enfadado conmigo —dijo.

Ella volvió la cabeza de súbito para mirarle.

—No, no, por supuesto que no. Nunca...

—No estarías herida si no viajaras en mi carrocín —interrumpió él. Nunca se perdonaría las heridas que él le había provocado. Necesitaba que lo supiera—. Es mi culpa que estés...

—¡No! —gritó Anne y saltó de la cama para correr hacia él, pero luego se detuvo en seco—. No, eso no es cierto. Yo... Yo solo... ¡No! —dijo con tal firmeza que agitaba la barbilla de forma acentuada—. No es verdad.

Daniel la observó. La tenía casi al alcance de sus brazos; si se inclinaba hacia delante, si estiraba el brazo, podría tomarla de la manga, atraerla hacia él y fundirse juntos, él en ella, ella en él, hasta que no supieran dónde acababa uno y empezaba el otro.

—No es culpa tuya —insistió en un tono más tranquilo.

—Es de mí de quien quiere vengarse lord Ramsgate —le recordó con dulzura.

—No somos... —Ella apartó la mirada, pero antes se secó un ojo con el dorso de la mano—. No somos responsables de las acciones de los demás —dijo. Le temblaba la voz de emoción y sus miradas se encontraron—. Sobre todo de las de un loco —concluyó.

—No —respondió él. Su voz sonó como un extraño *stacatto* en medio del aire sereno de la mañana—. Pero somos responsables de quienes nos rodean. Harriet, Elizabeth y Frances... ¿No dirías que tengo que ocuparme de su seguridad?

—No, no me refería a eso —dijo con un ceño de angustia en la frente—. Sabes que no es...

—Soy responsable de cada persona en esta propiedad —interrumpió—. También de ti mientras estés aquí. Y si sé que alguien me desea algún mal, es mi obligación asegurarme de no poner en peligro a otra persona.

Anne le miró con ojos muy abiertos, sin pestañear, y Daniel se preguntó qué veía. A quién veía. Las palabras que había pronunciado no eran familiares en él. Sonaba como su padre, y su abuelo antes que este. ¿Era esto lo que se heredaba con un antiguo título, que le confiaran las vidas y sustentos de cuantos residían en sus tierras? Había llegado a conde muy joven, y luego se había visto obligado a dejar Inglaterra un año después.

Al final comprendió lo que significaba. Esto era lo que significaba todo aquello.

—No permitiré que te hagan daño —dijo en voz tan grave que casi era una vibración.

Anne cerró los ojos, pero luego la piel de sus sienes se contrajo y entró en tensión, casi como si le dolieran.

—Anne —dijo él adelantándose.

Pero ella sacudió la cabeza casi con violencia, y en su garganta estalló un espantoso sollozo.

A Daniel casi le partió en dos.

—¿Qué sucede? —preguntó, cruzando la distancia que había entre ambos. La agarró por la parte superior de los brazos para sostenerla... o tal vez para sostenerse a él mismo. Y luego tuvo que detenerse, solo para respirar. La necesidad imperiosa de abrazarla era abrumadora. Al entrar en su habitación aquella mañana se había dicho que no la tocaría, que no se acercaría tanto como para sentir el aire que se movía en torno a su piel. Pero esto... no podía soportarlo.

—No —dijo ella con un retortijón, pero no sirvió para que él pensara que lo decía en serio—. Por favor, vete. Vete ya.

—No hasta que me digas...

—No puedo —gimoteó, y entonces le apartó y retrocedió un paso hasta volver a encontrarse separados por el aire gélido de la mañana—. No puedo decirte lo que quieres oír, no puedo estar contigo y ni siquiera puedo volver a verte. ¿Lo entiendes?

Daniel no respondió, porque comprendía lo que estaba diciendo, pero no estaba conforme.

Ella tragó saliva y se cubrió el rostro con las manos, frotándose y estirándose la piel con tal angustia que él casi la abraza para detenerlo.

—No puedo estar contigo —dijo, y las palabras surgieron con tal fuerza y brusquedad que Daniel se preguntó a quién intentaba convencer—. No soy... la persona...

Apartó la vista.

—No soy la mujer adecuada para ti —dijo hablando en dirección a la ventana—. No soy de tu posición y no soy...

Él esperó; ella quería decir algo más. Daniel estaba seguro de que iba a hacerlo.

Pero cuando habló, su voz había cambiado de tono y sonaba demasiado reflexiva:

—Serás mi ruina —dijo— aunque no sea tu intención, pero así será, perderé mi puesto de institutriz y todo lo que valoro.

Le miró a los ojos al decirlo, y él casi se estremeció ante el vacío que vio en su cara.

—Anne —dijo—. Te protegeré.

—No quiero tu protección —gimoteó—. ¿No lo entiendes? He aprendido a cuidar de mí misma, a mantenerme... —Hizo una pausa, y luego concluyó con un—: No puedo responsabilizarme de ti.

—No tienes que hacerlo —respondió en un intento de dar sentido a sus palabras.

Ella se volvió.

—No lo entiendes.

—No —dijo con aspereza—. No, no lo entiendo.

¿Cómo iba a entender? Ella guardaba secretos, los retenía en su pecho como pequeños tesoros, y a él solo le quedaba suplicar por sus recuerdos como un maldito perro.

—Daniel... —dijo en voz baja, y ahí estaba otra vez. Su nombre, era como si nunca antes lo hubiera escuchado. Porque cuando ella hablaba, notaba cada sonido como una caricia. Cada sílaba aterrizaba en su piel como un beso.

—Anne —dijo, y ni siquiera reconoció su voz. Era áspera, ronca de necesidad, y cargada de deseo y... y...

Entonces, antes de que tuviera la menor pista de lo que iba a hacer, la atrajo con brusquedad hasta sus brazos y empezó a besarla como si fuera agua, aire, su mismísima salvación. La necesitaba con tal desesperación que solo pensarlo le estremecía.

Pero no estaba pensando. No en ese preciso instante. Estaba cansado de pensar, cansado de preocuparse. Quería sentir, simplemente. Quería dejar que la pasión rigiera sus sentidos y que sus sentidos dominaran su cuerpo.

Quería que ella le deseara del mismo modo.

—Anne, Anne —dijo entre jadeos, tirando con las manos de la espantosa tela del camisón—. ¿Qué me haces...?

Ella le interrumpió, no con palabras sino con su cuerpo, apretujándose contra Daniel con una urgencia equiparable. Le agarró la camisa, tirando de la parte delantera para abrirla y que él la sintiera a ella sobre su piel.

Fue más de lo que Daniel pudo soportar.

Con un gemido gutural, medio la levantó, medio la volvió, y ambos acabaron cayendo sobre la cama, y al final la tuvo justo donde había querido tenerla durante lo que parecía toda una vida. Debajo de él, con las piernas acunándole con ternura.

—Te deseo —dijo Daniel, pese a que nadie lo pondría en duda—. Te quiero ahora, de todas las maneras que un hombre pueda querer a una mujer.

Sus palabras sonaban roncas, pero le gustaba que así fuera. Esto no era algo romántico, era pura necesidad. El día anterior, Anne casi había muerto. Podría morir mañana. Y si sucedía, si el final llegaba antes de que él hubiera probado el paraíso...

Casi le arrancó el camisón del cuerpo.

Y luego... se detuvo.

Se detuvo para respirar, para mirarla tan solo y deleitarse en la gloriosa perfección de su cuerpo. Sus pechos se elevaban y descendían con cada respiración, estiró una mano temblorosa para tomar uno, casi estremeciéndose de placer con ese simple contacto.

—Eres tan hermosa... —susurró. Ella debía de haber oído antes esas palabras, miles de veces, pero quería que las oyera de sus labios—. Eres tan...

Pero no acabó, porque era mucho más que bella. Y no había manera de expresarlo todo, no había manera de traducir en palabras todos los motivos de que se acelerara su respiración cada vez que la veía.

Anne alzó las manos para cubrir parte de su desnudez, sonrojándose y recordándole que esto debería ser nuevo para ella. También era nuevo para él. Había hecho antes el amor, probablemente con más mujeres de las que quería admitir, pero era la primera vez que... Ella era la primera...

Nunca había sido así. No sabría explicar la diferencia, pero así no había sido nunca.

—Bésame —susurró Anne—, por favor.

Lo hizo, sacándose la camisa por la cabeza justo antes de instalar su cuerpo sobre ella, sus pieles pegadas deliciosamente. La besó en la boca en profundidad, luego besó el cuello y el hueco de la clavícula, y, por fin, con un placer que tensó cada uno de sus músculos, le besó los senos. Anne soltó un suave chillido y se arqueó debajo de su cuerpo, lo cual entendió él como una invitación a desplazarse al otro pecho y besar y lamer y mordisquear el otro pezón, hasta creer que iba a perder el control ahí mismo.

¡Santo Dios! Y ella ni siquiera le había tocado. Todavía llevaba los pantalones bien abrochados y ya casi se había perdido. Eso no le había sucedido ni siquiera de novato.

Tenía que entrar en ella, tenía que entrar ahora; aquello superaba el deseo y la necesidad. Era una necesidad imperiosa y primitiva que surgía de lo más profundo de su interior, como para dejar claro que su propia vida dependía de hacer el amor con esta mujer. Si eso era una locura, pues en efecto, estaba loco.

Por ella. Estaba loco por ella, y tenía la sensación de que nunca iba a recuperarse.

—Anne —gimió haciendo una pausa para intentar recuperar el aliento. Con el rostro apoyado suavemente sobre la tierna piel de su vientre, inhaló su fragancia mientras se esforzaba en controlar su cuerpo—. Anne, te necesito. —Alzó la vista—. Ahora. ¿Entiendes?

Se puso de rodillas y se llevó la mano a los pantalones, pero entonces ella dijo...

—No.

Daniel se detuvo. ¿No? ¿Qué no entendía? ¿Que ahora no? O que no, no...

—No puedo —susurró la joven y tiró de la sábana en un intento desesperado de taparse.

¡Santo cielo! Era *ese* no.

—Lo siento —dijo con un jadeo de angustia—. Lo siento tanto... ¡Oh, Dios mío! ¡Cuánto lo siento! —Con movimientos frenéticos salió de la cama, intentando llevarse con ella la sábana, que Daniel aún sujetaba, por lo que se tropezó y notó el tirón que la hizo volver a la cama. No obstante, no cejó, estirando una y otra vez y repitiendo—: Lo siento.

Daniel intentaba respirar; daba grandes bocanadas de aire rogando para que aliviaran lo que ahora era una erección dolorosa. Se había excitado tanto que ni siquiera podía pensar con claridad. ¡Qué decir de articular alguna frase!

—No debería haber... —dijo Anne intentando aún taparse con la maldita sábana.

No podía apartarse de la cama, no si quería taparse. Daniel podía agarrarla, tenía los brazos lo bastante largos, podía rodearle los hombros, atraerla hacia él de nuevo y convencerla de que volviera a sus brazos. Podía hacer que se retorciera y estremeciera de placer hasta que no lograra recordar su propio nombre. Sabía cómo hacerlo.

Aun así no se movió. Estaba quieto como una maldita estatua, como un estúpido, ahí sobre la cama de cuatro columnas, de rodillas y agarrándose el cierre de los pantalones.

—Lo siento —repitió por quincuagésima vez como mínimo—. Lo siento. Yo solo... no puedo. Es lo único que tengo. ¿Entiendes? Es lo único que tengo.

Su virginidad.

Ni siquiera lo había tenido en cuenta. ¿Qué tipo de hombre era?

—Lo siento —dijo él entonces, y luego casi se rio por lo absurdo de la situación. Era una sinfonía de disculpas, incómodas y del todo discordantes.

—No, no —respondió ella negando todavía con la cabeza—. No debería... No debería habértelo permitido, no debería habérmelo permitido. Sé que no. Bien sé que no.

Y también Daniel.

Maldiciendo entre dientes, él bajó de la cama olvidando que sujetaba mediante la sábana a Anne, quien dio un traspié, giró y se tropezó con su propio pie, aterrizando en un sillón donde acabó envuelta como una torpe romana con la toga torcida.

Podría resultar gracioso, si él no estuviera a punto de explotar.

—Lo siento —repitió Anne.

—Deja de decir eso.

Fue prácticamente un ruego, con la voz cargada de exasperación. No, mejor dejarlo en desesperación, y ella debió de oírlo también porque cerró la boca y tragó saliva con nerviosismo mientras lo observaba ponerse la camisa.

—Tengo que salir para Londres de todos modos —dijo, aunque aquello no sería suficiente para disuadirle si ella no hubiera puesto pegas.

Anne asintió.

—Hablaremos de esto más tarde —dijo con firmeza. No tenía ni idea de qué le diría, pero hablarían. No en ese preciso instante, con toda la casa despertándose.

La casa entera. ¡Santo cielo! Había perdido de verdad la cabeza. Con su determinación de mostrar respeto y consideración hacia Anne la noche anterior, había ordenado a las doncellas que la instalaran en el mejor cuarto de invitados, en el mismo pasillo que la familia. Podría haber entrado cualquiera por la puerta. Su madre podría haberles visto. Todavía peor, una de sus primas pequeñas. Ni se imaginaba qué habrían pensado que sucedía. Al menos su madre sabría que no estaba matando a la institutriz.

Anne asintió una vez más, pero no le miraba con atención. Una pequeña parte de él encontró aquello curioso, pero la otra, la proporción mayor, lo olvidó al instante. Estaba demasiado preocupado por los resultados dolorosos del deseo insatisfecho como para pensar en el hecho de que Anne no le mirara a los ojos cuando asentía.

—Iré a visitarte cuando regreses a la ciudad —explicó.

Anne dijo algo como respuesta, en voz tan baja que Daniel no distinguió el qué.

—Disculpa, ¿cómo has dicho?

—He dicho... —Se aclaró la garganta, luego una vez más—. He dicho que no creo que sea prudente.

Daniel la miró con mirada fría.

—¿Me harás fingir otra vez que visito a mis primas?

—No. Yo... Lo que yo... —Se volvió otra vez, pero él alcanzó a ver el destello de angustia en su mirada, y tal vez rabia y, luego, finalmente, resignación. Cuando Anne volvió a levantar la vista, encontró su mirada, pero el destello en su expresión, que tanto le atraía... parecía haberse esfumado.

—Preferiría —continuó con voz tan cuidadosamente uniforme que casi resultaba monótona— que no hicieras visita alguna.

Daniel se cruzó de brazos.

—¿Así lo quieres?

—Sí.

Se debatió por un momento, luchando contra sí mismo. Y al final preguntó, con cierto tono beligerante:

—¿Por esto?

Entonces desplazó la mirada al hombro de Anne, donde la sábana se había corrido, revelando un fragmento diminuto de piel, rosada y fina bajo la luz matinal. Apenas eran dos centímetros cuadrados, pero en ese momento deseó con tal intensidad aquella piel que casi no consiguió hablar.

La deseaba.

Anne miró aquellos ojos tan fijos en un punto, y luego bajó la vista a su hombro desnudo. Con un pequeño jadeo tiró de la sábana para taparse de nuevo.

—Yo... —Tragó saliva, tal vez para hacer acopio de valor, y continuó—: No voy a mentirte y decir que no quería esto.

—A mí —interrumpió él con irritación—. Me querías a mí.

Ella cerró los ojos.

—Sí —dijo por fin—, te quería a ti.

Una parte de Daniel quiso volver a interrumpirla, a recordarle que todavía le quería, que no era en pasado, nunca lo sería.

—Pero no puedo tenerte —dijo con calma— y por eso, tú no puedes tenerme a mí.

Y entonces Daniel, asombrándose a sí mismo, le preguntó:

—¿Y si me casara contigo?

Anne le observó impresionada. Luego horrorizada, porque él parecía tan sorprendido como ella, y tuvo la certeza de que si pudiera retirar sus palabras, lo haría.

A toda prisa.

Pero su pregunta —no podía considerarla ni una proposición— flotó en el aire, y ambos se observaron sin moverse, hasta que al final los pies de Anne parecieron reconocer que eso no era un tema para tomárselo a broma, retrocedió de un brinco y fue resbalándose hasta conseguir poner entre ambos el sillón de orejas.

—No puedes —le espetó.

Lo cual pareció despertar esa reacción *no-me-digas-lo-que-tengo-que-hacer* tan masculina.

—¿Por qué no? —exigió saber.

—No puedes, así de sencillo —respondió ella con brusquedad, tirando de la sábana que se había enganchado en el extremo de la silla—. Deberías saberlo. ¡Por el amor de Dios! Eres un conde, no puedes casarte con una don nadie.

Y sobre todo una con un nombre falso.

—Puedo casarme con quien me dé la real gana.

¡Oh, por el amor de Dios! Ahora parecía un niño de tres años a quien habían arrebatado un juguete. ¿No entendía que no podía hacerlo? Podía engañarse a sí mismo, pero ella nunca sería tan ingenua. Sobre todo tras su conversación con lady Pleinsworth la noche anterior.

—Cometes una estupidez —le dijo tirando otra vez de la maldita sábana. ¡Santo Dios! ¿Era demasiado pedir estar libre?—. Y estás siendo poco práctico. Es más, ni siquiera quieres casarte conmigo, solo quieres seducirme.

Daniel retrocedió, claramente enfurecido por aquella afirmación. Pero no la contradijo.

Anne soltó un suspiro de impaciencia. No era su intención insultarle, y él debería darse cuenta.

—No creo que quisieras seducirme y abandonarme —dijo, porque, por muy furiosa que la pusiera, no soportaba que creyera que ella le tomaba por un canalla—. Conozco esa clase de hombres, y tú no eres así. Pero dudo que fuera tu propósito proponerme matrimonio, y desde luego no me aferraré a eso.

Daniel entrecerró los ojos, pero Anne tuvo tiempo de ver un destello peligroso.

—¿Desde cuándo conoces mi mente mejor que yo?

—Desde que dejaste de pensar. —Volvió a tirar de la sábana, esta vez con tal violencia que el sillón se fue hacia delante y casi se volcó, de manera que casi se quedó desnuda—. ¡Argh! —soltó con tal frustración que deseó dar un puñetazo a alguien. Al levantar la vista vio a Daniel ahí de pie observándola, y casi gritó de lo enfadada que estaba, ¡maldición!, con él, con George Chervil y con aquella maldita sábana que no dejaba de enredarse en sus pies—. ¿Quieres irte de una vez? —soltó—. Ahora, antes de que entre alguien.

Entonces Daniel sonrió, pero no era una de las sonrisas que estaba acostumbrada a ver en él. Era fría, burlona también, y verla en su rostro le desgarró el corazón.

—¿Qué sucedería entonces? —murmuró—. Tú, vestida solo con una sábana. Yo, tan desaliñado.

—Nadie insistirá en que nos casemos —soltó Anne—. Eso te lo aseguro. Tú regresarías a tu vida feliz y yo sería expulsada sin referencias laborales.

Daniel la observó con amargura.

—Supongo que vas a decir que ese era mi plan en todo momento. Arruinarte hasta no dejarte otra opción que ser mi amante.

—No —respondió cortante. No podía mentirle, desde luego no sobre algo así. Después, en voz baja, añadió—: Nunca pensaría eso de ti.

Daniel se quedó callado, observándola con atención. Estaba dolido, y ella se dio cuenta. No le había propuesto matrimonio en realidad, pero de todos modos ella había conseguido rechazarle. Y detestaba que él sufriera. Detestaba aquella mirada en su rostro, la manera en que tenía los brazos con rigidez a los lados, y sobre todo detestaba que nada volviera a ser igual después de aquello. Ya no hablarían ni se reirían juntos.

Ni se besarían.

¿Por qué había rechazado a Daniel? Estaba en sus brazos, sus pieles pegadas, y le deseaba. Le deseaba con un ardor que nunca había soñado que fuera posible. Había querido tenerle dentro de ella, y había deseado amarle con su cuerpo como ya le amaba con su corazón.

Le amaba.

¡Santo Dios!

—¿Anne?

No respondió.

Un ceño de desasosiego apareció en la frente de Daniel.

—Anne, ¿estás bien? Te has quedado pálida.

No se encontraba bien. No estaba segura de volver a sentirse bien de nuevo.

—Estoy bien —contestó.

—Anne...

Ahora parecía preocupado, y venía hacia ella, y si la tocaba, si estiraba el brazo y la buscaba, ella perdería su determinación.

—No.

Casi gritó la respuesta, detestando el modo en que la voz surgió de su garganta. La palabra le dolió, le dolió en el cuello, en los oídos, y también le dolió a él.

Pero fue necesario.

—Por favor —dijo—. Necesito que me dejes a solas. Esto... esto... —Se esforzó por encontrar una palabra, no podía soportar llamarlo «cosa»—. Esta sensación entre nosotros... —Al final dio con la manera—. Nada bueno puede salir de ello, tienes que darte cuenta. Y si de verdad te importo, te marcharás ahora mismo.

Pero no se movió.

—Te irás ahora —casi lo dijo entre sollozos, y sonaba como un animal herido. Y en realidad lo era, supuso.

Durante varios segundos ambos permanecieron paralizados, y luego, con una voz tan grave como segura, Daniel dijo por fin:

—Me marcho, pero no por ninguna de las razones que expones. Me voy a Londres para aclarar las cosas con Ramsgate, y luego... y luego —dijo con más fervor— hablaremos.

En silencio, Anne negó con la cabeza. No podía pasar por esto otra vez; era demasiado doloroso oírle explicar historias con finales felices que nunca serían suyos.

Daniel se fue dando grandes pasos hacia la puerta.

—Hablaremos —volvió a decir.

Y hasta que no se marchó, Anne no consiguió susurrar:

—No, no lo haremos.

Londres.
Una semana después.

Ella había regresado.

Daniel se lo había oído decir a su hermana, quien se lo había oído decir a su madre, quien se lo había oído decir directamente a su tía.

No podía imaginar una cadena de comunicación más eficiente.

No había esperado en realidad que los Pleinsworth se quedaran tanto tiempo en Whipple Hill después de su marcha. O tal vez, para ser precisos, no había pensado para nada en aquella cuestión, no hasta que pasados varios días se percató de que continuaban en el campo.

Pero al final, seguramente fue preferible que permanecieran (y en realidad quería decir Anne) fuera de la ciudad. Había sido una semana ajetreada (ajetreada y frustrante), y saber que la señorita Wynter se encontraría a corta distancia habría sido una distracción que no podía permitirse.

Había hablado con Hugh. Una vez más. Y Hugh había hablado con su padre. Una vez más. Y cuando Hugh regresó para informar a Daniel de que seguía pensando que su padre no estaba involucrado en los ataques recientes, Daniel perdió los estribos. Entonces Hugh había hecho algo en lo que Daniel debería haber insistido semanas atrás.

Le llevó a hablar con lord Ramsgate directamente.

Y ahora Daniel se sentía perdido, porque él también pensaba que lord Ramsgate no había intentado matarle. Tal vez fuera un necio, tal vez solo quisiera creer que este horrible capítulo de su vida llegaba a su fin de una vez, pero lo cierto era que no había furia en los ojos de Ramsgate. No como la última vez que se habían visto, justo después de disparar a Hugh.

Además, estaba el factor de la amenaza de suicidio de Hugh. Daniel no distinguía si su amigo era un genio o estaba loco, pero de todos modos, cuando reiteró su juramento de quitarse la vida si algo le sucedía a la persona de Daniel, había sido escalofriante. Lord Ramsgate se estremeció a ojos vista, aunque sin duda no era la primera vez que oía a su hijo plantear esa amenaza. Incluso Daniel se sintió enfermo al ser testigo de una promesa tan nefasta.

Y se lo creía. La mirada en los ojos de Hugh... La manera gélida, casi inexpresiva en que hizo aquella afirmación. Era aterrador.

Todo eso hizo que cuando lord Ramsgate le juró a Daniel que no le haría daño, prácticamente escupiéndoselo a la cara, él se lo creyó.

Eso había sucedido dos días atrás, dos días durante los cuales Daniel pudo hacer poco más que pensar. Pensar en quién más podría desear verle muerto. Pensar en qué querría decir Anne al manifestar que no podía responsabilizarse de él. Pensar en los secretos que ocultaba y por qué le había dicho que él no contaba con toda la información.

¿Qué demonios quería decir?

¿El ataque podría haber ido dirigido contra ella? No era inconcebible que alguien se hubiera percatado de que iba a volver a casa en el carrocín de Daniel. Desde luego, habían permanecido en la posada el tiempo suficiente para que alguien saboteara de sobra el arnés.

Volvió a pensar en el día en que ella entró corriendo en Hoby's con ojos llenos de terror. Dijo que había alguien a quien no deseaba ver.

¿Quién?

¿Y no se daba cuenta Anne de que él podía ayudarla? Aunque acabara de regresar de su exilio, tenía una posición que implicaba poder, desde luego suficiente poder para protegerla. Sí, había estado exiliado tres años, pero porque se enfrentaba al marqués de Ramsgate.

Daniel era el conde de Winstead; no había tantos hombres por encima de él en la jerarquía nobiliaria. Un puñado de duques, unos pocos marqueses más y la realeza. Con toda seguridad Anne no se habría buscado un enemigo entre esa clase elevada.

Pero después de subir los escalones de la residencia Pleinsworth para solicitar una entrevista, le informaron de que ella no se encontraba allí.

Y cuando repitió la petición a la mañana siguiente, encontró la misma respuesta.

Varias horas después había regresado allí, y en esta ocasión su tía en persona vino a comunicarle la negativa.

—Debes dejar a esa pobre chica en paz —le dijo de forma escueta.

Daniel no estaba de humor para que su tía Charlotte le leyera la cartilla, por lo tanto, fue al grano.

—Tengo que hablar con ella.

—Pues bien, no está.

—¡Oh, por el amor de Dios, tía! Sé que está...

—Admito que se encontraba arriba cuando viniste esta mañana —interrumpió lady Pleinsworth—. Por suerte, la señorita Wynter tiene el buen juicio de poner fin a este coqueteo, aunque tú no puedas decir lo mismo. Pero no se encuentra aquí en este momento.

—Tía Charlotte... —advirtió.

—¡No está! —La dama alzó un poco la barbilla en el aire—. Es su tarde libre, siempre sale cuando tiene la tarde libre.

—¿Siempre?

—Por lo que yo sé. —Su tía agitó la mano con impaciencia en el aire—. Para hacer recados y... lo que sea que haga.

Lo que sea que haga. Vaya frase.

—Muy bien —dijo Daniel en tono cortante—. Entonces esperaré a que vuelva.

—¡Oh, no! No vas a esperar.

—¿Vas a impedir que me quede en tu salón? —preguntó dedicándole una mirada de incredulidad.

Su tía se cruzó de brazos.

—Si hace falta.

Daniel se cruzó de brazos.

—Soy tu sobrino.

—Y por asombroso que parezca, el parentesco no parece haberte inculcado nada de sentido común.

Él se la quedó mirando.

—Eso ha sido un insulto —mencionó su tía—, en caso de que tengas dificultades para distinguirlo.

¡Dios bendito!

—Si te preocupa lo más mínimo la señorita Wynter —continuó con actitud imperiosa lady Pleinsworth—, la dejarás en paz. Es una dama sensata, y la mantendré como empleada porque estoy convencida de que eres tú quien la busca y no al revés.

—¿Has hablado con ella sobre mí? —quiso saber Daniel—. ¿La has amenazado?

—Por supuesto que no —soltó su tía, pero apartó la mirada una milésima de segundo, y Daniel supo que mentía—. Como si pudiera hacerlo —continuó hablando enfurruñada—. Además, no es ella con quien hay que hablar. Sabe cómo funciona el mundo, aunque tú no tengas ni idea. Lo que sucedió en Whipple Hill puede pasarse por alto...

—¿Lo que sucedió? —repitió Daniel mientras el pánico le dominaba y se preguntaba a qué se refería su tía. ¿Alguien se había enterado de su visita al dormitorio de Anne? No, era imposible. A Anne la habrían expulsado de la casa si fuera el caso.

—El tiempo que pasaste a solas con ella —aclaró lady Pleinsworth—. No pienses que no me daba cuenta. Por mucha ilusión que me hiciera que de repente sintieras un súbito interés por Harriet, Elizabeth y Frances, hasta el más tonto podía darse cuenta de que suspirabas por la señorita Wynter como un cachorrillo.

—Otro insulto, supongo —contraatacó él.

Lady Pleinsworth apretó los labios, pero aun así no hizo caso de su comentario.

—No quiero tener que prescindir de ella —dijo—, pero si insistes en la relación, no me quedará otra opción. Puedes estar seguro de que ninguna familia de buena posición contrataría a una institutriz que intima con un conde.

—¿Intima? —repitió con voz entre incrédula y asqueada—. No la insultes a ella con una palabra así.

La dama retrocedió y le contempló con cierta dosis de compasión.

—No soy yo quien la insulta. De hecho, aplaudo a la señorita Wynter por tener el buen juicio que tú no demuestras. Me advirtieron de que no contratara a una joven tan atractiva como institutriz, pero pese a su aspecto es sumamente inteligente, y las niñas la adoran. ¿Querrías que la discriminara por su belleza?

—No —replicó a punto de subirse por las paredes a causa de la frustración que le dominaba—. ¿Y qué demonios tiene eso que ver? Solo quiero hablar con ella.

Alzó la voz al acabar la frase, a punto casi de gritar.

Su tía le observó con una larga mirada.

—No —replicó.

Daniel casi se mordió la lengua en un intento de no perder la paciencia con ella. La única manera de que su tía le permitiera ver a Anne sería que le dijera que sospechaba que era ella quien había sido objeto del ataque en Whipple Hill. Pero cualquier cosa que insinuara un pasado escandaloso significaría su despido fulminante, y él no quería ser la causa de que perdiera su empleo.

Al final, cansado, soltó una exhalación entre dientes y dijo:

—Necesito hablar con ella una vez, tan solo una vez. Podría ser en tu sala de estar con la puerta abierta, pero insistiría en tener privacidad.

Su tía le contempló con desconfianza.

—¿Una vez?

—Una vez.

No era del todo cierto, deseaba mucho más que eso, pero era todo lo que iba a pedir.

—Pensaré en ello —respondió con gesto altivo.

—¡Tía Charlotte!

—¡Oh, muy bien! Solo una vez, y solo porque quiero creer que tu madre educó a su hijo con cierto sentido del bien y del mal.

—¡Oh, por el amor de...!

—No blasfemes delante de mí —advirtió— y me hagas reconsiderar mi decisión.

Daniel cerró la boca y apretó los dientes con tal fuerza que esperó que alguno quedara triturado en su boca.

—Puedes visitarla mañana —concedió lady Pleinsworth—. A las once de la mañana. Las chicas tienen planeado ir de compras con Sarah y Honoria. Preferiría que no se encontraran en casa cuando...

Parecía no saber cómo describirlo, por lo que agitó la mano con un movimiento desagradable en el aire.

Daniel asintió, hizo una inclinación y se marchó.

Pero igual que su tía, él tampoco vio a Anne, que estaba observándoles desde una rendija en la puerta de la habitación contigua, escuchando cada una de sus palabras.

Anne esperó hasta que Daniel abandonó furioso la casa y luego miró la carta que tenía en sus manos. Lady Pleinsworth no había mentido: había salido a hacer sus recados, pero había regresado por la puerta de atrás, tal y como solía hacer cuando no iba con las niñas. Estaba subiendo a su habitación cuando se percató de que Daniel se encontraba en el vestíbulo de entrada. No debería haber puesto la oreja, pero no pudo evitarlo. No tanto por lo que él dijera, sino porque quería oír su voz.

Sería la última vez que lo escuchara.

La carta que había recibido era de su hermana Charlotte. No eran novedades de última hora porque llevaba en la estafeta desde antes del viaje a Whipple Hill. La estafeta a la que no había acudido aquel día en que entró en la tienda de zapatos llena de pánico. Si hubiera recibido esa carta antes de pensar que había visto a George Chervil, no se habría llevado aquel susto.

Y la había dominado el terror.

Según Charlotte, George había ido de nuevo a la casa familiar, en una ocasión en que el señor y la señora Shawcross habían salido. Primero intentó engatusarla para que le revelara el paradero de Anne, y luego se puso a despotricar y a chillar hasta que tuvieron que intervenir los criados, preocupados por la seguridad de Charlotte. Entonces se había ido, pero sin dejar de manifestar que sabía que Anne trabajaba como institutriz para una familia aristócrata y, dado que era primavera, que se encontraría seguramente en Londres. Charlotte no pensaba que supiera para qué familia trabajaba; si no, ¿por qué iba a malgastar tanta energía intentando sonsacarle una respuesta? De todos modos, su hermana se había quedado preocupada y le rogaba que tuviera cautela.

Anne arrugó la carta en sus manos y luego contempló el pequeño fuego que ardía en la chimenea. Siempre quemaba las cartas de Charlotte después de recibirlas. Resultaba doloroso hacerlo, esos fragmentos menudos de papel eran su única vinculación con su vida pasada, y en más de una ocasión se había quedado sentada ante el pequeño escritorio conteniendo las lágrimas mientras seguía con el dedo índice los trazos familiares de la caligrafía de su hermana. Pero no se hacía ilusiones sobre disfrutar de total privacidad como criada, y no tenía idea de cómo podría explicar la existencia de las cartas si alguien las descubría. No obstante, en esta ocasión arrojó el papel al fuego de buen grado.

Bueno, no tan de buen grado. No estaba segura de que alguna vez volviera a hacer algo de buen grado. Pero disfrutó destruyéndola, por muy furiosa y tétrica que fuera esa alegría.

Cerró los ojos y los mantuvo cerrados con fuerza para contener las lágrimas. Era muy probable que tuviera que dejar a los Pleinsworth. Y estaba muy enojada al respecto. Era el mejor trabajo que había tenido. No estaba atrapada en una isla con una dama senil, sumida en un círculo interminable de aburrimiento. No tenía que echar el cerrojo de su puerta por la noche para mantener a raya a un viejo que creía que podría «educarla» mientras sus hijos dormían. Le gustaba vivir con los Pleinsworth, era lo más parecido a un hogar que había tenido desde... desde...

Que se había marchado de casa.

Se obligó a tomar aliento y luego se secó apresuradamente las lágrimas con el dorso de la mano. Pero entonces, justo cuando estaba a punto de dirigirse hacia el vestíbulo de entrada para subir las escaleras, alguien llamó a la puerta. Probablemente se trataría de Daniel, que se habría olvidado de algo.

Volvió como una flecha al salón y cerró la puerta dejando una rendija. Debería cerrarla del todo, lo sabía, pero tal vez fuera esta la última vez que le viera. Con un ojo en la rendija, observó al mayordomo acudir a la puerta. Pero cuando la abrió de par en par, vio que no se trataba de Daniel, sino de un hombre al que jamás había visto.

Era un tipo de aspecto bastante corriente, ataviado con ropas que delataban que trabajaba para ganarse la vida. No un obrero —iba demasiado limpio y acicalado—, pero había algo tosco en él y, cuando habló, su acento llevaba la marcada cadencia del este de Londres.

—Las entregas se hacen por la parte trasera —dijo Granby de inmediato.

—No estoy aquí para ninguna entrega —explicó el hombre con un gesto de cabeza. Tal vez su acento fuera corriente, pero era educado, y el mayordomo no le cerró la puerta en las narices.

—Entonces, ¿qué asunto le trae?

—Estoy buscando a una mujer que tal vez viva aquí. La señorita Annelise Shawcross.

A Anne se le cortó la respiración.

—No hay nadie aquí con ese nombre —dijo Granby resueltamente—. Si me disculpa...

—Puede que use otro nombre —interrumpió el hombre—. No estoy seguro de cómo se hace llamar, pero tiene el cabello oscuro, los ojos azules y me dicen que es de gran belleza —se encogió de hombros—; no la he visto nunca. Podría estar trabajando como personal de servicio, pero es hija de un terrateniente, no se equivoque.

El cuerpo de Anne entró en tensión, preparándose para huir. Era imposible que Granby no reconociera que era ella a quien describía.

Pero Granby dijo:

—No describe a nadie que viva en esta casa. Buenos días, señor.

El rostro del hombre se crispó con decisión, y metió el pie en la puerta antes de que el mayordomo tuviera ocasión de cerrarla.

—Si cambia de idea, señor —dijo sosteniendo algo ante sus narices—, aquí está mi tarjeta.

Granby mantuvo los brazos con rigidez en los costados.

—No creo que sea cuestión de cambiar de idea.

—Si lo quiere ver así.

El hombre se metió la tarjeta otra vez en el bolsillo de la solapa, esperó un momento más y luego se dio media vuelta.

Anne se llevó la mano al corazón e intentó respirar hondo sin hacer ruido. Si tenía alguna duda de que el ataque en Whipple Hill había sido obra de George Chervil, ahora no le quedaba ninguna. Y si Chervil estaba dispuesto a poner en peligro la vida del conde de Winstead para llevar a cabo su venganza, no se lo pensaría dos veces a la hora de hacer daño a las hijas pequeñas de los Pleinsworth.

Ella había arruinado su vida al permitir que la sedujera a sus dieciséis años, pero antes muerta que permitir que destruyera a alguien más. Iba a tener que desaparecer. De inmediato. George sabía dónde estaba y sabía quién era.

Pero no podía salir del salón hasta que Granby abandonara el vestíbulo, y allí estaba de pie, inmóvil en su puesto, con la mano apoyada en el pomo de la puerta. Luego se volvió y, cuando lo hizo..., Anne debería haber recordado que no se le escapaba nada. Si hubiera sido Daniel quien se encontraba en la puerta, no habría advertido que la puerta del salón estaba ligeramente abierta pero, ¿Granby? Era como agitar un trapo rojo delante de un toro. La puerta o estaba abierta o estaba cerrada. Pero nunca entreabierta, con una brecha de una pulgada de aire en medio.

Y, por supuesto, la vio.

Anne no intentó ocultarse, se lo debía después de lo que acababa de hacer por ella. Abrió la puerta y salió al vestíbulo.

Sus miradas se encontraron y ella esperó conteniendo la respiración. Pero el mayordomo se limitó a hacer un gesto con la cabeza y dijo:

—Señorita Wynter.

Ella le devolvió el gesto y le hizo una profunda reverencia de respeto.

—Señor Granby.

—Hace un buen día, ¿verdad?

Anne tragó saliva.

—Muy bueno.

—Creo que es su tarde libre.

—En efecto, señor.

Granby hizo otro gesto con la cabeza y a continuación dijo, como si no hubiera ocurrido nada fuera de lo normal:

—Prosiga.

Prosiga.

¿No era eso lo que siempre hacía? Durante tres años en la isla de Man, sin ver nunca a otra persona de su edad a excepción del sobrino de la señora Summerlin, quien creía que era un buen deporte perseguirla alrededor de la mesa del comedor. Luego durante nueve meses cerca de Birmingham, para acabar despedida sin referencias cuando la señora Barraclough pilló al señor Barraclough llamando a su puerta. Luego tres años en Shropshire, que no habían ido del todo mal. Su empleadora era una viuda y sus hijos se pasaban casi todo el tiempo en la universidad. Pero luego las hijas habían tenido la desfachatez de hacerse mayores, y Anne fue informada de que ya no requerían sus servicios.

Pero había proseguido. Había conseguido una segunda carta de recomendación, justo lo que necesitaba para lograr un puesto en la residencia Pleinsworth. Y ahora que iba a tener que marcharse, seguiría adelante una vez más.

Aunque no tenía ni idea de adónde.

17

Al día siguiente, Daniel llegó a la residencia Pleinsworth justo cinco minutos antes de las once. Había preparado una lista mental de preguntas que debía formular a Anne, pero cuando el mayordomo le hizo pasar, se encontró con un buen revuelo. Harriet y Elizabeth se gritaban en un extremo del vestíbulo, mientras su madre les reprendía a gritos, y en un banco sin respaldo próximo a la puerta del salón tres doncellas sollozaban sentadas.

—¿Qué pasa aquí? —preguntó a Sarah, quien intentaba acompañar hasta al salón a una Frances visiblemente consternada.

Sarah le dirigió una mirada impaciente.

—Es la señorita Wynter. Ha desaparecido.

A Daniel se le detuvo el corazón.

—¿Qué? ¿Cuándo? ¿Qué ha pasado?

—No lo sé —soltó Sarah—. No iba a confiarme sus intenciones a mí.

Le dedicó una mirada irritada antes de volverse hacia Frances, que lloraba con tal desconsuelo que casi no podía respirar.

—Se fue antes de las lecciones de la mañana.

Daniel miró a su prima pequeña. Tenía los ojos rojos, inyectados en sangre, y las mejillas surcadas de lágrimas, mientras todo su cuerpecito se estremecía descontrolado. Comprendió que parecía sentirse como él mismo. Reprimiendo su terror con esfuerzo, se agachó al lado de la muchacha para poder mirarle a los ojos.

—¿A qué hora empezáis las lecciones? —preguntó.

Frances tomó aire con un jadeo, y luego soltó:

—A las nueve y media.

Daniel se giró para volverse de nuevo hacia Sarah con cólera.

—¿Hace ya más de dos horas que se ha ido y nadie me ha informado?

—Frances, por favor —rogó Sarah—, debemos intentar dejar de llorar. Y no —volvió la cabeza, enfadada, para encararse a Daniel—, nadie te ha informado. ¿Por qué, si puede saberse, íbamos a hacerlo?

—Nada de jueguecitos conmigo, Sarah —advirtió su primo.

—¿Tengo aspecto de estar para jueguecitos? —soltó ella; luego suavizó el tono para dirigirse a su hermana—: Frances, por favor, cielo, intenta respirar hondo.

—Alguien debería habérmelo dicho —replicó él con brusquedad. Estaba perdiendo la paciencia. Sus primas no tenían ni idea, pero el enemigo de Anne (y ahora estaba convencido de que lo tenía) podría haberla secuestrado en su propia cama. Necesitaba respuestas, no reprimendas de Sarah—. Lleva al menos noventa minutos desaparecida —le dijo—. Deberíais haberme...

—¿Qué? —le interrumpió Sarah—. ¿Qué deberíamos haber hecho? ¿Perder el tiempo comunicándotelo? ¿A ti, que no tienes relación o autoridad sobre ella? ¿A ti, cuya única intención es...?

—Voy a casarme con ella. —Fue Daniel quien la interrumpió entonces.

Frances dejó de llorar y alzó la vista hacia su primo con ojos brillantes de esperanza. Incluso las doncellas, que seguían en el banco, se quedaron calladas.

—¿Qué has dicho? —susurró Sarah.

—La quiero —dijo él, percatándose de la sinceridad de sus palabras en el momento en que salían de sus labios—. Quiero casarme con ella.

—¡Oh, Daniel! —lloró Frances, separándose de Sarah y echándole los brazos al cuello—. Debes encontrarla. ¡Tienes que hacerlo!

—¿Qué ha pasado? —preguntó a Sarah, que seguía mirándole boquiabierta—. Cuéntamelo todo. ¿Ha dejado alguna nota?

Ella asintió.

—Sí, la tiene nuestra madre. No decía mucho, de todos modos. Solo que lamentaba tener que irse.

—Dijo que me mandaba un abrazo —lloriqueó Frances, con sus palabras amortiguadas contra el abrigo de Daniel.

Él le dio una palmadita en la espalda con la mirada aún fija en Sarah.

—¿Daba alguna señal de no marcharse por voluntad propia?

Sarah soltó un resoplido.

—¿No pensarás que alguien la ha secuestrado?

—No sé qué pensar —admitió él.

—No había nada fuera de lugar en la habitación —explicó Sarah—. Se ha llevado todas sus pertenencias, pero no faltaba nada más. La cama estaba hecha con esmero.

—Siempre se hace la cama —gimoteó Frances.

—¿Sabe alguien cuándo se ha ido?

Sarah negó con la cabeza.

—No desayunó, o sea, que habrá sido temprano.

Daniel maldijo en voz baja y luego se soltó con cuidado del abrazo de Frances. No tenía ni idea de cómo buscar a Anne; ni siquiera sabía por dónde empezar. La institutriz había dado pocas pistas sobre su origen, muy pocas. Podría parecer gracioso, de no ser por lo aterrorizado que se sentía. Sabía... ¿qué? ¿El color de los ojos de sus padres? En fin, tenía que haber algo que le ayudara a encontrarla.

No tenía nada.

—¿Milord?

Levantó la vista. Era Granby, el mayordomo de toda la vida de los Pleinsworth, y daba muestras de una consternación poco característica en él.

—¿Podría hablar un momento con usted, sir? —preguntó este.

—Por supuesto. —Daniel se apartó de Sarah, quien observó a los dos hombres con curiosidad y confusión, e hizo una indicación a Granby para que le siguiera hasta el salón.

—Le he oído hablar con lady Sarah —dijo Granby con incomodidad—. No era mi intención escuchar.

—Por supuesto —dijo Daniel con firmeza—. Continúe.

—¿Le tiene aprecio... a la señorita Wynter?

Daniel observó con cuidado al mayordomo, luego asintió.

—Ayer vino un hombre —dijo Granby—. Debería haberle dicho algo a lady Pleinsworth, pero no estaba seguro y no quería ir con cuentos sobre la señorita Wynter si luego resultaba que no era nada. Pero ahora que parece cierto que se ha ido...

—¿Qué sucedió? —preguntó Daniel al instante.

El mayordomo tragó saliva con nerviosismo.

—Vino un hombre preguntando por una tal Annelise Shawcross. Le despaché al instante; aquí no hay nadie con ese nombre. Pero insistió, y dijo que la tal señorita Shawcross podría estar usando otro nombre. El hombre me dio mala espina, milord, eso se lo puedo asegurar. Era... —El mayordomo sacudió un poco la cabeza, casi como si intentara rechazar un mal recuerdo—. No me gustó —insistió.

—¿Qué dijo?

—La describió, a esa señorita Shawcross. Dijo que tenía el pelo oscuro y los ojos azules y que era una belleza.

—La señorita Wynter —dijo Daniel en voz baja. O más bien... Annelise Shawcross. ¿Sería ese su verdadero nombre? ¿Por qué se lo habría cambiado?

Granby asintió:

—Era exactamente la descripción que yo habría dado de ella.

—¿Qué le dijo entonces? —preguntó el conde, intentando no delatar la urgencia en su voz. Granby ya se sentía bastante culpable por no haber dado antes este paso, el conde era consciente de ello.

—Le dije que aquí no residía nadie que respondiera a esa descripción. Como he dicho, no me gustó su aspecto, y no pondría en peligro la seguridad de la señorita Wynter por nada. —Hizo una pausa—. Me cae bien nuestra señorita Wynter.

—Y a mí también —confirmó Daniel en voz baja.

—Por ese motivo le cuento esto —dijo Granby, y su voz encontró por fin algo del valor del que estaba imbuida normalmente—. Debe encontrarla.

Daniel inspiró profundamente, su respiración sonaba irregular, y bajó la vista para mirarse las manos. Le temblaban. Le había sucedido antes en varias ocasiones durante su estancia en Italia, cuando los hombres de Ramsgate se le habían acercado demasiado. Algo se precipitaba por su cuerpo, alguna clase de terror en la sangre, y tardaba horas en recuperar la normalidad. Pero esto era peor. Tenía el estómago revuelto, notaba los pulmones comprimidos, y lo más grave, quería vomitar.

Sabía lo que era sentir miedo. Pero esto iba más allá del miedo.

Miró a Granby.

—¿Cree que ese hombre se la ha llevado?

—No lo sé. Pero después de irse, vi a la señorita Wynter. —Granby se volvió y apartó la vista a la derecha, y Daniel se preguntó si estaba recreando la escena en su mente—. Estaba en el salón —dijo—, justo ahí, junto a la puerta. Lo había oído todo.

—¿Está seguro? —preguntó Daniel.

—Se le notaba en los ojos —añadió el mayordomo con calma—. Es ella la mujer a quien el hombre buscaba, y entendió que yo lo sabía.

—¿Qué le dijo entonces?

—Creo que hice algún comentario sobre el tiempo. O algo igual de intrascendente, y le dije que prosiguiera con lo que estuviera haciendo. —Granby se aclaró la garganta—. Creo que entendió mis nulas intenciones de delatarla.

—Estoy seguro de que lo entendió —dijo Daniel con prudencia—. Pero tal vez creyera que debía marcharse de todos modos.

Desconocía si Granby sabía algo del accidente del carrocín en Whipple Hill. Como todo el mundo, lo más probable era que pensara que había sido obra de Ramsgate, pero resultaba obvio que Anne sospechaba otra cosa. Estaba claro que alguien intentaba hacerle daño y, fuera quien fuese, no le preocupaba que otros resultaran heridos. Anne nunca se permitiría poner en peligro a las hijas de los Pleinsworth ni...

Ni a él. Cerró los ojos un momento. Seguramente pensaba que así le protegía. Pero si algo le sucedía a ella...

Nada le destruiría de forma más devastadora.

—La encontraré —le dijo Granby—. Puede estar seguro.

Anne se había sentido sola con anterioridad. De hecho, había pasado la mayor parte de los ocho últimos años sintiéndose sola. Pero mientras permanecía sentada, acurrucada en la dura cama de la pensión, con el abrigo puesto encima del camisón para no helarse, se percató de que nunca había conocido un desconsuelo tan grande.

No como este.

Tal vez hubiera sido preferible marcharse al campo. Era más limpio. Quizá fuera menos peligroso, pero Londres era anónimo. Las calles abarrotadas de gente podían tragársela y hacerla invisible.

Pero las calles también la devoraban a pedazos bien desmenuzados.

No había trabajo para una mujer como ella. Las mujeres con su acento no trabajaban como costureras o dependientas. Había recorrido las calles del nuevo vecindario, un lugar con algún resto de respetabilidad que se hacía un hueco entre zonas de compras de la clase media y desolados barrios bajos. Había entrado en todas las tiendas donde colgaba un letrero de «Se precisa asistenta», y algunos más donde ni siquiera lo había. Le habían dicho que no aguantaría mucho, que tenía las manos demasiado finas y los dientes demasiado limpios. Más de un hombre le había lanzado una sonrisa lasciva y se había reído, ofreciéndole a continuación un tipo de empleo completamente diferente.

Sin carta de recomendación era imposible obtener un puesto de trabajo para una mujer decente, como institutriz o dama de compañía, y las dos recomendaciones valiosas con que contaba iban a nombre de Anne Wynter. Y no podía seguir siendo esa persona.

Contrajo aún más las piernas, dobladas contra su pecho, y dejó que su rostro descansara sobre las rodillas, cerrando con fuerza los ojos. No quería ver esta habitación, no quería ver lo escasas que parecían sus pertenencias incluso en este diminuto dormitorio. No quería ver la noche fría y húmeda a través de la ventana y, sobre todo, no quería verse a sí misma.

Volvía a no tener nombre. Y eso dolía, dolía como un corte profundo en el corazón. Era algo espantoso, un horror pesado que se instalaba sobre ella cada mañana, pero lo único que podía hacer era bajar las piernas sobre el lado de la cama y poner los pies en el suelo.

No era como antes, cuando su familia la había echado de casa; al menos entonces tenía un sitio adonde ir. Tenía un plan, no de su elección, pero sabía qué se esperaba que hiciera y cuándo debía hacerlo. Ahora tenía dos vestidos, un abrigo, once libras y ninguna perspectiva aparte de la prostitución.

Y no era una opción viable. ¡Santo Dios! No podía hacerlo. Se había entregado por propia voluntad en una ocasión, y no volvería a cometer el mismo error por segunda vez. Sería demasiado cruel tener que someterse a un extraño cuando había impedido a Daniel consumar su unión.

Había dicho que no porque... no estaba segura. Por costumbre, lo más probable. Miedo. No quería quedarse embarazada de un hijo ilegítimo, y no quería obligar a casarse a un hombre que de otro modo no elegiría a una mujer como ella.

Pero, sobre todo, necesitaba conservarse a sí misma. No su orgullo exactamente, sino algo más, algo más profundo.

Su corazón.

Era lo único que quedaba puro en ella y lo único suyo por completo. Había entregado su cuerpo a George, pero pese a lo que creyó en su momento, él nunca había conquistado su corazón. Y cuando Daniel se llevó la mano al cierre de su pantalón, preparándose para hacerle el amor, ella había sido consciente de que, si se lo permitía, si se lo permitía a sí misma, él poseería para siempre su corazón.

Pero le había salido el tiro por la culata, porque ya lo tenía. Había cometido la mayor locura imaginable, se había enamorado de un hombre que nunca podría tener.

Daniel Smythe-Smith, conde de Winstead, vizconde de Streathermore, barón de Touchton of Stoke. No quería pensar en él, pero lo hacía, cada vez que cerraba los ojos. Su sonrisa, su risa, el fuego en sus ojos cuando la miraba.

No pensaba que él la amara, pero lo que él sentía debía de acercarse al amor. Se preocupaba por ella al menos. Y tal vez si ella fuera otra persona, alguien con nombre y posición, alguien sin un loco intentando matarla... En ese caso, tal vez, cuando Daniel formuló aquella pregunta disparatada de «¿Y si me caso contigo?», se habría echado a sus brazos y habría gritado: «¡Sí! ¡Sí! ¡Sí!».

Pero en su vida no había espacio para «síes». Su vida era una sucesión de «noes». Y había acabado aquí, donde finalmente se encontraba tan sola en cuerpo como había estado en espíritu durante años.

Su estómago soltó un profundo rugido. Había olvidado comprar algo para cenar antes de regresar a la pensión, y ahora se moría de hambre. Tal vez fuera preferible; iba a tener que hacer durar cuanto pudiera las monedas que le quedaban.

Su estómago volvió a bramar, esta vez de rabia, y Anne bajó las piernas por un lado de la cama.

—No —dijo en voz alta.

Aunque lo que en realidad quería decir era «sí». Tenía hambre, ¡maldición!, e iba a conseguir algo de comer. Por una vez en la vida iba a decir sí, aunque fuera solo a una empanada de carne y media pinta de sidra.

Miró su vestido, colocado con esmero sobre la silla. No le apetecía cambiarse y ponérselo otra vez. El abrigo le tapaba de arriba abajo. Si se ponía los zapatos y las medias y se sujetaba el pelo, nadie sabría que iba en camisón.

Se rio, por primera vez profería un sonido así en días. ¡Qué manera tan extraña de hacer travesuras!

Pocos minutos después se encontraba en la calle, dirigiéndose a una tiendecita de alimentación junto a la que pasaba a diario. Nunca había entrado, pero los olores procedentes del local cada vez que se abría la puerta..., ¡oh!, eran celestiales. Empanadillas de patata y empanadas de carne, rollitos calientes y Dios sabe qué otras delicias más.

Casi se sentía contenta, pensó, con el caliente bocado entre las manos. El dependiente envolvió en papel la empanadilla y Anne se la llevó a su habitación. Costaba desprenderse de algunas costumbres; seguía siendo una dama demasiado recatada como para comer por la calle, pese a lo que el resto de la humanidad parecía hacer a su alrededor. Haría una parada para comprar sidra enfrente de la pensión y una vez en su habitación...

—¡Tú!

Anne no dejó de caminar. Las calles de este vecindario eran tan ruidosas, estaban tan llenas de voces, que en ningún momento se le ocurrió que un «¡Tú!» perdido fuera dirigido a ella. Pero luego lo volvió a oír, más cerca.

—Annelise Shawcross.

Ni siquiera se volvió a mirar. Conocía esa voz y, para ser más precisos, esa voz conocía su verdadero nombre.

Echó a correr.

La preciada cena se escurrió entre sus dedos mientras corría más rápido de lo que se creía capaz. Dobló recodos, se abrió paso a empujones entre el gentío sin tan siquiera pedir perdón. Corrió hasta que le ardieron los pulmones y el camisón se le pegó a la piel por el sudor, pero al final, de nada sirvió contra el simple grito proferido por George:

—¡Detenedla! ¡Por favor! ¡Es mi esposa!

Alguien lo hizo, probablemente porque sonaba como si el caballero ofreciera una buena recompensa. Y entonces, cuando George se plantó a su lado, dijo al hombre cuyos brazos fornidos la sujetaban como unas tenazas.

—No se encuentra bien.

—¡No soy su mujer! —gritó Anne resistiéndose al abrazo de su captor. Se retorció y se volvió, dándole en la pierna con la cadera, pero el hombre ni se movió—. No soy su mujer —le dijo en un intento de sonar razonable y sensata—. Está loco, lleva años persiguiéndome. No soy su mujer, se lo juro.

—Vamos, Annelise —dijo George con voz apaciguadora—. Sabes que eso no es cierto.

—¡No! —aulló resistiéndose ahora a los dos hombres—. ¡No soy su mujer! —volvió a gritar—. ¡Va a matarme!

Al final el hombre que la había agarrado empezó a mostrarse más indeciso.

—Dice que no es su esposa —le dijo con el ceño fruncido.

—Lo sé —contestó George con un suspiro—. Lleva así varios años. Tuvimos un hijo...

—¡¿Qué?! —aulló Anne.

—Nació muerto —explicó George al otro hombre—. Nunca lo ha superado.

—¡Miente! —gritó Anne.

Pero George se limitó a suspirar, y sus ojos embaucadores brillaron lacrimosos.

—Tuve que aceptar que nunca volvería a ser la mujer con la que me casé.

El hombre desplazó la mirada del rostro noble y triste de George al de Anne, crispado por la ira, y al final debió de decidir que, de los dos, George probablemente fuera el cuerdo, de modo que se la entregó.

—¡Que Dios les acompañe! —dijo.

George se lo agradeció con efusividad, luego aceptó su ayuda y le pidió el pañuelo para juntarlo con el suyo y atar las manos de Anne. Cuando lo consiguió, le dio un tirón tan despiadado que la joven dio un tropezón, estremeciéndose con repulsión cuando su cuerpo chocó contra el de George.

—¡Oh, Annie! —dijo él—. ¡Qué agradable volver a verte!

—Cortaste el arnés —dijo ella en tono grave.

—Lo hice —reconoció él con una sonrisa de orgullo. Luego frunció el ceño—. Pensaba que habrías quedado más herida.

—¡Podrías haber matado a lord Winstead!

George se limitó a encogerse de hombros, y en ese momento las sospechas más siniestras de Anne quedaron confirmadas. Estaba loco. Loco de atar, como una cabra. No había otra explicación, nadie en su sano juicio se arriesgaría a matar a un par del reino solo por vengarse de ella.

—¿Y el otro ataque? —exigió saber—. ¿El de esos dos que parecían simples ladrones?

George la miró como si hablara en chino.

—¿Qué estás diciendo?

—¡Cuando atacaron a lord Winstead! —Casi estaba hablando a gritos—. ¿Por qué tenías que hacer algo así?

George retrocedió con un gesto cargado de condescendencia y desprecio en el labio superior.

—No sé de qué hablas —dijo con sorna—, pero tu querido lord Winstead tiene sus propios enemigos. ¿O es que no conoces su sórdida historia?

—No eres quién para pronunciar su nombre —dijo ella entre dientes.

Pero Chervil se limitó a reír.

—¿Tienes idea de cuánto tiempo llevo esperando este momento?

Casi tanto como ella había vivido excluida de la sociedad.

—¿Tienes la menor idea? —gruñó George, agarrando los pañuelos anudados y retorciéndolos con crueldad.

Anne le escupió en la cara.

El rostro de George se tiñó de ira; se puso tan colorado que sus cejas rubias casi relucían en contraste con su piel.

—Eso ha sido un error —amenazó entre dientes mientras tiraba de ella con furia hacia un oscuro callejón—. Ha sido muy conveniente por tu parte escoger un barrio de mala reputación —dijo con voz burlona—. Nadie se parará siquiera a mirar cuando...

Anne empezó a gritar.

Pero nadie prestó atención y, de todas formas, solo hizo ruido un momento. George le dio un puñetazo en el estómago y ella cayó dando tumbos contra la pared, buscando aire.

—Llevo ocho años imaginando este momento —dijo en un murmullo aterrador—. He tenido ocho años para recordar, cada vez que me miraba en el espejo. —Acercó todavía más su rostro con ojos de loco por la cólera—. Mira bien mi cara, Annelise. He tenido ocho años para curarme, pero mira. ¡Mira!

Anne intentó escapar, pero tenía la espalda apretujada entre el muro de ladrillo y George, que le había agarrado la barbilla y la obligaba a volverse hacia su destrozada mejilla. La cicatriz se había curado mejor de lo que esperaba, pues ahora estaba blanca en vez de roja, pero todavía estiraba la piel, deformando la mejilla hasta formar una extraña partición en la cara.

—Había pensado en divertirme primero un rato contigo —dijo—, ya que no lo conseguí aquel día, pero no en un callejón asqueroso—. Retorció los labios con una monstruosa mirada lasciva—. Ni siquiera yo hubiera imaginado que te rebajarías tanto.

—¿Qué quieres decir? —susurró Anne.

Pero no sabía por qué preguntaba, ya conocía la respuesta. Lo había sabido en todo momento y, cuando él sacó un puñal, ambos supieron con exactitud lo que planeaba hacer.

Anne no gritó, ni siquiera pensó. No sabría decir qué hizo en ese instante, excepto que diez segundos después George se encontraba tirado sobre los adoquines, enrollado como un feto, incapaz de proferir sonido alguno. Anne se situó sobre él un último instante, buscando aire, y entonces le dio una fuerte patada, justo donde antes le había alcanzado con la rodilla. Y a continuación, aún maniatada, salió corriendo.

Esta vez, no obstante, sabía con exactitud adónde se dirigía.

18

Aquella noche a las diez, tras otra jornada de búsqueda infructuosa, Daniel se encaminó hacia su casa. Miraba la acera al caminar, contando los pasos mientras conseguía de algún modo poner un pie tras otro.

Había contratado los servicios de investigadores privados. Había peinado las calles él mismo, deteniéndose en cada estafeta con la descripción de Anne y sus dos nombres. Había encontrado a dos hombres que decían recordar a alguien con aquella descripción entregando cartas, pero no recordaban adónde las enviaba. Y luego por fin un hombre dijo que también cuadraba con la descripción de otra persona diferente, una mujer llamada Mary Philpott. Un encanto de dama, dijo el propietario de la estafeta. Nunca franqueaba las cartas, pero venía una vez a la semana como un reloj para ver si había llegado algo para ella, excepto una vez... ¿fue dos semanas antes? Le había sorprendido no verla, sobre todo teniendo en cuenta que la semana anterior no había recibido ninguna carta y que casi nunca pasaban dos semanas sin que hubiera alguna.

Dos semanas. Eso se correspondería con el día en que ella había entrado corriendo en Hoby's con aspecto de haber visto un fantasma. ¿Se dirigía a recoger el correo cuando se topó con la persona misteriosa a quien no deseaba ver? Él mismo la había llevado a una estafeta para mandar la carta que tenía en la cartera, pero no era la misma donde «Mary Philpott» solía recibir la correspondencia.

De todos modos, continuó explicando el hombre, había venido poco después. El martes, así era. Siempre venía los martes.

Daniel frunció el ceño. Había desaparecido un miércoles.

Daniel dejó su nombre en las tres estafetas, junto con la promesa de una recompensa si le notificaban su aparición. Pero más allá de eso, no sabía qué hacer. ¿Cómo se suponía que iba a encontrar a una mujer en todo Londres?

Por consiguiente, se limitó a caminar y caminar y caminar, estudiando los rostros entre la multitud. Habría sido como encontrar la aguja en el pajar del refrán, excepto que esto era peor. Al menos la aguja estaba en el pajar. Por lo que él sabía, Anne podría haberse ido de la ciudad.

Pero ahora ya era de noche y necesitaba dormir, de modo que regresó arrastrándose a Mayfair, rogando para que su madre y hermana no se encontraran en casa cuando llegara. No le habían preguntado qué hacía cada día del amanecer a la puesta de sol, y él no les había explicado nada, pero lo sabrían. Le resultaría más fácil no tener que ver la tristeza en sus rostros.

Por fin llegó a su calle. Afortunadamente, estaba tranquila, y el único sonido fue el de su propio gemido al poner el pie en el primer escalón de piedra de la entrada a la residencia Winstead. El único sonido, pero solo hasta que alguien susurró su nombre.

Se quedó paralizado.

—¿Anne?

Una figura surgió de las sombras, temblando en la noche.

—Daniel —repitió; si dijo algo más no lo oyó. Al instante bajó las escaleras y la tomó en sus brazos, y por primera vez en casi una semana, el mundo pareció girar estable sobre su eje.

—Anne —dijo tocándole la espalda, los brazos, el pelo—. Anne, Anne, Anne. —Parecía lo único que podía decir, solo su nombre—. ¿Dónde has estado...?

Se detuvo al percatarse de pronto de que tenía las manos atadas. Con cuidado, con mucho cuidado para no aterrorizarla con su cólera desmedida, empezó a soltar los nudos de las muñecas.

—¿Quién te ha hecho esto? —preguntó.

Ella se limitó a tragar saliva, humedeciéndose los labios mientras estiraba las manos.

—Anne...

—Ha sido alguien a quien conocí en el pasado —le dijo finalmente—. Él... Yo... Te lo contaré después. Ahora mismo, no puedo... Necesito...

—Por supuesto. —La calmó con voz tranquilizadora. Dio un apretón a una de sus manos y luego volvió a concentrarse en los nudos. Los habían atado con ensañamiento, y seguramente ella lo había empeorado con su forcejeo—. Será un momento —dijo.

—No sabía adónde ir —dijo con voz temblorosa.

—Has hecho lo correcto.

La tranquilizó y retiró la tela de las muñecas, arrojándola a un lado. Anne estaba tiritando, incluso su aliento era irregular.

—No pude detenerle —dijo la joven observando sus manos temblorosas como si no las reconociera.

—Todo va a ir bien —dijo Daniel cubriéndole las manos y sujetándolas con fuerza, intentando que recuperaran cierta firmeza—. Solo son nervios, a mí también me ha pasado alguna vez.

Ella alzó la mirada con enormes ojos interrogadores.

—Cuando los hombres de Ramsgate me perseguían por Europa —explicó él—. Una vez que terminó y supe que estaba a salvo, algo en mi interior se liberó y me puse a temblar.

—Entonces, ¿se me pasará?

Daniel le dedicó una sonrisa tranquilizadora.

—Te lo prometo.

Anne asintió con un aspecto tan frágil que Daniel tuvo que contenerse en ese momento para no rodearla con sus brazos e intentar protegerla del mundo entero. En vez de ello, se permitió ponerle un brazo alrededor de los hombros y dirigirla hacia su casa.

—Entremos —dijo. Se sentía abrumado por el alivio, el temor, la furia..., pero daba igual, tenían que entrar. Ella necesitaba cuidados, lo más probable era que necesitara comida. Y todo lo demás podría solucionarse después.

—¿Podemos ir por la parte de atrás? —dijo titubeando—. No estoy... No puedo...

—Siempre entrarás por la puerta principal —contestó él con energía.

—No, no es eso, es que... —le rogó— estoy en un estado terrible, no quiero que nadie me vea así.

Daniel le tomó una mano.

—Yo te estoy viendo —dijo con calma.

Sus miradas se encontraron, y él habría jurado que una parte de las sombras empezaba a disolverse en los ojos de Anne.

—Lo sé —susurró ella.

Daniel se llevó la mano a los labios.

—Estaba aterrorizado —le dijo desnudando su alma—. No sabía dónde buscarte.

—Lo siento. No volveré a hacerlo.

Pero había algo en su disculpa que le inquietó. Algo demasiado sumiso, demasiado nervioso.

—Tengo que pedirte algo —dijo entonces ella.

—Enseguida —prometió él, y entonces la ayudó a subir por los peldaños, luego alzó una mano—. Espera un momento. —Se asomó al vestíbulo para asegurarse de que estaba desierto e hizo una indicación para que ella entrara—. Por aquí —susurró, y juntos se apresuraron en silencio escaleras arriba para refugiarse en su habitación.

No obstante, una vez que cerró la puerta tras él, Daniel se sintió perdido. Quería saberlo todo. ¿Quién le había hecho eso? ¿Por qué había huido? ¿Quién era ella en realidad? Quería respuestas, y las quería en ese instante.

Nadie trataba a Anne de esta manera, no mientras él viviera.

Pero primero ella necesitaba entrar en calor, respirar, así de sencillo, y darse cuenta de que estaba a salvo. Él se había encontrado en una situación así con anterioridad, sabía lo que era huir.

Encendió una lámpara, y luego otra. Necesitaban luz, ambos.

Anne se situó con torpeza cerca de la ventana mientras se frotaba las muñecas y, por primera vez aquella noche, Daniel la miró de verdad. Había advertido que estaba despeinada, pero con el alivio de encontrarla finalmente no se había percatado en detalle. Llevaba el pelo sujeto a un lado, pero le colgaba suelto por el otro, le faltaba un botón en el abrigo y tenía una magulladura en la mejilla que le heló la sangre.

—Anne —dijo intentando encontrar las palabras para la pregunta que debía formular—. Esta noche... quienquiera que fuese... ¿te ha...?

No consiguió pronunciar la palabra, que se quedó en la parte posterior de la lengua, con un sabor ácido por la ira.

—No —respondió ella, recuperando la dignidad y la calma—. Lo habría hecho, pero cuando me encontró, estaba en la calle y... —Entonces apartó la mirada, cerrando los ojos con fuerza para rechazar el recuerdo—. Me dijo que iba a... Dijo que iba a...

—No tienes que decir nada —se apresuró a decir. Al menos no en ese momento; estaba demasiado alterada.

Pero Anne negó con la cabeza y había una decisión en sus ojos que él no podía contradecir.

—Te lo quiero contar todo —manifestó.

—Más tarde —dijo él con amabilidad—. Después de un baño caliente.

—No —replicó ella con voz atragantada—. Tienes que dejarme hablar. He estado horas sentada fuera, y al menos ahora encuentro el coraje.

—Anne, no necesitas coraje para...

—Me llamo Annelise Shawcross —soltó entonces—. Y me gustaría ser tu amante. —Y entonces, mientras él la miraba con incredulidad llena de asombro, añadió—: Si me aceptas.

Casi una hora después, Daniel se encontraba de pie junto a la ventana, esperando a que Anne acabara de bañarse. No quería que nadie supiera que se encontraba en la casa, ocultándola en el ropero mientras varios lacayos se encargaban de llenar la bañera. Y ahora suponía que estaba sumergida ahí, esperando a que el frío del miedo abandonara su cuerpo.

Había intentado hablar con Daniel sobre su propuesta, insistiendo en que era su única opción, pero él no había sido capaz de escuchar. Porque se le había ofrecido de una manera... Solo la desesperación total podía haberla llevado a aquello.

Y era algo que no podía soportar ni imaginar.

Oyó la puerta del baño al abrirse y cuando se volvió la vio limpia y revitalizada, con el pelo húmedo retirado del rostro, reposando en su hombro derecho. Se lo había retorcido de algún modo; no en una trenza, sino más bien en una espiral que mantenía los mechones formando un espeso cordón.

—¿Daniel?

Pronunció el nombre con calma mientras observaba la habitación con los pies descalzos sobre la mullida alfombra. Llevaba puesta su bata, la de color azul medianoche, casi tan intenso como el de sus ojos. Le quedaba enorme, pues le llegaba a los tobillos, así que Anne se rodeaba la cintura con los brazos como para mantenerla en su sitio.

Daniel pensó que nunca la había visto tan hermosa.

—Estoy aquí —le dijo cuando se percató de que no le veía de pie junto a la ventana.

Mientras ella se bañaba se había quitado la casaca, el pañuelo del cuello y las botas. Había comunicado a su ayuda de cámara que no precisaba asistencia, y dejado las botas en el exterior de la puerta, confiando en que se lo tomara como una invitación a llevárselas otra vez a las dependencias del servicio para sacarles brillo.

Esa noche no era momento para interrupciones.

—Espero que no te importe que lleve tu bata —dijo Anne arropándose aún más con sus propios brazos—. No había nada más...

—Por supuesto que no —contestó con un gesto, sin señalar nada en concreto—. Puedes utilizar lo que desees.

Ella asintió. Incluso desde esa distancia, unos tres metros, Daniel vio que tragaba saliva con nerviosismo.

—Se me ha ocurrido pensar —dijo animando su tono mientras hablaba— que probablemente ya supieras mi nombre.

El conde la miró.

—Por Granby —aclaró ella.

—Sí. Me explicó lo del hombre que preguntó por ti. Era lo único que tenía cuando fui en tu busca.

—Imagino que no resultó de gran ayuda.

—No. —Sus labios formaron una sonrisa irónica—. De todos modos encontré a Mary Philpott.

Anne separó los labios con sorpresa por un momento.

—Era el nombre que usaba para escribir a mi hermana Charlotte, para que mis padres no se enteraran de que mantenía correspondencia conmigo. Fue a través de sus cartas que me enteré de que George seguía... —Se detuvo—. Me estoy adelantando.

Daniel cerró las manos al oír pronunciar el nombre de otro hombre. Quienquiera que fuese el tal George, había intentado hacerle daño. Matarla. Y la necesidad imperiosa de tomar impulso y dar un puñetazo era abrumadora. Quería encontrar a ese hombre y hacerle daño, hacerle comprender que si volvía a sucederle algo a Anne, le haría pedazos con su propias manos.

Y nunca se había considerado un hombre violento.

La miró. Seguía de pie en el centro de la habitación, rodeándose el cuerpo con los brazos.

—Me llamo... Me llamaba Annelise Shawcross —dijo—. Cometí un error terrible cuando tenía dieciséis años, y llevo pagando desde entonces.

—Hicieras lo que hicieses... —empezó él, pero ella levantó la mano.

—No soy virgen —le dijo, y las palabras sonaron contundentes en el aire.

—No me importa —contestó él, y se percató de que en efecto así era.

—Debería importarte.

—Pero no.

Anne le sonrió, con cierta tristeza, como si estuviera preparada para perdonarle cuando cambiara de opinión.

—Se llamaba George Chervil —continuó—. Sir George Chervil ahora que ha muerto su padre. Crecí en Northumberland, en una localidad mediana en la parte occidental del país. Mi padre es un pequeño terrateniente. Siempre vivimos con comodidades, sin ser especialmente ricos. De todos modos, éramos respetados, nos invitaban a todas partes, por lo que mis padres esperaban que algún día mis hermanas y yo encontráramos un buen partido.

Daniel asintió, era fácil imaginar el cuadro mentalmente.

—Los Chervil eran muy ricos o, al menos, lo eran en comparación con nosotros. Cuando veo esto...

Miró el elegante dormitorio a su alrededor, todo el lujo que él daba por sentado. No habría disfrutado de las mismas comodidades materiales mientras se encontraba en Europa, por lo que ahora sabría apreciar estas cosas.

—No tenían el mismo estatus que tu familia —siguió explicando—, pero para nosotros y para todo el mundo en nuestro distrito, eran sin lugar a dudas la familia más importante que conocíamos. Y George era su único hijo. Era muy apuesto y decía cosas agradables, y yo pensé que le quería.

Se encogió de hombros con impotencia y levantó la vista hacia el techo, casi como si rogara perdón para sí misma.

—Dijo que me amaba —susurró.

Daniel tragó saliva, tenía la sensación extraña, casi premonitoria, de lo que debía de suponer ser padre. Algún día, Dios mediante, tendría una hija, y esa hija se parecería a la mujer que tenía delante, y si alguna vez le miraba con esa misma expresión desconcertada, susurrando: «Dijo que me quería»...

Solo el asesinato sería aceptable como respuesta.

—Pensé que iba a casarse conmigo —dijo Anne recuperando sus pensamientos para traerlos aquí, al presente. Parecía haber recuperado cierta compostura; su voz sonaba más enérgica, casi formal—. Pero la cuestión es que nunca dijo que fuera a hacerlo, ni siquiera lo mencionó. Por lo tanto, supongo que en cierto sentido tengo que asumir parte de la culpa...

—No —dijo Daniel con firmeza, porque sucediera lo que sucediese, sabía que no podía ser culpa suya. No costaba demasiado imaginar lo que había venido después. El hombre rico y apuesto, la joven impresionable... Era un cuadro vivo terrible, y muy frecuente.

Anne le dirigió una sonrisa de agradecimiento.

—No quiero decir que me culpe a mí misma, porque no lo hago. Ya no. Pero debería haberlo pensado mejor.

—Anne...

—No —dijo para detener la protesta—. Tenía que haberlo sabido. No mencionó el matrimonio, ni una sola vez. Supuse que me lo iba a pedir. Porque..., no sé, pero fue así. Venía de una buena familia, no se me ocurrió en ningún momento que no quisiera casarse conmigo. Y..., ¡oh!, suena horrible ahora, pero la verdad es que yo era joven y era guapa y lo sabía. ¡Dios mío! Ahora suena tonto.

—No, no es así —dijo Daniel con calma—. Todos hemos sido jóvenes.

—Dejé que me besara —explicó. Y luego añadió en voz baja—: Y luego le dejé mucho más.

Daniel se quedó muy quieto, esperando una oleada de celos que no se produjo. Estaba furioso con el hombre que se había aprovechado de su inocencia, pero no se sentía celoso. No necesitaba ser el primero con ella, comprendió. Solo necesitaba ser el último.

El único.

—No tienes que explicar nada al respecto —le dijo.

Anne suspiró.

—Sí, lo necesito. No por eso en concreto, sino por lo que sucedió después. —Empezó a caminar por la habitación con un arranque de energía nerviosa y agarró el respaldo de una silla. Clavó los dedos en la tapicería, de este modo tuvo algo donde mirar mientras decía—: Tengo que ser sincera, me gustó lo que hizo hasta un punto, y después de eso, bien, fue horrible. Simplemente parecía poco elegante y un poco incómodo.

Ella alzó la vista, sus ojos encontraron los de Daniel con una sinceridad asombrosa.

—Pero me gustaba la manera que yo le hacía sentir a él. Eso me hizo sentirme poderosa, y la siguiente vez que le vi, estaba preparada para hacerlo otra vez.

Cerró los ojos, y Daniel prácticamente pudo ver el recuerdo dominando su rostro.

—Hacía una noche preciosa de verdad —susurró—. Era el solsticio y, por lo tanto, había una claridad especial. No acababas nunca de contar estrellas.

—¿Qué sucedió? —preguntó él en tono suave.

Anne pestañeó, casi como si despertara de un sueño, y cuando habló, lo hizo con una brusquedad casi desconcertante.

—Descubrí que le había propuesto matrimonio a otra. Al día siguiente de entregarme a él, de hecho.

La furia que había estado creciendo dentro de Daniel empezó a crepitar. Nunca antes había sentido tal cólera, ni una vez en la vida, en nombre de otra persona. ¿Significaba eso el amor? ¿Que el dolor de otra persona te perforara más en profundidad que el propio?

—Intentó aprovecharse de mí de todos modos —continuó—. Me dijo que yo era..., ni siquiera recuerdo las palabras exactas, pero me hizo sentir como una fulana. Y tal vez lo fuera, pero...

—No —replicó Daniel con contundencia. Podía aceptar que ella hubiese tenido que pensarlo mejor, que debería haber sido más sensata, pero nunca permitiría que se considerara tal cosa. Cruzó la habitación y le puso las manos en los hombros. Anne inclinó la cabeza hacia él con aquellos ojos suyos..., esos ojos sin fondo, azul oscuro... Daniel quiso perderse ahí para siempre.

—Se aprovechó de ti —dijo con intensidad serena—. Debería ser destripado y descuartizado por...

Una risa horrorizada surgió de la boca de Anne:

—¡Oh, cielos! —dijo—. Espera al menos a oír el resto de la historia.

Él alzó las cejas.

—Le hice un corte —dijo, y él tardó un momento en entender a qué se refería—. Se acercó a mí, yo intentaba escapar, y supongo que agarré lo primero que toqué con la mano. Era un abrecartas.

¡Oh, santo Dios!

—Yo intentaba defenderme, y solo pretendía blandir aquella cosa para pararle los pies, pero se arrojó contra mí y entonces... —Se estremeció, se quedó pálida—. Desde aquí hasta aquí —susurró mientras deslizaba el dedo desde la sien hasta la barbilla—. Fue espantoso. Y, por supuesto, no había manera de disimularlo. Quedó desfigurado, y eso supuso mi ruina —dijo encogiendo un poco los hombros—. Me mandaron lejos, me dijeron que cambiara de nombre y rompiera todos los vínculos con mi familia.

—¿Tus padres lo permitieron? —preguntó Daniel con incredulidad.

—Era la única manera de proteger a mis hermanas. Nadie se habría casado con ellas de salir a la luz que me había acostado con George Chervil. ¿Te lo puedes imaginar? Me acosté con él y luego le rajé la cara.

—Lo que no me imagino —replicó— es que tu familia te diera la espalda.

—No fue tan radical —dijo, aunque ambos sabían que lo era—. Mi hermana y yo hemos mantenido correspondencia clandestina todo este tiempo, por lo que no he estado totalmente sola.

—Las estafetas —murmuró.

Ella esbozó una débil sonrisa.

—Siempre he sabido localizarlas muy bien —dijo—. Parecía más seguro enviar y recibir mi correo desde una ubicación más anónima.

—¿Qué ha sucedido esta noche? —preguntó—. ¿Por qué te fuiste la semana pasada?

—Cuando me marché de casa... —Tragó saliva convulsivamente, apartando la cabeza y encontrando con los ojos un punto desconocido en el suelo—. Él estaba como loco, quería llevarme ante el juez y que me mandara a la horca o me deportara o alguna cosa así, pero su padre se mantuvo inflexible. Si George me montaba un espectáculo, él perdería el compromiso con la señorita Beckwith. Era la hija de un vizconde. —Alzó la vista con expresión de ironía—. Fue el golpe maestro.

—¿Se formalizó el matrimonio?

Anne asintió.

—Pero él nunca dejó de jurar venganza. La cicatriz se curó mejor de lo esperado, pero de todos modos es una marca muy visible, y antes era apuesto de verdad. Yo pensaba que solo querría matarme, pero ahora...

—¿Qué? —quiso saber Daniel cuando ella no acabó la frase.

—Quiere rajarme la cara —dijo con tranquilidad.

Daniel soltó una maldición. Tanto daba que estuviera en presencia de una dama. Era incapaz de detener el lenguaje venenoso que escupía su boca.

—Voy a matarle —añadió.

—No —dijo Anne—, no lo harás. Después de lo que sucedió con Hugh Prentice...

—A nadie le importará que elimine a Chervil de la faz de la tierra —interrumpió—, no tengo dudas al respecto.

—No vas a matarle —repitió Anne con severidad—. Ya le he herido yo de gravedad...

—¿Seguro que no son excusas para protegerle?

—No —respondió con rapidez para que la mente de Daniel se calmara—. Pero sí creo que ha pagado por lo que hizo aquella noche. Nunca se librará de lo que yo le hice a él.

—Por suerte, no —soltó Daniel con aspereza.

—Quiero que esto se acabe —manifestó ella con firmeza—. Quiero vivir sin tener que mirar por encima del hombro. Pero no quiero venganza, no la necesito.

Daniel pensó que tal vez él sí la necesitara, pero sabía que la decisión no era suya. Le llevó un momento guardarse la cólera, pero lo consiguió, y al final preguntó:

—¿Cómo explicó su herida?

Anne pareció aliviada al cambiar de cuestión.

—Un accidente de caballo. Charlotte me dijo que nadie lo creyó, pero contaron que le había arrojado el caballo y que una rama de un árbol le abrió la cara. No creo que nadie sospechara la verdad; estoy segura de que la gente pensó lo peor de mí cuando desaparecí tan de repente, pero no puedo imaginar que alguien creyera que le rajé el rostro.

Daniel, para su sorpresa, esbozó una sonrisa.

—Me alegra que lo hicieras.

Ella le miró también asombrada.

—Deberías haberle cortado en otro sitio.

Entonces Anne abrió mucho los ojos y se le escapó una carcajada.

—Llámame sanguinario —siguió él murmurando.

La expresión de Anne se volvió un poco más maliciosa.

Te alegrará saber que esta noche, mientras me escapaba...

—¡Oh! Dime que le has dado una buena patada en los testículos —rogó Daniel—. Por favor, por favor, dímelo.

Ella apretó los labios en un intento de no volver a reírse.

—Tal vez haya sido así.

Tiró de ella para acercarla.

—¿Con fuerza?

—No con tanta fuerza como cuando volví a patearle una vez que estaba en el suelo.

Daniel le besó una mano, luego la otra.

—¿Puedo decir que estoy orgulloso de conocerte?

Ella se sonrojó de placer.

—Y estoy muy orgulloso de llamarte «mía». —La besó con delicadeza—. Pero nunca serás mi amante.

Ella se apartó.

—Dan...

Él llevó un dedo a sus labios.

—Ya he anunciado que planeo casarme contigo. ¿Me harás quedar como un mentiroso?

—¡Daniel, no puedes!

—Sí puedo.

—No, tú...

—Puedo —dijo con firmeza—. Y lo haré.

Anne estudió su rostro con un movimiento frenético.

—Pero George sigue por ahí. Y si te hace daño...

—Puedo hacerme cargo de todos los George Chervil del mundo —la tranquilizó—, siempre que tú te hagas cargo de mí.

—Pero...

—Te quiero —manifestó, y fue como si el mundo entero se acomodara en su lugar cuando finalmente dijo—: Te quiero y no soporto la idea de estar un momento sin ti. Te quiero a mi lado y en mi cama. Quiero que seas la madre de mis hijos, y quiero que cada persona de este maldito mundo sepa que eres mía.

—Daniel —dijo Anne, y él no distinguió si protestaba o se rendía. Pero sus ojos se habían llenado de lágrimas, y supo que faltaba poco.

—No me contentaré si no lo obtengo todo —susurró—. Me temo que vas a tener que casarte conmigo.

A Anne le temblaba la barbilla. Tal vez fuera un gesto de asentimiento.

—Te quiero —susurró ella—. Te quiero.

—¿Y...? —la animó. Porque iba a obligarla a decirlo.

—Sí —dijo ella—. Si tienes valor suficiente como para quererme, me casaré contigo.

La atrajo hacia él, la besó con toda la pasión, y el miedo y la emoción que había acumulado en su interior durante toda la semana.

—La valentía no tiene nada que ver —dijo casi riéndose, su felicidad era exquisita—. Es instinto de autoconservación.

Ella frunció el ceño.

Daniel la besó otra vez. No parecía capaz de parar.

—Creo que me moriría sin ti —murmuró.

—Creo —susurró Anne, pero no concluyó, al menos no lo hizo de inmediato—. Creo que antes..., con George..., no creo que eso cuente. —Levantó el rostro con ojos relucientes de amor y promesa—. Esta noche va a ser la primera vez. Contigo.

19

Y luego Anne dijo dos palabras. Tan solo dos:

—Por favor.

No sabía por qué lo había dicho; desde luego no era resultado de un pensamiento racional. Tendría que ver con el hecho de haber pasado los últimos cinco años de su vida con gente que siempre empleaba buenos modales y pedía por favor las cosas que quería.

Y esto lo quería muchísimo.

—Entonces solo me queda —murmuró Daniel, inclinando la cabeza con gesto cortés— decir «gracias».

Ella sonrió, pero no con su sonrisa de diversión o humor. Era algo del todo diferente, el tipo de sonrisa que tomaba el cuerpo por sorpresa y bailaba en los labios hasta afectar a la postura. Era la sonrisa de la felicidad, surgida de tal profundidad que Anne tuvo que recordarse respirar.

Una lágrima surcó su mejilla. Levantó una mano para secarla, pero Daniel adelantó los dedos primero y dijo:

—Una lágrima de felicidad, espero.

Anne asintió.

Él tomó su mejilla en la mano, rozando ligeramente con la base del pulgar la pequeña contusión cercana a la sien.

—Te hizo daño.

Anne había visto la señal cuando se miró en el reflejo del espejo del baño. No dolía mucho, y ni siquiera podía recordar con exactitud cómo se la había hecho. La lucha con George era algo borroso, y decidió que era mejor así.

De todos modos, ella sonrió con picardía y murmuró:

—Él ha quedado peor.

Daniel tardó un momento, pero luego sus ojos se iluminaron de humor, tranquilo.

—¿Ah, sí?

—¡Oh, ya lo creo!

La besó con delicadeza tras la oreja, con el aliento caliente sobre su piel.

—Bien, eso es importante.

—Mmm... —Anne arqueó el cuello mientras él movía los labios despacio hacia la clavícula—. En una ocasión me dijeron que la parte más importante de una pelea era asegurarse de que el oponente había quedado peor.

—Tienes asesores muy sabios.

Anne volvió a tomar aliento con un jadeo. Daniel movía las manos sobre la lazada de seda de su bata, y ella notó cómo se aflojaba el cinturón mientras soltaba el nudo.

—Solo tengo uno —susurró ella, en un intento de no perderse por completo al notar sus grandes manos deslizándose por la delicada piel de su vientre y desplazándose hacia la espalda.

—¿Solo uno? —preguntó tomando su trasero entre las manos.

—Un asesor, pero es... ¡Oh, cielos!

Daniel apretó otra vez.

—¿Era por esto el «¡Oh, cielos!»? —Luego hizo algo del todo diferente, algo que implicaba solo un dedo muy travieso—. ¿O por esto?

—¡Oh, Daniel...!

Encontró su oreja otra vez con los labios y la voz de Anne sonó excitada y ronca sobre la piel.

—Antes de que acabe la noche, voy a hacerte gritar.

Le quedaba suficiente juicio como para decir:

—No, no puedes.

Daniel la levantó contra él, con la brusquedad justa para que se levantaran sus pies del suelo y no tuviera otra opción que rodearle con las piernas.

—Te aseguro que sí puedo.

—No, no... No creo que...

Su dedo, que había empezado a describir perezosos círculos sobre el monte de Venus, se adentró un poco más.

—Nadie sabe que estoy aquí —dijo Anne entre jadeos, agarrándose con desesperación a sus hombros. Ahora ya tenía el dedo dentro de ella, lánguido y lento, pero cada pasada parecía provocar escalofríos de deseo en el mismo centro de su cuerpo—. Si despertamos a alguien...

—¡Oh, de acuerdo! —murmuró, pero ella podía oír una sonrisa maliciosa en su voz—. Supongo que debería ser prudente y reservar unas cuantas cosas para cuando nos casemos.

Anne ni se imaginaba de qué estaba hablando, pero sus palabras conseguían tanto efecto como sus manos y la lanzaban por una espiral excitante de pasión.

—Pero esta noche —dijo llevándola al borde de la cama— no tendré otra opción que comprobar que eres tan buena chica como pareces.

—¿Buena chica? —repitió. Estaba arrinconada contra el borde de aquella cama enorme, vestida con una bata de caballero que llevaba abierta hasta revelar la curva de sus senos, y tenía un dedo en su interior que la hacía jadear de placer.

En aquel momento no tenía nada de buena chica.

Nada de buena, pero todo era maravilloso.

—¿Crees que podrás aguantar callada? —se burló él besando su garganta.

—No lo sé.

Deslizó otro dedo en su interior.

—¿Y si hago esto?

Soltó un gritito, y él le dedicó una sonrisa diabólica.

—¿Y esto? —preguntó con voz ronca, empujando un lado de la bata con la nariz. Cayó sobre el hombro, dejando el pecho descubierto, pero solo una décima de segundo antes de que la boca cubriera el pezón.

—¡Oh! —Cada vez subía más el volumen. Oyó reírse a Daniel contra la piel—. Eres malo —le dijo.

Él repasó su pecho con la lengua, luego la miró con gesto avergonzado.

—Nunca dije que no lo fuera.

Pasó al otro seno, y aunque pareciera imposible, estaba más sensible que el primero, y Anne apenas se dio cuenta cuando la bata se escurrió por completo de su cuerpo.

Él alzó la vista de nuevo.

—Espera a ver qué más puedo hacer.

—¡Oh, Dios mío!

No podía imaginar qué podía haber más malicioso.

Pero luego deslizó la boca por el hueco de entre los pechos y se desplazó hacia abajo... abajo... sobre el vientre, el ombligo, abajo...

—¡Oh, Dios mío! —dijo entre jadeos—. No puedes.

—¿No puedo?

—¿Daniel?

No sabía qué le estaba preguntando, pero antes de saberlo, él la había levantado para dejarla sentada en el mismo extremo de la cama, con la boca donde habían estado antes los dedos, y las cosas que le hacía con la lengua y los labios y el aliento...

¡Dios bendito! Iba a derretirse. O a explotar. Se agarró a su cabeza con tal fuerza que él tuvo que soltarla, y luego finalmente, incapaz de sostenerse, Anne cayó hacia atrás sobre el mullido colchón, con las piernas colgando sobre el borde.

Daniel asomó la cabeza y, por su expresión, parecía muy complacido.

Ella observó cómo se levantaba y soltó un jadeo.

—¿Qué vas a hacerme?

Porque no podía haber acabado. Lo ansiaba, ansiaba algo...

—Cuando llegues —dijo quitándose la camisa por la cabeza—, será conmigo dentro de ti.

—¿Llegue? *¿A qué misterio se refería?*

Se llevó las manos a sus pantalones y, en cuestión de segundos, estuvo desnudo, y Anne no pudo hacer otra cosa que observarle maravillada mientras se situaba entre sus piernas. Era magnífico, pero seguro, *seguro*, que él no pensaba que iba... Seguro que no.

La volvió a tocar y rodeó sus muslos con las manos, separándolos para recibirle a él.

—¡Oh, Dios mío! —susurró. No creía que hubiera pronunciado aquellas palabras tantas veces como en los últimos minutos, pero si alguna vez había existido un momento para alabar la creación de Dios, tenía que ser este.

Daniel empujó suavemente la punta contra la abertura, pero sin apretar. En vez de eso parecía contentarse con solo tocarla y dejar que su masculinidad frotara su piel más sensible, dando vueltas a un lado y a otro. Con cada caricia ella notaba cómo se abría un poco más, y luego, por lo visto sin presión, la punta entera se deslizó dentro de ella.

Se agarró a la cama apenas sin comprender lo extraño de la sensación. Tenía la impresión de que él iba a desgarrarla si presionaba, pero aun así quería más. No tenía ni idea de cómo podía ser así, pero por lo visto no parecía capaz de detener las caderas y dejar de moverse hacia él.

—Lo quiero todo de ti —susurró, abrumada al oír sus propias palabras—. Ahora.

Oyó a Daniel tomar aliento con brusquedad y, cuando alzó la vista, tenía los ojos desenfocados y vidriosos de deseo. Gimió su nombre y, entonces, empujó con fuerza, no hasta el final, pero sí lo suficiente para que ella notara otra vez esa extraña sensación de quedar abierta a él, abierta por él.

—Más —dijo, y no rogaba, ordenaba.

—Todavía no. —Se retiró un poco, luego volvió a empujar—. No estás lista.

—No me importa.

Y era así. La tensión crecía en ella, se sentía cada vez más ansiosa. Lo quería todo de él, lo quería a él pulsando en su interior. Quería sentirle deslizándose en su interior, hundiéndose hasta el fondo.

Daniel volvió a moverse, y esta vez ella se agarró a sus caderas en un intento de obligarle a acercarse más.

—Te necesito —gimió Anne, pero él se contuvo, pegado a ella, decidido a llevarlo al ritmo que eligiera. No obstante, tenía el rostro contraído de deseo apenas reprimido, y Anne supo que ansiaba aquello tanto como ella. Se contenía porque pensaba que era lo que ella necesitaba.

Pero Anne sabía mejor que nadie qué necesitaba.

Debía de haber despertado algo en ella, algo travieso, licencioso, la parte femenina de su alma. No tenía ni idea de cómo sabía lo que tenía que hacer, ni siquiera sabía que iba a hacerlo hasta que sucedió, pero se llevó las manos a los pechos y se los agarró, juntándolos y apretándolos, sin dejar de observar a Daniel mientras la miraba...

La miraba con un deseo tan palpable que Anne podía sentirlo en la piel.

—Hazlo otra vez —pidió él con voz ronca, y ella lo hizo, sujetando sus pechos como un juguetón corsé, hasta dejarlos grandes, rollizos y deliciosamente maduros.

—¿Te gusta esto? —susurró solo para tomarle el pelo.

Daniel asintió, con la respiración tan acelerada que sus movimientos parecían bruscos y estremecidos. Con gran esfuerzo, seguía intentando ir despacio, y Anne sabía que ella le había llevado al límite. No podía dejar de mirar las manos en sus pechos, y la necesidad pura y primitiva en sus ojos la hizo sentirse como una diosa, poderosa y fuerte.

Entonces se lamió los labios y dejó que sus manos se desplazaran a sus pezones, atrapando cada punta rosada en medio de los dedos corazón e índice. La sensación era asombrosa, casi tan eléctrica como cuando Daniel la había lamido ahí. Notó una nueva sacudida de placer chispeando entre sus piernas, y se percató con sorpresa de que ella la había provocado con sus propios dedos traviesos. Con la cabeza caída hacia atrás, gimió de deseo.

Daniel también se vio atrapado por la oleada de necesidad, y finalmente se arrojó hacia delante, con fuerza y rapidez, hasta que sus cuerpos quedaron unidos por completo.

—Vas a tener que hacer eso otra vez —gruñó él—. Cada noche. Y yo voy a mirarte... —Se estremecía de placer mientras se movía dentro de ella—. Voy a contemplarte cada noche.

Anne sonrió, deleitándose con su poder recién descubierto. Se preguntó qué más podría hacer que le debilitara tanto de deseo.

—Eres la cosa más bonita que he visto en la vida —dijo—. En este instante. En este momento. Pero eso... eso es...

Volvió a moverse, gruñendo con la sensible fricción. Luego colocó las manos en el colchón, a ambos lados de la cabeza de su amada.

Intentaba mantenerse quieto, se percató ella.

—No es lo que quería decir —continuó, y cada palabra requería una respiración entrecortada.

Anne le miró a los ojos, y notó la mano de Daniel atrapando sus dedos y entrelazándolos con los suyos en un nudo de amantes.

—Te amo —le dijo—. Te amo. —Y luego lo repitió y lo repitió, con la mano, con la voz. Con cada movimiento del cuerpo, Anne lo notó. Era abrumador, asombroso, una lección absoluta de humildad, sentirse parte de otra persona con tal magnificencia.

Ella le apretó también la mano.

—Yo también te quiero —susurró—. Eres el primer hombre... El primer hombre a quien...

No sabía cómo decirlo. Quería que él conociera cada momento de su vida, cada triunfo y decepción. Sobre todo, quería hacerle saber que era el primer hombre en quien había confiado del todo, el único hombre que se había ganado su corazón.

Daniel tomó su mano y se la llevó a sus labios. Justo entonces, en medio de la cópula más carnal y erótica que ella pudiera imaginar, le besó los nudillos con la delicadeza y honorabilidad de un caballero antiguo.

—No grites —le susurró.

Anne no se había percatado de estar haciéndolo.

Él le secó las lágrimas con besos, pero mientras se inclinaba no dejaba de moverse en su interior, reavivando el fuego turbulento que ardía en su núcleo. Ella le acariciaba las pantorrillas con los pies, levantaba las caderas con un espasmo femenino, y luego él se movía, y ella se movía, y algo fue cambiando en ella: se estiraba y comprimía hasta que ya no pudo soportar más, y luego...

—¡Ohhh! —soltó un gritito mientras el mundo explotaba a su alrededor, y se agarró a él, sujetándose con tal fuerza a sus hombros que se levantó de la cama.

—¡Oh, Dios mío! —resopló él—. ¡Oh, Dios mío! ¡Oh, santo cielo!... —gritó con una embestida final, sacudiéndose hacia delante y derrumbándose por fin mientras vertía su semen dentro de Anne.

Lo habían hecho, pensó Anne como soñando. Estaba hecho, y no obstante su vida empezaba por fin.

Más tarde aquella noche, Daniel se puso de costado, apoyándose en el codo con la cabeza en la mano mientras jugueteaba con los mechones sueltos del pelo de Anne. Estaba dormida, o al menos eso pensaba. Si no, estaba siendo de lo más indulgente, dejándole acariciar sus suaves rizos, maravillado con la manera en que cada mechón reflejaba la luz vacilante de la vela.

No se había percatado de lo largo que tenía el pelo. Cuando lo llevaba peinado, con las horquillas, peinetas y todas esas cosas que usaban las mujeres, parecía un moño normal. Bueno, un moño normal pero lucido por una mujer tan hermosa que su corazón se detenía.

Pero suelto, su pelo era glorioso. Se derramaba sobre sus hombros como una manta azabache, rizándose con ondulaciones suaves y suntuosas que acababan justo encima de sus pechos.

Se permitió una sonrisita perversa. Le gustaba que el pelo no cubriera sus pechos.

—¿Qué te hace sonreír? —murmuró ella con voz torpe y perezosa a causa del sueño.

—Estás despierta.

Anne soltó un pequeño maullido y se estiró, y él observó feliz cómo se escurría la sábana por su cuerpo.

—¡Oh! —exclamó alegremente y volvió a levantarla.

Daniel le tomó la mano, para tirar de la sábana hacia abajo.

—Me gustas así —murmuró con voz ronca.

Ella se sonrojó. Aunque estaba demasiado oscuro para distinguir el rubor en su piel, Anne bajó la vista un momento, como hacía siempre que sentía vergüenza. Y luego él sonrió otra vez, porque no se había percatado hasta entonces de que supiera eso de ella.

Le gustaba saber cosas de ella.

—No me has dicho por qué sonríes —insistió Anne volviendo a subir la sábana con delicadeza y metiéndosela debajo del brazo.

—Estaba pensando —dijo— que me gusta que tu pelo no sea lo bastante largo como para taparte los pechos.

Esta vez sí vio cómo se sonrojaba, incluso en la oscuridad.

—Ya que has preguntado... —añadió murmurando.

Se sumieron en un silencio cordial, pero pronto Daniel vio las líneas de preocupación empezando a formarse en su frente. No le sorprendió la pregunta de Anne.

—¿Y qué sucede ahora?

Sabía a qué se refería, pero no quería responder. Acurrucados en su cama de cuatro postes con el dosel próximo a ellos, era fácil fingir que el resto del mundo no existía. Pero llegaría pronto la mañana y, con ella, todos los peligros y crueldades que la habían traído hasta aquí.

—Creo que haré una visita a sir George Chervil —dijo él por fin—. No creo que sea difícil averiguar su dirección.

—¿Adónde iré yo? —susurró.

—Te quedarás aquí —contestó él con firmeza. Le costaba creer que ella pensara que le iba a permitir ir a otro sitio.

—Pero ¿qué vas a decirle a tu familia?

—La verdad —replicó. Luego, cuando ella abrió los ojos horrorizada, se apresuró a añadir—: Una parte, al menos. No hay necesidad de que nadie sepa con exactitud dónde dormiste anoche, pero tendré que explicarles a mi madre y a mi hermana cómo llegaste hasta aquí sin apenas una muda de ropa. A menos que se te ocurra una historia razonable.

—No —coincidió.

—Honoria puede prestarte algo de su guardarropa, y con mi madre aquí como carabina, no será indecoroso en lo más mínimo que estés instalada en uno de nuestros dormitorios para invitados.

Durante una décima de segundo parecía que Anne fuera a protestar o, tal vez, sugerir un plan alternativo. Pero al final asintió.

—Me ocuparé de conseguir una licencia especial justo después de la visita a Chervil —dijo Daniel.

—¿Una licencia especial? —repitió Anne—. ¿No cuestan una barbaridad?

Él se pegó un poco más a ella.

—¿De verdad piensas que podré esperar todo un periodo de compromiso formal?

Anne empezó a sonreír.

—¿Y de verdad piensas que podrás esperar tú? —añadió con voz ronca.

—Me has convertido en una desvergonzada —susurró ella.

La atrajo hacia él.

—No tengo fuerzas para protestar.

Mientras la besaba oyó susurrar a Anne:

—Yo tampoco puedo esperar.

El mundo iba a arreglarse. Con una mujer como esta en sus brazos, ¿cómo podría ser de otro modo?

20

Al día siguiente, después de que Anne se instalara como invitada formal en la residencia, Daniel salió a hacer una visita a George Chervil.

Como era de esperar, no fue difícil dar con su dirección. Vivía en Marylebone, no lejos de la residencia de su suegro en Portman Square. Daniel sabía quién era el vizconde de Hanley. De hecho, él había estudiado en Eton al mismo tiempo que los dos hijos de Hanley. La conexión no es que fuera demasiado profunda, pero la familia sabría quién era él. Si Chervil no desistía con la debida rapidez a su manera de pensar, Daniel no dudaba lo más mínimo en que una visita a su suegro (quien debía de controlar los hilos económicos, incluida la escritura de la cuidada casita de Marylebone cuyos escalones estaba subiendo en ese mismo instante) surtiría ese efecto.

En cuestión de un instante tras llamar a la puerta, hicieron pasar a Daniel a un salón decorado con tonos apagados de verde y oro. Unos minutos más tarde, apareció una mujer. Por su edad y atuendo, cabía deducir que era lady Chervil, la hija del vizconde con quien George Chervil había decidido casarse en vez de hacerlo con Anne.

—Milord —dijo lady Chervil dedicándole una inclinación elegante. Era bastante guapa, con rizos castaño claro y un blanco cutis de seda. No podía compararse con la espectacular belleza de Anne, pero por otro lado, nadie podía. Y tal vez él fuera bastante parcial a este respecto.

—Lady Chervil —respondió como saludo.

Parecía sorprendida por su presencia, y también un poco curiosa. Su padre era un vizconde, por lo que estaría acostumbrada a recibir visitas de alto rango, pero al mismo tiempo se imaginó que pocas veces la visitaría un conde en su propia casa, sobre todo si hacía poco que su marido era baronet.

—He venido a ver a su marido —le dijo Daniel.

—Me temo que no se encuentra en casa en este momento —explicó—. ¿Puedo ayudarle yo en algo? Me sorprende que mi marido no mencionara su relación.

—No nos han presentado formalmente —explicó Daniel.

No encontró motivo para fingir lo contrario; Chervil lo dejaría claro al regresar a casa en cuanto su mujer le mencionara que el conde de Winstead le había hecho una visita.

—¡Oh! ¡Cuánto lo siento! —dijo, aunque no tenía motivos para disculparse. Parecía el tipo de mujer que decía «lo siento» cada vez que no estaba segura de qué otra cosa decir—. ¿Puedo ayudarle en algo? ¡Oh! ¡Cuánto lo siento! Ya he preguntado eso, ¿verdad? —Hizo una indicación hacia la zona del salón donde estaban los sillones—. ¿Le apetece sentarse? Pediré que traigan té de inmediato.

—No, gracias —dijo Daniel. Era un gran esfuerzo mantener los buenos modales, pero sabía que esta mujer no tenía culpa alguna de lo que le había sucedido a Anne. Lo más probable fuera que no hubiera oído nunca hablar de ella.

Se aclaró la garganta.

—¿Sabe cuándo regresará su marido?

—No creo que se demore demasiado —respondió—. ¿Desea esperara que vuelva?

En realidad, no, pero Daniel no veía otra alternativa, de modo que, tras darle las gracias, tomó asiento. Trajeron el té, y mantuvieron una conversación intrascendente, salpicada de pausas largas y miradas no disimuladas al reloj de la repisa. Intentó distraerse pensando en Anne, y en lo que quizás estuviese haciendo en ese preciso momento.

Mientras él sorbía el té, ella estaría probándose prendas prestadas por Honoria.

Mientras tamborileaba impaciente con los dedos sobre sus rodillas, ella estaría sentándose a la mesa para cenar con su madre, quien para orgullo y alivio de Daniel, ni había pestañeado cuando le anunció que planeaba casarse con la señorita Wynter y que, por cierto, esta se quedaría en la residencia

Winstead como invitada, ya que no podía continuar como institutriz de los Pleinsworth.

—¿Lord Winstead?

Levantó la vista. Lady Chervil inclinaba la cabeza a un lado y pestañeaba expectante. Era obvio que le había formulado una pregunta... que él no había oído. Por suerte, era el tipo de mujer en quien los buenos modales estaban arraigados de nacimiento, por lo tanto, no recalcó aquel lapsus, sino que dijo (y presumiblemente repitió):

—Debe de estar entusiasmado con las próximas nupcias de su hermana. —Al ver la mirada perdida del conde, añadió—: Leí la noticia en el periódico y, por supuesto, solía asistir a la velada musical de su familia cuando participaba en la temporada social.

Daniel se preguntó si eso significaba que ya no recibía invitaciones. Ojalá fuera así. La idea de George Chervil sentado en su casa le provocó escalofríos.

Se aclaró la garganta en un intento de mantener una expresión agradable.

—Sí, por supuesto. Lord Chatteris ha sido un buen amigo desde la infancia.

—Es una maravilla para ambos, y ahora será su hermano.

La dama sonrió, y a Daniel le alcanzó una diminuta flecha de inquietud. Lady Chervil parecía ser una mujer muy agradable, alguien con quien su hermana (o Anne) mantendría amistad si no se hubiera casado con sir George. Era inocente en todos los aspectos, salvo en haberse casado con un sinvergüenza, quien iba a poner su vida patas arriba.

—Ahora mismo se encuentra en mi casa —dijo Daniel en un intento de disipar su intranquilidad con un poco más de grata conversación—. Creo que la han requerido para ayudar a planificar la boda.

—¡Oh, es estupendo!

El conde asintió con la cabeza y aprovechó la oportunidad para jugar a *¿Qué-estará-haciendo-Anne-ahora?* Confió en que se encontrara con el resto de la familia, ofreciendo su opinión sobre el azul-lavanda o el lavanda-azulado y las flores y el encaje, y el resto de cosas incluidas en la celebración familiar.

Se merecía una familia. Después de ocho años, merecía sentir que tenía un lugar.

Daniel dirigió otra ojeada al reloj de la repisa, intentando ser un poco más discreto en esta ocasión. Llevaba aquí una hora y media. No cabía duda de que lady Chervil se encontraba cada vez más inquieta. Nadie se quedaba en un salón durante hora y media esperando a que alguien volviera a casa. Ambos sabían que el decoro establecía dejar la tarjeta de visita y marcharse.

Pero Daniel no se movía.

Lady Chervil sonrió con incomodidad.

—La verdad, no pensaba que sir George fuera a tardar tanto. No me imagino qué le retiene.

—¿Adónde ha ido? —preguntó Daniel. Era una pregunta indiscreta, pero después de noventa minutos de cháchara, no creyó importunar con esto.

—Creo que iba a visitarse con un doctor —dijo lady Chervil—. Por su cicatriz, ya sabe. —Alzó la vista—. ¡Oh! Ha dicho que no les han presentado. Tiene —indicó su rostro con expresión triste—, tiene una cicatriz. Sufrió un accidente cabalgando, justo antes de casarnos. Pienso que le aporta gallardía, pero él siempre intentará minimizarla.

Algo inquietante empezó a agitarse en el estómago de Daniel.

—¿Ha ido a ver a un médico? —preguntó.

—Bueno, eso creo —respondió lady Chervil—. Esta mañana al marcharse dijo que iba a ver a alguien por su cicatriz. He dado por supuesto que se trataba de un médico. ¿A quién más querría ver?

Anne.

Daniel se levantó tan deprisa que volcó la tetera, derramando posos tibios sobre la mesa.

—¿Lord Winstead? —preguntó lady Chervil con voz llena de alarma. Se puso también en pie a toda prisa y fue tras él, que se dirigía a grandes pasos hacia la puerta—. ¿Sucede alguna cosa?

—Le ruego me perdone —dijo. No había tiempo para cumplidos. Ya había perdido noventa malditos minutos ahí sentado, y solo Dios sabría qué planeaba Chervil.

O qué habría hecho ya.

—¿Puedo ayudarle en algo? —preguntó la dama corriendo tras él, que ya estaba en la entrada principal—. ¿Puedo transmitir tal vez un mensaje a mi marido?

Daniel se dio media vuelta.

—Sí —contestó, sin reconocer su propia voz. El terror hizo que sonara inestable, la cólera le volvió temerario—: Puede decirle que si toca un solo pelo de la cabeza de mi prometida, me ocuparé personalmente de sacarle el hígado por la boca.

Lady Chervil se quedó pálida.

—¿Entiende?

La mujer asintió con escasa firmeza.

Daniel se la quedó mirando. Con dureza. Estaba aterrada, pero no era nada comparado con lo que Anne estaría sintiendo ahora si se encontraba en las garras de George Chervil. Dio otro paso hacia la puerta y entonces hizo una pausa:

—Una cosa más —manifestó—. Si vuelve vivo esta noche a casa, sugiero que mantenga una conversación con él sobre su futuro aquí en Inglaterra. La vida podría resultarles más confortable en otro continente. Buen día, lady Chervil.

—Buen día —dijo ella. Luego sufrió un desmayo.

—¡Anne! —aulló Daniel al entrar en el vestíbulo principal de la residencia Winstead—. ¡Anne!

Poole, el mayordomo de toda la vida de la residencia, se materializó casi de la nada.

—¿Dónde está la señorita Wynter? —inquirió Daniel, respirando con dificultad. Su landó se había encontrado en medio de un atasco y había corrido los últimos minutos de trayecto, atravesando las calles como un loco. Era extraño que no le hubiera atropellado algún carruaje.

Su madre salió del salón, seguida de Honoria y de Marcus.

—Daniel, ¿qué es lo que...?

—¿Dónde está la señorita Wynter? —dijo entre jadeos, aún buscando aire.

—Ha salido —dijo su madre.

—¿Qué? ¿Que ha salido?

¿Por qué demonios iba a hacer eso? Sabía que debía quedarse en la residencia Winstead hasta que él regresara.

—Es lo que yo he entendido. —Lady Winstead miró al mayordomo buscando ayuda—. Yo no estaba aquí.

—La señorita Wynter recibió una visita —dijo Poole—. Sir George Chervil. Se marchó con él hace una hora. Tal vez dos.

Daniel se volvió a él con horror.

—¿Qué?

—No parecía gustarle su compañía —empezó Poole.

—Entonces, ¿por qué demonios iba a...?

—Estaba con lady Frances.

Daniel dejó de respirar.

—¿Daniel? —dijo su madre con preocupación creciente—. ¿Qué sucede?

—¿Lady Frances? —repitió Daniel todavía mirando fijamente a Poole.

—¿Quién es sir George Chervil? —preguntó Honoria. Miró a Marcus, pero este negó con la cabeza.

—Estaba en su carruaje —dijo Poole a Daniel.

—¿Frances?

Poole asintió.

—Sí.

—¿Y la señorita Wynter confió en la palabra de Chervil al respecto?

—No lo sé, milord —contestó el mayordomo—. No me confió eso. Pero salió a la acera con él y luego entró en el carruaje. Parecía hacerlo por propia voluntad.

—¡Maldita sea! —maldijo Daniel.

—Daniel —dijo Marcus con voz sólida como una roca y aportando cierta estabilidad a aquella habitación que parecía dar vueltas—. ¿Qué está sucediendo?

Daniel le había contado a su madre aquella mañana parte del pasado de Anne; entonces se lo contó a los demás.

El rostro de lady Winstead se quedó pálido, y cuando tomó la mano de su hijo, parecía una garra dominada por el pánico.

—Debemos ir a contárselo a Charlotte —dijo casi sin poder hablar.

Daniel asintió despacio. ¿Cómo podía ser que Frances estuviera en poder de Chervil? ¿Y adónde...?

—Daniel. —Su madre casi le gritó—. ¡Debemos ir a hablar con Charlotte ahora mismo! ¡Ese loco tiene a su hija!

Daniel le prestó de golpe toda su atención.

—Sí —dijo—. Sí, de inmediato.

—Yo también vengo —dijo Marcus. Se volvió hacia Honoria—. ¿Te quedas? Alguien tiene que esperar aquí por si la señorita Wynter regresa.

Honoria asintió.

—Vamos —dijo Daniel. Se apresuraron a salir, y lady Winstead ni siquiera se molestó en ponerse un abrigo. El carruaje que Daniel había abandonado cinco minutos antes ya había llegado. Ayudó a subir a su madre con Marcus y él echó a correr. Solo se encontraban a cuatrocientos metros, y si las calles seguían obstruidas por el tráfico, podría llegar más rápido a pie hasta la residencia Pleinsworth.

Llegó momentos antes que el carruaje, respirando con dificultad mientras ascendía a toda prisa los peldaños de la mansión. Dio a la aldaba tres veces e iba a hacerlo una cuarta cuando Granby abrió la puerta y se hizo a un lado de inmediato antes de que Daniel le derribara.

—Frances —dijo entre jadeos.

—No se encuentra aquí —le dijo Granby.

—Lo sé. ¿Sabe dónde...?

—¡Charlotte! —gritó su madre al subir por los escalones levantándose las faldas por encima de los tobillos. Se volvió a Granby con ojos ansiosos—. ¿Dónde está Charlotte?

Granby hizo una indicación hacia la parte posterior de la casa.

—Creo que está ocupándose de la correspondencia. En el...

—Estoy aquí —dijo lady Pleinsworth mientras salía con premura de una habitación—. ¡Cielo santo! ¿Qué sucede aquí? Virginia, pareces...

—Es Frances —dijo Daniel con expresión adusta—. Pensamos que han podido secuestrarla.

—¿Qué? —Lady Pleinsworth le miró, luego a su madre y luego finalmente a Marcus, quien permanecía de pie en silencio junto a la puerta—. No, no puede ser. —Sonaba más confundida que preocupada—. Estaba con... —Se volvió a Granby—. ¿No ha salido a dar un paseo con la niñera?

—Todavía no han regresado, milady.

—Pero seguro que no hace tanto que se han ido como para preocuparnos. La niñera, Flanders, ya no se mueve con demasiada agilidad, por lo que le llevará un rato regresar del parque.

Daniel intercambió una mirada seria con Marcus antes de decir a Granby:

—Alguien tiene que ir a buscar a la niñera.

El mayordomo asintió.

—Al instante.

—Tía Charlotte —empezó Daniel, y luego narró los sucesos de la tarde. Solo le dio una rápida explicación de los antecedentes de Anne; habría tiempo para eso más tarde. Pero no hizo falta decirle mucho para que su rostro empalideciera.

—Este hombre... —dijo con voz temblorosa a causa del terror que la invadió—. Este hombre... ¿Creéis que tiene a Frances?

—Anne nunca se habría ido con él en otro caso.

—¡Oh, santo cielo! —lady Pleinsworth se tambaleó, pareciendo inestable sobre sus pies. Daniel se apresuró a ayudarla para que buscara asiento—. ¿Qué vamos a hacer? —le preguntó—. ¿Cómo vamos a encontrarles?

—Voy a regresar a casa de Chervil —dijo—. Es la única manera de...

—¡Frances! —gritó lady Pleinsworth.

Daniel se dio media vuelta justo a tiempo de ver a Frances abriéndose paso por el vestíbulo y arrojándose en los brazos de su madre. Iba llena de polvo y tierra, con el vestido roto. Pero no parecía estar herida, o al menos no parecía que la hubieran lastimado a conciencia.

—¡Oh, mi niña preciosa! —sollozó lady Pleinsworth, agarrando a Frances con manos frenéticas—. ¿Qué ha pasado? ¡Oh, Dios bendito! ¿Has sufrido algún daño? —Le tocó los brazos y los hombros, y luego finalmente cubrió de besos toda su carita.

—¿Tía Charlotte? —dijo Daniel en un intento de no delatar el apremio en su voz—. Lo siento, pero de verdad necesito hablar con Frances.

Lady Pleinsworth se volvió hacia él con mirada furiosa, protegiendo a su hija con el cuerpo.

—¡Ahora no! —gritó—. Se ha llevado un buen susto. Necesita un baño y comer algo y...

—Es mi única esperanza...

—¡Es una niña!

—¡Y Anne podría morir! —replicó casi con un rugido.

El vestíbulo se sumió en un silencio, roto por la voz de Frances, desde detrás de tía Charlotte.

—Tiene a la señorita Wynter.

—Frances —le dijo su primo, buscando sus manos y tirando de ella hacia un banco—. Por favor, debes contármelo todo. ¿Qué ha sucedido?

Frances respiró hondo un par de veces y miró a su madre, quien le dio su aprobación con un seco gesto.

—Estaba en el parque —contó— y la niñera se había quedado dormida en el banco. Le sucede casi cada día. —Volvió a mirar a su madre—. Lo siento, mamá, te lo debería haber contado, pero se está haciendo mayor, y por las tardes está cansada. Creo que el parque le queda lejos para ir andando.

—Está bien, Frances —dijo Daniel intentando disimular la angustia de su voz—. Dinos qué pasó luego.

—No estaba prestando atención, estaba jugando a uno de mis juegos de unicornios —explicó y miró a Daniel como si supiera que él la entendería—. Había ido galopando hasta alejarme bastante de donde estaba la niñera. —Se volvió a su madre con expresión ansiosa—. Pero desde donde ella aún podría verme. Si estuviera despierta.

—¿Y luego qué? —la instó Daniel.

Frances le miró con expresión de total desconcierto.

—No sé. Levanté la vista y ya no estaba. No sé qué le pasó. La llamé varias veces, y luego me acerqué al estanque donde le gusta dar de comer a los patos, pero no estaba ahí y luego...

Se puso a temblar de forma descontrolada.

—Es suficiente —dijo lady Pleinsworth, pero Daniel le lanzó una mirada de súplica. Sabía que esto afectaba a Frances, pero había que hacerlo. Y seguro que su tía era consciente de que a Frances la afectaría mucho más algo como la muerte de Anne.

—¿Qué pasó después? —preguntó Daniel con dulzura.

Frances tragó saliva de modo convulsivo y se rodeó el cuerpecito con los brazos.

—Alguien me agarró. Y me puso en la boca algo que sabía horrible, y lo siguiente que supe fue que estaba en un carruaje.

Daniel compartió una mirada de preocupación con su madre. Al lado de esta, lady Pleinsworth había empezado a llorar en silencio.

—Seguramente sería láudano —le dijo él a Frances—. Estuvo muy, muy mal que alguien te obligara a tragar eso, pero no te hará daño.

La niña asintió.

—Me encontré rara, pero se me ha pasado.

—¿Cuándo viste a la señorita Wynter por primera vez?

—Fuimos a tu casa. Yo quería salir del carruaje, pero el hombre... —Alzó la vista para mirar a Daniel como si recordara algo muy importante justo en ese momento—. Tenía una cicatriz. Grande de verdad. Le cruzaba toda la cara.

—Lo sé —dijo en voz baja.

La niña le miró con ojos enormes y curiosos, pero no le preguntó.

—No podía bajar del carruaje —explicó—. Dijo que haría daño a la señorita Wynter si lo hacía. Y le ordenó a su chófer que me vigilara, y no tenía buen aspecto.

Daniel se obligó a controlar su cólera. Tenía que haber un lugar especial en el infierno para la gente que hacía daño a los niños. Pero consiguió mantener la calma cuando preguntó:

—¿Y entonces salió la señorita Wynter?

Frances asintió.

—Estaba muy enfadada.

—Estoy convencido.

—Le gritó al hombre y él a ella, y yo no entendía la mayoría de las cosas de las que hablaban, excepto que ella estaba muy, muy enfadada con él por tenerme en el carruaje.

—Intentaba protegerte —dijo Daniel.

—Lo sé —continuó Frances en voz baja—. Pero... creo... creo que igual fue ella quien le hizo la cicatriz. —Miró en dirección a su madre con expresión torturada—. No creo que la señorita Wynter hiciera algo así, pero él no paraba de hablar de eso, y estaba muy enfadado con ella.

—Sucedió hace mucho tiempo —dijo Daniel—. Y la señorita Wynter se estaba defendiendo.

—¿Por qué? —susurró Frances.

—No importa —contestó él con firmeza—. Lo importante es lo que ha sucedido hoy, y lo que podemos hacer para salvarla. Has sido muy valiente. ¿Cómo te escapaste?

—La señorita Wynter me echó del carruaje de un empujón.

—¡¿Qué?! —gritó lady Pleinsworth, pero lady Winstead la contuvo cuando intentó salir corriendo hacia su hija.

—No iba muy rápido —le dijo Frances a su madre—. Solo me dolió un poco al darme contra el suelo. La señorita Wynter me había susurrado que me hiciera un ovillo antes de darme contra el suelo.

—¡Oh, santo Dios! —sollozó lady Pleinsworth—. ¡Oh, mi cielo!

—Estoy bien, mamá —dijo Frances, y Daniel se maravilló de su capacidad de recuperación. La habían secuestrado y luego arrojado de un carruaje, y era ella quien consolaba a su madre—. Pienso que la señorita Wynter escogió ese momento concreto porque no estábamos muy lejos de casa.

—¿Dónde fue? —preguntó Daniel con apremio—. ¿Dónde estabais con exactitud?

Frances pestañeó.

—Park Crescent. En el extremo más alejado.

Lady Pleinsworth jadeó entre lágrimas.

—¿Has andado sola toda esa distancia?

—No estaba tan lejos, mamá.

—¡Pero todo Marylebone! Ha cruzado andando todo Marylebone ella sola. ¡No es más que una niña!

—Frances —preguntó Daniel con premura—. Tengo que preguntártelo: ¿tienes alguna idea de dónde podría llevar sir George a la señorita Wynter?

Frances negó con la cabeza y le temblaron los labios:

—No prestaba atención, estaba tan asustada..., y la mayor parte del tiempo se gritaban, y luego él le pegó a la señorita Wynter.

Daniel tuvo que obligarse a tomar aliento.

—... y entonces yo me puse cada vez más nerviosa, pero él dijo... —Frances levantó la vista de pronto, con los ojos abiertos llenos de excitación—. Recuerdo algo. Mencionó un bosque.

—El bosque de Hampstead Heath —dijo Daniel.

—Sí, creo que sí. No dijo ese nombre, pero íbamos en esa dirección, ¿verdad?

—Si os encontrabais en Park Crescent, sí.

—También dijo algo sobre una habitación alquilada.

—¿Una habitación? —repitió Daniel.

Frances asintió con vigor.

Marcus, que había permanecido en silencio durante todo el interrogatorio, se aclaró la garganta:

—Tal vez la llevaba a una posada.

Daniel le miró entonces y asintió, luego se volvió de nuevo a su prima pequeña.

—Frances, ¿crees que reconocerías el carruaje?

—Sí —respondió con los ojos muy abiertos—. Claro que sí.

—¡Oh, no! —bramó lady Pleinsworth—. No va a ir contigo en busca de un loco.

—No tengo otra opción —le dijo Daniel.

—Mamá, quiero ayudar —suplicó Frances—. Por favor, quiero a la señorita Wynter.

—Y yo también —dijo en voz baja Daniel.

—Iré contigo —dijo Marcus, y Daniel le dirigió una mirada de profunda gratitud.

—¡No! —protestó lady Pleinsworth—. Es una locura. ¿Qué creéis que vais a hacer? ¿Dejar que siga vuestros pasos mientras pateáis todas las tabernas? Lo siento, pero no puedo permitir que...

—Pueden llevar escolta —interrumpió la madre de Daniel.

Lady Pleinsworth se volvió a ella horrorizada.

—¿Virginia?

—Yo también soy madre —dijo lady Winstead—. Y si le sucede algo a la señorita Wynter... —Su voz se transformó en un susurro—. Mi hijo se quedará destrozado.

—¿Me harías sacrificar a mi hija por tu hijo?

—¡No! —Lady Winstead tomó las dos manos de su cuñada con energía—. Nunca lo haría; lo sabes, Charlotte. Pero si hacemos esto del modo correcto, no creo que Frances corra ningún peligro.

—No —dijo lady Pleinsworth—, no estoy de acuerdo, y no pondré en peligro la vida de mi niña...

—No saldrá del carruaje —dijo Daniel—. Puedes venir tú también.

Y entonces... lo vio en su cara... Empezaba a transigir.

Le tomó la mano.

—Por favor, tía Charlotte.

La dama tragó con dificultad, contuvo un sollozo y, luego, finalmente asintió.

Daniel casi se cayó del alivio. Todavía no habían encontrado a Anne, pero Frances era su única esperanza, y si su tía le hubiera prohibido que les acompañara a Hampstead, todo estaría perdido.

—No hay tiempo que perder —dijo Daniel. Se volvió a su tía—. Hay sitio para cuatro en mi landó. ¿Cuánto tardas en preparar un carruaje para seguirnos? Seremos cinco en el trayecto de vuelta.

—No —dijo su tía—. Llevaremos nuestra carroza de seis plazas. Aparte de tener más sitio, lo más importante es que permite llevar escolta. No te permito llevar a mi hija cerca de ese loco sin guardias armados en el vehículo.

—Como desees —respondió Daniel. No podía discutir. Si tuviera una hija, habría sido igual de protector, con la misma ferocidad.

Su tía se volvió hacia uno de los lacayos que había presenciado toda la escena.

—Que la traigan de inmediato.

—Sí, señora —respondió uno de ellos antes de salir corriendo.

—Ahora habrá sitio para mí —anunció lady Winstead.

Daniel miró a su madre.

—¿También vienes?

—Mi futura nuera está en peligro. ¿Quieres que esté en otro sitio?

—De acuerdo —accedió Daniel, pues no tenía mucho sentido discutir. Si era lo bastante seguro para Frances, desde luego era seguro para su madre. De todos modos...—. Pero no saldrás del vehículo —le dijo con severidad.

—Ni soñarlo. Tengo ciertas destrezas, entre las que no se incluye pelear con locos armados. Estoy convencida de que solo estorbaría.

No obstante, mientras salían a toda prisa para esperar la carroza, un faetón descubierto dobló por una esquina de la plaza a demasiada velocidad. El vehículo no volcó solo gracias a la habilidad del chófer: Hugh Prentice, se percató Daniel con horror.

—¿Qué demonios...? —Daniel se adelantó y sujetó las riendas mientras Hugh descendía con torpeza.

—Tu mayordomo me dijo que te encontrabas aquí —dijo Hugh—. Te he buscado todo el día.

—Vino a la residencia Winstead antes —le dijo su madre—. Antes de que desapareciera la señorita Wynter. Ella le dijo que no sabía adónde habías ido.

—¿Qué sucede? —preguntó Daniel a Hugh. Su amigo, cuyo rostro por lo habitual era una máscara privada de toda emoción, estaba crispado por la intranquilidad.

Hugh le tendió un pedazo de papel.

—He recibido esto.

Daniel se apresuró a leer la misiva. La caligrafía era pulcra y limpia, con una masculina angulosidad en las letras. «Tenemos un enemigo común», decía, y luego daba instrucciones sobre cómo dejar una respuesta en una taberna de Marylebone.

—Chervil —dijo Daniel en voz baja.

—Entonces, ¿sabes quién ha escrito esto? —preguntó Hugh.

Daniel asintió. Era poco probable que George Chervil supiera que él y Hugh ni eran enemigos ni nunca lo habían sido. Pero corrían muchos rumores que podían llevar a esa conclusión.

Se apresuró a relatar los sucesos del día a Hugh, quien echó una ojeada al vehículo de los Pleinsworth que entonces llegaba a la entrada y preguntó:

—¿Tenéis sitio para uno más?

—No es necesario —le dijo Daniel.

—Vengo con vosotros —manifestó Hugh—. Tal vez no pueda correr, pero tengo una puntería infalible.

Al oír eso, tanto Daniel como Marcus volvieron sus cabezas hacia él con incredulidad.

—Cuando estoy sobrio —aclaró Hugh, sonrojándose con gracia. Solo un poco. Daniel dudaba de que sus mejillas pudieran sonrojarse más que eso.

—Y en este momento lo estoy —añadió Hugh, y era obvio que sentía la necesidad de dejarlo claro.

—Sube —respondió Daniel indicando con la cabeza el vehículo. Le sorprendió que Hugh no hubiera advertido...

—Pondremos a lady Frances en el regazo de su madre de regreso a casa para hacer sitio a la señorita Wynter —dijo Hugh.

Por supuesto, Hugh se percataba de todo.

—Vamos —dijo Marcus. Las damas ya estaban en el coche y él tenía ya un pie en el escalón.

Eran un grupo extraño de rescatadores, pero cuando el coche aceleró, con cuatro lacayos armados como escoltas, Daniel no logró evitar pensar que su familia era una maravilla. Lo único que podría mejorarla sería Anne, a su lado, y con su apellido.

Solo le quedaba rogar para que llegaran a Hampstead a tiempo.

21

A lo largo de su vida, Anne había conocido momentos de terror. Cuando apuñaló a George y se percató de lo que había hecho, el miedo la había paralizado. Cuando el carrocín de Daniel perdió el control y ella saltó por los aires, lanzada del vehículo, eso también había sido aterrador. Pero nada, nada, podría compararse nunca con el momento en que, al percatarse de que los caballos del carruaje de George Chervil ralentizaban la marcha y continuaban al paso, se inclinó hacia Frances para susurrarle: «Corre a casa». Y luego, antes de repensárselo, había abierto de golpe la puerta y empujado a la pequeña gritándole que se hiciera una bola al caer contra el suelo.

Solo dispuso de un segundo para comprobar que Frances se incorporaba antes de que George tirara de ella con brusquedad y le abofeteara la cara.

—Te crees que puedes contradecirme —dijo entre dientes.

—Tu guerra es conmigo —escupió ella—, no con esa niña.

Chervil se encogió de hombros.

—No le habría hecho daño.

Anne no estaba segura de creerle. En aquel instante George estaba tan obsesionado con arruinarle la vida que solo pensaba en las próximas horas. Pero al final, una vez que se enfriara la rabia en su sangre, comprendería que Frances podía identificarle. Y aunque se creyera capaz de salir indemne y escapar tras herirla (o incluso matarla), hasta él tendría que ser consciente de que secuestrar a la hija de un conde no se trataba con la misma ligereza.

—¿Adónde me llevas? —preguntó Anne.

Él levantó las cejas.

—¿Importa?

Anne se agarró con fuerza al asiento del carruaje.

—No te saldrás con la tuya, debes saberlo —dijo ella—. Lord Winstead pedirá tu cabeza.

—¿Tu nuevo protector? —gruñó—. No podrá demostrar nada.

—Bueno, está... —Se detuvo antes de recordarle que Frances podría reconocer con facilidad su rostro; la cicatriz lo garantizaba.

Pero al instante George desconfió de su frase inconclusa.

—¿Está qué? —exigió saber.

—Estoy yo.

Sus labios formaron una cruel sonrisa burlona.

—¿Ah, sí?

Ella abrió mucho los ojos, llenos de horror.

—De acuerdo, estás —murmuró él—. Pero no estarás.

De modo que planeaba matarla. Anne supuso que aquello no debería sorprenderla.

—Pero no te preocupes —añadió George, casi sin darle importancia—. No será rápido.

—Estás loco —susurró Anne.

La agarró por el tejido del corpiño y tiró de ella hasta que sus narices casi estuvieron pegadas.

—Si lo estoy —dijo entre dientes—, es por tu culpa.

—Tú mismo te lo has buscado —replicó la joven.

—¡Oh! ¿De veras? —escupió él arrojándola contra el otro extremo del carruaje—. ¿Yo mismo me hice esto? —Hizo una indicación sarcástica a su cara—. Agarré un puñal y me corté, me convertí en un monstruo de...

—¡Sí! —gritó ella—. ¡Así fue! Eras un monstruo antes incluso de que yo te tocara. Solo intentaba defenderme.

El hombre le lanzó una mirada de desdén.

—Ya te habías abierto de piernas para mí. Después de haberlo hecho una vez no ibas a negarte.

Anne le miró boquiabierta.

—¿De verdad crees eso?

—Te gustó la primera vez.

—¡Pensaba que me querías!

El baronet se encogió de hombros.

—Yo no tengo nada que ver con tu estupidez. —Pero luego se volvió con brusquedad y la miró con expresión próxima al regocijo—. ¡Oh, vaya! —dijo sonriendo con una horrible mueca de satisfacción por el sufrimiento ajeno—. Lo has hecho, ¿verdad? Has dejado que Winstead se aproveche de ti. —Chasqueó la lengua—. ¡Oh, Anne! ¿No aprenderás nunca?

—Me ha pedido que me case con él —dijo entrecerrando los ojos.

George estalló en una risa estrepitosa.

—¿Y te lo has creído?

—He aceptado.

—De eso estoy convencido.

Anne intentó respirar hondo, pero apretaba los dientes con tal fuerza que se estremeció al intentar tomar aliento. Estaba tan... tan furiosa, ¡maldición! Se le había pasado el miedo, la aprensión, la vergüenza. En vez de ello sentía una furia que le hervía la sangre. Este hombre le había arrebatado ocho años de su vida, le había hecho vivir asustada, sola, arrebatado la virginidad y destruido toda inocencia en su espíritu. Pero esta vez no iba a salirse con la suya.

Por fin era feliz, no solo se sentía segura e incluso contenta, sino feliz. Quería a Daniel y por algún milagro de la vida él la correspondía. El futuro se extendía ante ella con los preciosos tonos rosados y naranjas del amanecer, y de hecho podía verse a sí misma... con Daniel, con risas, con niños. No iba a renunciar a eso. Hacía mucho que había pagado por sus pecados, fueran los que fuesen.

—George Chervil —dijo con una extraña calma en la voz—. Eres un cáncer para la raza humana.

Él la miró con leve curiosidad, luego se encogió de hombros y se volvió a mirar por la ventanilla.

—¿Adónde vamos? —preguntó ella de nuevo.

—No muy lejos.

Anne miró por su propia ventanilla. Se movían mucho más rápido ahora que cuando había tirado a Frances de un empujón. No reconocía la zona, pero creyó que se dirigían hacia el norte. O al menos bastante al norte. Hacía rato que habían dejado atrás Regent's Park; aunque nunca había llevado ahí a las chicas, sabía que se ubicaba al norte de Marylebone.

El carruaje mantenía su ritmo vivaz; tan solo aminoraba la marcha en las intersecciones, lo bastante para dar tiempo a que Anne leyera algún letrero en las tiendas. Kentish Town, decía uno. Había oído ese nombre, era un pueblo en las afueras de Londres. George había dicho que no iban lejos y tal vez fuera cierto. Pero de todos modos, no creía posible que la encontraran antes de que George llevara a cabo su plan. No pensaba que él hubiera dicho algo delante de Frances que indicara su destino, y, de todos modos, la pobre niña estaría hecha polvo cuando llegara a su casa.

Si quería salvarse, tendría que hacerlo ella sola.

—Ya es hora de que seas tu propia heroína —susurró.

—¿Qué dices? —preguntó él con voz de fastidio.

—Nada.

Pero en su interior, su cerebro daba vueltas. ¿Cómo podía hacerlo? ¿Tenía algún sentido planear algo o tendría que esperar y ver cómo se desarrollaban los acontecimientos? Era difícil saber cómo podría escapar sin ver primero el terreno en que se encontraban.

George se volvió hacia ella cada vez más receloso.

—Estás de lo más concentrada —dijo.

Ella no le hizo caso. ¿Cuáles eran sus puntos flacos? Era vanidoso, ¿cómo podría aprovechar eso?

—¿En qué piensas? —quiso saber Chervil.

Anne sonrió para sus adentros. No le gustaba que le ignoraran... Eso también podría ser útil.

—¿Por qué sonríes? —le gritó.

Ella se volvió con expresión cuidadosamente estudiada para aparentar que acababa de oírle.

—Disculpa, ¿has dicho algo?

Él entrecerró los ojos.

—¿Qué estás tramando?

—¿Que qué estoy tramando? Estoy sentada y secuestrada en un carruaje. ¿Y tú qué estás tramando?

En su mejilla buena empezó a temblar un músculo.

—No me hables en ese tono de voz.

La joven se encogió de hombros y acentuó el gesto entornando los ojos con desprecio. Seguro que él detestaba eso.

—Planeas algo —la acusó.

Ella volvió a encoger los hombros, decidiendo que con George cualquier cosa que funcionara en una ocasión, aún iría mejor en la segunda.

Estaba en lo cierto. El rostro se le estaba salpicando de rabia, con lo cual su cicatriz quedaba mucho más blanca en contraste con la piel. Su aspecto era horripilante y, sin embargo, ella no podía apartar la mirada.

George la pilló mirando y su agitación fue en aumento.

—¿Qué planeas? —preguntó, sacudiendo la mano con furia mientras la señalaba con el dedo anular.

—Nada —dijo con bastante sinceridad. Al menos no planeaba nada en concreto. En aquel instante lo único que estaba haciendo era ponerle de los nervios, y funcionaba a las mil maravillas.

No estaba acostumbrado a que las mujeres le trataran con desdén, comprendió ella. Cuando le conoció, las chicas le adulaban y estaban pendientes de todas sus palabras. Aunque Anne no sabía qué tipo de atención atraía ahora, lo cierto era que cuando no estaba rojo de furia, no era tan desagradable, incluso con la cicatriz. Las mujeres sentirían lástima por él, pero algunas hasta le encontrarían gallardo, e incluso misterioso, pues les parecería una valiente herida de guerra.

Pero ¿desdén? Eso no podía gustarle, sobre todo si venía de ella.

—Vuelves a sonreír —la acusó de nuevo.

—No es verdad —mintió en tono casi bromista.

—No intentes contrariarme —bramó, clavándole el dedo otra vez en el hombro—. No conseguirás nada.

Ella se encogió de hombros.

—Pero ¿a ti qué te pasa?

La furia desbordaba a Chervil.

—Nada —contestó, porque a esas alturas ya se había percatado de que nada le ponía más furioso que su actitud calmada. Quería que ella se encogiera de terror, quería verla temblar, y quería oírla rogar.

En vez de ello se volvió a mirar por la ventana con determinación.

—Mírame —le ordenó George.

Anne esperó un momento, luego dijo:

—No.

La voz de George se transformó en un rugido:

—Mírame.

—No.

—¡Mírame! —gritó.

Esta vez lo hizo. Su tono ya sonaba inestable, y Anne fue consciente de que había puesto los hombros en tensión a la espera de un golpe. Se volvió hacia él sin hablar.

—No puedes ganar conmigo —gruñó.

—Lo intentaré —replicó Anne en voz baja. Porque no iba a rendirse sin luchar. Y si acababa destruyéndola, a Dios ponía por testigo, que él caería con ella.

La carroza de los Pleinsworth avanzaba a toda velocidad por la carretera de Hampstead; el tiro de seis caballos llevaba el carruaje a velocidades no habituales en esa ruta. Aunque quedara fuera de lugar —una opulenta carroza avanzando a velocidad vertiginosa con escoltas armados—, a Daniel no le importaba. Podrían llamar la atención, pero no la de Chervil, quien les llevaba al menos una hora de ventaja; si de verdad se dirigía a alguna posada de Hampstead, ya estaría allí, dentro, y por lo tanto las probabilidades de que les viera en la calle eran escasas.

A menos que la habitación tuviera vistas al exterior...

Daniel soltó un suspiro. Cuando llegara el momento tendría que decidir. Podría llevarse a Anne con rapidez y a hurtadillas, y dado lo que ella había contado sobre Chervil, iba a optar por la prontitud.

—La encontraremos —dijo Marcus en voz baja.

Daniel alzó la vista. Marcus no irradiaba poder y arrogancia, nunca lo había hecho. Marcus era fiable, seguro a su manera tranquila, y justo en ese momento sus ojos mostraban una determinación que a su amigo le resultó reconfortante. Le hizo un gesto con la cabeza y luego se volvió hacia la ventana. A su lado, su tía mantenía un parloteo nervioso, sin soltar la mano de Frances en ningún momento. La pequeña no paraba de decir: «No lo veo. Aún no veo el carruaje», aunque Daniel le había dicho varias veces que todavía no habían llegado a Hampstead.

—¿Estás segura de que vas a reconocer el carruaje? —le preguntó lady Pleinsworth a su hija con un ceño de duda—. Se parecen mucho unos a otros. A menos que lleve algún emblema...

—Tenía una barra curiosa —dijo Frances—. Lo distinguiré.

—¿Qué quieres decir con «una barra curiosa»? —preguntó Daniel.

—No lo sé —dijo encogiendo los hombros—. No creo que sirva para nada. Era solo una decoración. Pero de oro y con una forma enroscada. —Hizo un movimiento con una mano, y le trajo a la mente a Daniel el cabello de Anne la noche anterior, cuando retorció sus mechones húmedos para formar una espesa espiral.

—De hecho —dijo Frances—, me recordó al cuerno de un unicornio.

Daniel notó una sonrisa en sus labios. Se volvió a su tía:

—Reconocerá el carruaje.

Pasaron a gran velocidad junto a varios pueblos de la periferia, y finalmente llegaron a la pintoresca localidad de Hampstead. En la distancia, Daniel podía ver el verde silvestre del famoso parque. Era una enorme extensión de tierra que dejaba en evidencia los parques de Londres.

—¿Cómo quieres hacerlo? —preguntó Hugh—. Podría ser mejor ir a pie.

—¡No! —Lady Pleinsworth se volvió hacia él con visible hostilidad—. Frances no va a salir de este vehículo.

—Recorreremos la calle mayor —dijo Daniel—. Todo el mundo se pondrá a buscar posadas y tabernas, cualquier lugar donde Chervil haya podido alquilar una habitación. Frances, tú busca el carruaje. Si no encontramos nada, empezaremos por las callejuelas pequeñas.

Hampstead parecía tener una cantidad de posadas destacable. Pasaron junto a la King William IV a la izquierda, la Thatched House a la derecha, y luego la Holly Bush otra vez a la izquierda, pero aunque Marcus se asomó incluso a los patios traseros en busca de algo parecido al carruaje del «unicornio» que Frances había descrito, no encontraron nada. Para asegurarse, Marcus y Daniel entraron en cada una de las posadas y preguntaron si habían visto a alguien que coincidiera con las descripciones de Anne y George Chervil, pero nadie lo había hecho.

Y dada la descripción que Frances le había dado de la cicatriz de Chervil, Daniel pensaba que este no pasaría desapercibido. Le recordarían.

Volvió a subir de un salto a la carroza, que esperaba en la calle principal atrayendo la atención de los vecinos del lugar. Marcus ya había regresado, y él y Hugh hablaban de algo en tono animado, aunque tranquilo.

—¿Nada? —preguntó Marcus levantando la vista.

—Nada —confirmó Daniel.

—Hay otra posada —dijo Hugh—. Está dentro del parque, en Spaniards Road. He estado antes ahí. —Hizo una pausa—. Está más alejada.

—Vayamos —dijo Daniel con expresión adusta. Era posible que se hubieran saltado alguna posada en la calle mayor, pero siempre podían regresar. Y Frances había dicho que Chervil había mencionado en concreto «el bosque».

El carruaje tomó velocidad y llegó cinco minutos después a la posada The Spaniards Inn, que prácticamente quedaba en el interior del gran bosque, con su fachada de ladrillo pintada de blanco y las contraventanas negras de aspecto elegante en medio de la espesura.

Frances señaló con el brazo y empezó a gritar.

Anne no tardó en descubrir por qué George había escogido esta posada en concreto. Se encontraba en una carretera que atravesaba el parque natural de Hampstead, y aunque no era el único edificio en esa vía, quedaba bastante más aislado que los establecimientos en el centro del pueblo. Lo cual significaba que, si coordinaba bien sus acciones (y lo haría), podría sacarla del carruaje, meterla por una puerta lateral y subirla a la habitación sin que nadie se diera cuenta. Contaba con ayuda, por supuesto, en la persona del chófer, quien haría guardia mientras él iba a recoger la llave.

—No me fío de que vayas a tener la boca cerrada —gruñó George mientras le ponía una mordaza. Sobraba decir, pensó Anne, que no podía pedir en realidad la llave al posadero acompañado de una mujer que llevaba un apestoso trapo viejo en la boca. Por no mencionar que tenía las manos atadas a la espalda.

George parecía ansioso de que ella supiera todos sus planes, así que mantuvo un monólogo fanfarrón mientras ordenaba los enseres de la habitación a su gusto.

—Hace una semana que tengo esta habitación —dijo empujando una silla para dejarla delante de la puerta—. No estaba previsto encontrarte anoche en la calle sin mi carruaje.

Anne le miró fijamente desde el suelo con horrorizada fascinación. ¿Iba a echarle la culpa de eso?

—Un plan más que has conseguido arruinarme —masculló.

Por lo visto, sí la culpaba.

—No importa, de todos modos —continuó—. Al final todo ha salido bien. Te encontré en casa de tu amante, justo como esperaba.

Anne le observó echando un vistazo a la habitación, buscando algo más con que bloquear la puerta. No había gran cosa, a menos que moviera la cama.

—¿Cuántos has tenido desde que te conocí? —preguntó él volviéndose poco a poco.

Anne sacudió la cabeza. ¿De qué hablaba?

—¡Oh! Me lo vas a contar —soltó con brusquedad, y se adelantó para sacarle la mordaza de la boca—. ¿Cuántos amantes?

Durante un segundo más o menos, Anne consideró gritar. Pero George sostenía un puñal y había bloqueado la puerta con una silla. Si había alguien cerca, y esa persona intentaba salvarla, sería capaz de hacerla rodajas antes de que llegara ayuda.

—¿Cuántos? —exigió saber George.

—Ninguno —respondió Anne de modo automático.

Era asombroso que pudiera olvidar la noche con Daniel ante esa pregunta, pero lo que le venía a la cabeza eran todos esos años de soledad, de no tener ni siquiera un amigo, qué decir de un amante.

—¡Oh! Creo que lord Winstead tendrá algo que decir al respecto —soltó él con desdén—. A menos que... —Su boca formó una desagradable sonrisa de alegría—. ¿No irás a decirme que no pudo cumplir?

Aunque era una tentación descubrirle a George todo el catálogo de maneras en que Daniel le había superado, en vez de eso dijo:

—Es mi prometido.

George se rio al oír aquello.

—Sí, eso te crees. ¡Dios bendito! Ese hombre cuenta con mi admiración. ¡Vaya truco! Es tu palabra contra la suya después de todo. —Se detuvo un momento, con aspecto casi nostálgico—. Tiene que estar bien ser un conde, no me habría importado serlo. —Se le iluminó el rostro—. De todos modos, tal y como han ido las cosas, yo ni siquiera tuve que pedir nada, lo único que tuve que hacer fue decir «Te quiero». Y tú no solo te lo creíste, sino que pensaste que mi intención era casarme contigo.

Chasqueó la lengua con desaprobación.

—Chica insensata.

—No te llevaré la contraria en eso.

Él ladeó la cabeza y la contempló con gesto de aprobación.

—¡Vaya, vaya! Nos volvemos más sabios ahora que somos mayores, ¿no es así?

Para entonces, Anne se había percatado de que debía mantener a George hablando. Demoraba su ataque, y le daba tiempo de tramar alguna cosa. Por no mencionar que cuando hablaba, generalmente era para vanagloriarse de algo, y mientras presumía se mantenía del todo distraído.

—He tenido tiempo para aprender de mis errores —dijo dirigiendo un rápido vistazo a la ventana cuando él se fue hasta el armario para sacar algo. ¿En qué planta estaban? Si saltaba, ¿sobreviviría?

Él se volvió, al no encontrar por lo visto lo que buscaba, y se cruzó de brazos:

—Bien, me alegra oír eso.

Anne pestañeó sorprendida. La miraba con una expresión casi paternal.

—¿Tienes hijos? —le espetó ella.

A Chervil se le heló la expresión:

—No.

Y justo en ese instante, Anne lo supo. Nunca había consumado su matrimonio. ¿Era impotente? Y si lo era, ¿la culpaba a ella?

Sacudió un poco la cabeza. ¡Qué pregunta tan tonta! Por supuesto que la culpaba. ¡Dios bendito en los cielos! Por fin comprendía la dimensión de su cólera. No era solo su rostro desfigurado; tal y como él lo veía, ella le había causado su impotencia.

—¿Por qué sacudes la cabeza? —preguntó él.

—No lo hago —replicó, y luego volvió a sacudirla—. O no era mi intención. Es algo que hago cuando estoy pensando.

George entrecerró los ojos.

—¿En qué estás pensando?

—En ti —dijo con toda sinceridad.

—¿De verdad? —Por un momento pareció complacido, pero aquella respuesta no tardó en crearle recelo—. ¿Por qué?

—Eres la única persona en la habitación. Tiene sentido que esté pensando en ti.

—Dio un paso hacia ella.

—¿En qué estabas pensando?

¿Cómo diablos no había advertido cuando le conoció lo ensimismado que estaba con su propia persona? Cierto que solo tenía dieciséis años entonces, pero tendría que haber sido más sensata a ese respecto.

—¿En qué estabas pensando? —insistió él al ver que no contestaba enseguida.

Anne consideró la mejor manera de responder. Como no podía decirle que estaba pensando en su impotencia, optó por decir:

—La cicatriz no es tan espantosa como creía.

Con un resoplido, George regresó a lo que estaba haciendo, fuera lo que fuese.

—Lo dices solo para conmoverme.

—Lo diría, pero de hecho —admitió estirando el cuello para poder ver mejor sus actividades. Parecía estar reordenándolo todo una y otra vez, lo cual parecía no tener sentido, ya que no había mucho que reordenar en una habitación alquilada—, creo que es cierto. No estás tan guapo como cuando éramos jóvenes, pero un hombre no quiere ser guapo, ¿verdad?

—Tal vez no, pero no conozco a nadie que quiera *esto*.

George hizo un gesto sarcástico y grandilocuente para indicar su rostro, con un movimiento de mano de la oreja al mentón.

—Siento haberte hecho daño, por si no lo sabes —dijo Anne y, para su sorpresa, se dio cuenta de que hablaba en serio—. No siento haberme defendido, pero sí que resultaras herido. Solo con que me hubieras dejado marchar cuando te lo pedí, nada de esto hubiera sucedido.

—¡Oh! ¿De modo que ahora es culpa mía?

Ella cerró la boca. No debería haber dicho todo aquello, y no iba a enmendar su error diciendo lo que en realidad quería decir, que era: «Pues sí».

Chervil esperó una respuesta, y al no recibirla masculló:

—Vamos a tener que mover esto.

¡Oh, santo cielo! Ahora quería mover la cama para desplazarla hasta la puerta.

Era un mueble enorme y pesado, no algo que pudiera mover él solo. Tras un minuto o dos empujando, gruñendo y soltando unas cuantas maldiciones, se volvió a Anne y le espetó:

—Echa una mano, ¡por el amor de Dios!

Ella separó los labios llena de incredulidad.

—Tengo las manos atadas —le recordó.

George maldijo otra vez y luego se fue a grandes zancadas hacia ella y la puso en pie de un tirón.

—No te hacen falta las manos. Menéate un poco contra el mueble y empuja.

Anne no pudo hacer otra cosa que observarle fijamente.

—Así —gruñó él, apoyando el trasero contra un lado de la cama. Plantó los pies en la gastada alfombra y luego empleó el peso de su cuerpo para empujar. La cama se movió, pero apenas una pulgada.

—¿De verdad crees que voy a hacer eso?

—Lo que yo creo es que aún tengo un puñal.

Anne entornó los ojos y se acercó.

—La verdad, no creo que vaya a funcionar —le dijo por encima del hombro—. Por un motivo: las manos me lo impiden.

George bajó la vista hasta las manos todavía atadas a su espalda.

—¡Oh! ¡Qué diablos! —balbució—. Ven aquí.

Ella ya estaba allí, pero pensó que era preferible no dar lecciones en ese momento.

—No intentes nada —le advirtió, y Anne notó el tirón mientras rajaba las ataduras, provocándole un corte en la base del pulgar en el proceso.

—¡Ay! —aulló, y se llevó la mano a la boca.

—¡Oh! Así que duele, ¿eh? —murmuró George con un brillo sanguinario en los ojos.

—Ya no —se apresuró a decir ella—. ¿Movemos la cama?

George soltó una risita para sus adentros y ocupó su posición. En ese preciso instante, justo cuando Anne se preparaba para fingir que intentaba empujar la cama contra la puerta con todas sus fuerzas, él se enderezó.

—¿Te rajo primero —se preguntó en voz alta— o tenemos un poco de diversión antes?

Anne echó una ojeada a la parte delantera de sus pantalones, no puedo evitarlo. ¿Era impotente? No había evidencia alguna de erección.

—¡Oh! Así que eso es lo que quieres —se jactó. Le agarró la mano y se la acercó, obligándola a palpar a través del tejido—. Algunas cosas no cambian nunca.

Anne contuvo una arcada mientras pasaba la mano izquierda con torpeza sobre su entrepierna. Pese a tener la ropa puesta, le provocó náuseas, pero era preferible a que le rajaran la cara.

George empezó a gemir de placer y, luego, para horror de Anne, notó que algo empezaba a... suceder.

—¡Oh, Dios! —gimió él—. ¡Oh! ¡Qué gusto da esto! Hacía tanto tiempo... Tantísimo tiempo... ¡Qué diablos!...

Anne contuvo la respiración mientras le observaba. Tenía los ojos cerrados y parecía a punto de entrar en trance. Ella bajó la vista a la mano de George, la que sostenía el puñal. ¿Era su imaginación o no lo sostenía con la misma presión? Si se lo arrebataba... ¿De verdad podía arrebatárselo?

Anne apretó los dientes mientras continuaba con el movimiento de los dedos. Y, justo cuando George soltó un profundo gemido de placer, más largo, ella pasó a la acción.

¡Es ese! —gritó Frances, estirando su delgado bracito con frenesí—. Ese es el carruaje. Estoy segura.

Daniel retorció el cuerpo para seguir la indicación de Frances. Estaba claro, había un carruaje pequeño pero de buena calidad estacionado cerca de la posada. Era del color negro habitual, con una barra decorativa dorada en la parte superior. Daniel no había visto antes algo similar, pero veía con exactitud por qué Frances había dicho que le recordaba el cuerno de un unicornio. Si se cortaba la longitud correcta y se afilaba el extremo, sería un complemento maravilloso para un disfraz.

—Nos quedaremos en la carroza —reiteró lady Winstead cuando Daniel se volvió a las damas para dar instrucciones.

Daniel asintió y los tres hombres bajaron de un salto.

—Proteged esta carroza con vuestras vidas —dijo a uno de los escoltas, y luego entró con rapidez en la posada.

Marcus iba a su lado y Hugh apareció también cuando Daniel acabó de interrogar al posadero. Sí, había visto a un hombre con una cicatriz. Hacía una semana que tenía una habitación aquí, pero no la empleaba cada noche. Sin embargo, solo un cuarto de hora antes había pasado por recepción a recoger su llave, aunque no venía con ninguna mujer.

Daniel lanzó una corona sobre el mostrador.

—¿Cuál es su habitación?

El posadero abrió mucho los ojos.

—La número cuatro, su señoría. —Puso la mano sobre la corona y la deslizó sobre el mostrador hasta el borde para poder recogerla en la mano. Se aclaró la garganta:

—Podría tener una copia de la llave.

—¿De veras?

Daniel sacó otra corona.

El posadero sacó una llave.

—Espera —dijo Hugh—. ¿Hay otra entrada a la habitación?

—No. Solo la ventana.

—¿Queda muy alta?

El posadero alzó una ceja.

—Demasiado alta para introducirse, a menos que trepe por el roble.

Hugh se volvió de inmediato hacia Daniel y Marcus.

—Lo haré —dijo Marcus mientras salía por la puerta.

—Lo más probable es que sea innecesario —intervino Hugh mientras seguía a Daniel por las escaleras—, pero prefiero ser concienzudo.

Daniel no iba a poner reparos a «ser concienzudo». Sobre todo viniendo de Hugh, que tomaba nota de todo. Y no olvidaba nada.

Cuando vieron la puerta de la habitación número cuatro al final del pasillo, Daniel tomó impulso, pero Hugh le contuvo poniéndole una mano en el hombro.

—Primero escucha —le recomendó.

—Nunca has estado enamorado, ¿verdad? —contestó Daniel, y antes de que Hugh pudiera responder, giró la llave en la cerradura y abrió la puerta de una patada, mandando una silla por la habitación con gran estrépito.

—¡Anne! —gritó antes de verla siquiera.

Pero aunque gritó su nombre, se perdió en el chillido de sorpresa que se oyó cuando la silla le dio directamente en las rodillas y la mandó volando, mientras buscaba a tientas como una loca algo que también había volado de su agarre.

Un puñal.

Daniel se abalanzó para alcanzarlo. Anne hizo lo propio. George Chervil, que había ejecutado una danza desesperada con Anne, dando botes sobre un pie y el otro mientras intentaba atrapar el puñal a manotazos, se tiró entonces en plancha a por el mismo.

De hecho, todo el mundo se lanzó a por el puñal excepto Hugh, que, sin que nadie se fijara en él, se hallaba de pie en el umbral de la puerta con una pistola apuntando a Chervil, con aspecto casi aburrido.

—Yo no lo haría si fuera tú —dijo, pero George agarró el puñal de todos modos, y luego se arrojó sobre Anne, quien todavía gateaba por el suelo, tras haber perdido la carrera por el arma por escasas pulgadas.

—Dispárame y ella muere —dijo George sosteniendo la hoja peligrosamente cerca de la garganta de Anne.

Daniel, que por instinto se había precipitado hacia delante, se detuvo en seco. Bajó el brazo y luego se lo llevó hacia su espalda.

—Apartaos —dijo George agarrando el puñal como un martillo—. ¡Ahora mismo!

Daniel asintió levantando las manos mientras retrocedía un paso. Anne estaba tumbada boca abajo en el suelo, y George sentado a horcajadas sobre ella con una mano en la empuñadura del arma blanca y la otra en su pelo.

—No le hagas daño, Chervil —advirtió Daniel—. No quieres hacerlo.

—¡Ah! Estás muy equivocado. Me muero de ganas de hacerlo.

Dio un leve toque a la hoja contra la mejilla de Anne.

A Daniel se le retorcieron las entrañas.

Pero George no había provocado sangre. Por lo visto, estaba disfrutando de este momento de poder, y a continuación tiró con más fuerza del pelo de Anne, levantándole la cabeza hasta lo que parecía una posición terriblemente incómoda.

—Morirás —prometió Daniel.

George se encogió de hombros.

—Y también ella.

—¿Y qué me dices de tu esposa?

George le miró con dureza.

—He hablado esta mañana con ella —explicó Daniel manteniendo la mirada fija en el rostro de Chervil. Quería con desesperación mirar a Anne, encontrar sus ojos. Podría decirle que la amaba sin palabras. Ella lo sabría; solo tenía que mirarla.

Pero no se atrevía. Mientras mirara a George Chervil, este le miraría a él. Y no a Anne. Ni al puñal.

—¿Qué le has contado a mi esposa? —preguntó George entre dientes, pero una señal de inquietud se cruzó por su rostro.

—Parece una mujer encantadora —dijo Daniel—. ¿Qué le sucederá, me pregunto, si mueres aquí en una posada, a manos de dos condes y el hijo de un marqués?

Chervil volvió con brusquedad la cabeza hacia Hugh, sin percatarse hasta ese momento de quién se trataba.

—Pero tú le odias —dijo—. Él te disparó.

Hugh se limitó a encogerse de hombros.

George se puso pálido y empezó a decir algo, pero se interrumpió para preguntar:

—¿Dos condes?

—Hay otro —replicó Daniel—. Solo por si acaso.

George empezó a respirar con dificultad, desplazando la mirada de Daniel a Hugh, y de vez en cuando a Anne. Daniel se percató de que empezaba a transpirar. Estaba llegando al límite, y el límite siempre es un lugar peligroso donde encontrarse.

Para todo el mundo.

—Lady Chervil caerá en desgracia —explicó Daniel— y quedará excluida de la sociedad. Ni siquiera su padre podrá salvarla.

George empezó a temblar. Daniel se permitió por fin dedicar una rápida mirada a Anne. Respiraba con dificultad, era evidente que estaba asustada, y no obstante, cuando sus miradas se encontraron...

Te amo.

Fue como si lo hubiera dicho en voz alta.

—El mundo no se porta bien con las mujeres expulsadas de sus casas —continuó Daniel en voz baja—. Solo tienes que preguntarle a Anne.

George empezaba a titubear, Daniel lo veía en sus ojos.

—Si la sueltas ahora —prometió—, vivirás.

Viviría, pero en ningún lugar de las Islas Británicas. Daniel se encargaría de eso.

—¿Y mi esposa?

—Dejaré todas las explicaciones en tus manos.

George sacudió la cabeza, como si el cuello le apretara. Parpadeaba con furia y, entonces, por un momento, los cerró con fuerza y...

—¡Me ha disparado! ¡Oh, Dios mío, me ha disparado!

Daniel volvió la cabeza con brusquedad al percatarse de que Hugh había disparado su arma.

—¿Has perdido la cabeza? —soltó al tiempo que se adelantaba para apartar a Anne del alcance de George, que ahora rodaba por el suelo aullando de dolor mientras se agarraba la mano ensangrentada.

Hugh entró cojeando en la habitación y miró a George:

—Es solo un rasguño —dijo en tono desapasionado.

—Anne, Anne —repitió Daniel con voz ronca. Durante todo el tiempo que ella estuvo cautiva en manos de Chervil, había mantenido a raya el terror, había permanecido erguido, con los músculos tensos. Pero ahora, ahora que ella estaba a salvo...

—Pensaba que iba a perderte —dijo entre jadeos, estrechándola en sus brazos cuanto podía. Hundió el rostro en su hombro y, para su vergüenza, se percató de que estaba empapando su vestido con lágrimas—. No sabía... No creo que supiera...

—Por cierto —dijo Hugh acercándose a la ventana—. A ella no le habría tocado de ninguna de las maneras.

George dio un grito cuando el hijo del marqués le pisó la mano «accidentalmente».

—Estás loco. ¡Maldición! —le espetó Daniel, y la indignación secó sus lágrimas.

—¡Oh! —replicó Hugh como si tal cosa—. Nunca he estado enamorado. —Bajó la vista para mirar a Anne—. Te permite mantener la lucidez. —Indicó su arma—. Y la puntería también.

—¿De qué está hablando? —susurró ella.

—Casi nunca lo sé —admitió Daniel.

—Dejemos entrar a Chatteris —dijo Hugh silbando, mientras abría de par en par la ventana.

—Está loco —dijo Daniel apartándose lo justo para tomar el rostro de Anne entre sus manos. Estaba tan hermosa, y viva—. Loco de atar.

Ella esbozó una sonrisa temblorosa.

—Pero es competente.

Daniel notó un estruendo que empezaba a crecer en su tripa: risa. ¡Santo Dios! Tal vez todos ellos estuvieran locos.

—¿Necesitas una mano? —gritó Hugh, y los dos se volvieron hacia la ventana.

—¿Está lord Chatteris subido a un árbol? —preguntó Anne.

—¡Por Dios bendito! ¿Qué sucede aquí? —quiso saber Marcus mientras entraba dando una voltereta—. He oído disparos.

—Hugh le ha pegado un tiro —dijo Daniel indicando con la cabeza a Chervil, quien intentaba arrastrarse hasta la puerta. Marcus se aproximó a grandes zancadas y le bloqueó el paso—. Mientras aún retenía a Anne.

—Todavía no te he oído decir «gracias» —dijo Hugh asomándose por la ventana sin que Daniel entendiera el motivo.

—Gracias —dijo Anne. Hugh se dio media vuelta y ella le dedicó una sonrisa tan deslumbrante que él se sorprendió.

—De nada —asintió con torpeza, y Daniel tuvo que sonreír. El aire cambiaba, en efecto, cuando Anne se encontraba en una habitación.

—¿Qué vamos a hacer con él? —preguntó Marcus, que siempre se preocupaba por las cuestiones prácticas. Se agachó y tomó algo del suelo, lo observó durante un momento y luego se puso en cuclillas al lado de Chervil.

—¡Aaaaay! —aulló este.

—Estoy atándole las manos —confirmó Marcus con una ojeada a Anne—. Supongo que es lo que usó para atar las suyas.

Ella asintió.

—¡Eso duele!

—No deberías haberte cruzado en la línea de fuego —dijo Marcus sin la menor compasión. Volvió a mirar a Daniel—. Tenemos que pensar qué hacemos con él.

—Prometió no matarme —gimió George.

—Prometí que no te mataría si la soltabas —le recordó Daniel.

—Y así lo hice.

—Después de que te pegara un tiro —replicó Hugh.

—No merece la pena ensuciarnos las manos liquidándolo —dijo Marcus apretando más las ligaduras—. Nos harían muchas preguntas.

Daniel se sintió agradecido de que su amigo mantuviera la cabeza despejada. De todos modos, no estaba convencido todavía de librar a Chervil de pasar un poco más de miedo. Con un beso rápido a Anne en la cabeza, se levantó.

—¿Puedo? —dijo Daniel a Hugh, estirando la mano.

—La he vuelto a cargar —respondió Hugh tendiéndole el arma.

—Sabía que lo harías —murmuró Daniel y se acercó a George.

—¡Dijiste que no me matarías! —gritó.

—No voy a hacerlo —manifestó Daniel—. Al menos, hoy, no. Pero si vuelves a acercarte a Whipple Hill, te mataré.

George asintió frenéticamente.

—De hecho —continuó Daniel, agachándose para recoger el puñal que Hugh le pasó de una patada—, si te acercas a Londres siquiera, te mataré.

—¡Pero vivo en Londres!

—Ya no; no vives ahí.

Marcus se aclaró la garganta.

—Debo indicar que yo no le quiero en Cambridgeshire.

Daniel dirigió una mirada a su amigo y asintió con la cabeza, luego se volvió de nuevo a Chervil.

—Si te acercas a Cambridgeshire, él te matará.

—Si me permitís hacer una sugerencia —dijo Hugh con soltura—, sería más fácil para todos los implicados ampliar la prohibición a todas las Islas Británicas.

—¡¿Qué?! —gritó George—. No podéis...

—O podríamos matarte —dijo Hugh. Luego miró a Daniel—. Podrías ofrecerle algún consejo sobre la vida en Italia, ¿verdad que sí?

—Pero no sé italiano —gimoteó George.

—Ya aprenderás —replicó Hugh.

Daniel miró el puñal que tenía en las manos, afilado de forma peligrosa. Había estado apenas a una pulgada de la garganta de Anne.

—Australia —determinó con firmeza.

—Correcto —dijo Marcus, levantando a George del suelo—. ¿Nos ocupamos de él?

—Por favor, sí.

—Iremos en su carruaje —dijo Hugh. Y luego les dirigió una sonrisa peculiar—. El del cuerno del unicornio.

—El unicornio... —repitió Anne perpleja. Se volvió hacia Daniel—. ¿Frances?

—Nos ha salvado hoy.

—Entonces, ¿no se ha hecho daño? Tuve que tirarla del carruaje de un empujón y...

—Se encuentra bien —la tranquilizó Daniel, haciendo una pausa momentánea para ver a Hugh y a Marcus despedirse llevándose a Chervil a rastras—. Estaba llena de polvo, y creo que mi tía ha perdido tal vez cinco años de vida, pero la pequeña está bien. Y una vez que te vea...

Pero no pudo acabar. Anne se había echado a llorar.

Él se arrodilló de inmediato a su lado y la estrechó en sus brazos.

—No pasa nada —murmuró—. Todo va a salir bien.

Anne negó con la cabeza.

—No, no va a ser así. —Alzó la vista con ojos relucientes de amor—. Va a ser mucho mejor.

—Te quiero —declaró él. Tenía la sensación de que iba a decirlo con frecuencia. El resto de su vida.

—Yo también te quiero.

Le tomó la mano y se la llevó a sus labios.

—¿Quieres casarte conmigo?

—Ya he dicho que sí —respondió con una sonrisa curiosa.

—Lo sé, pero quería preguntártelo otra vez.

—Entonces yo acepto de nuevo.

La acercó un poco más, pues necesitaba sentirla en sus brazos.

—Creo que deberíamos bajar. Todo el mundo está preocupado.

Anne asintió con las mejillas ruborizadas contra su pecho.

—Mi madre está en el carruaje, y mi tía...

—¿Tu madre? —preguntó ella con un gritito mientras se apartaba—. ¡Oh, por todos los cielos! ¿Qué pensará de mí?

—Que eres maravillosa y encantadora, y que si se porta bien contigo, le darás un montón de nietos.

Anne sonrió con astucia.

—¿Si ella se porta bien conmigo?

—No hace falta decir que yo sí voy a portarme muy bien contigo.

—¿Cuántos niños crees tú que hay en un montón?

Daniel notó cómo se reanimaba su alma.

—Unos cuantos, imagino.

—Tendremos que aplicarnos en serio.

El conde se quedó asombrado de poder mantener la expresión seria todo el tiempo.

—Soy un tipo trabajador, para tu información.

—Es una de las razones por las que te quiero. —Le tocó la mejilla—. Una de las muchas, muchas razones.

—Tantas, ¿eh? —Sonrió, no, ya estaba sonriendo pero tal vez ahora sonreía un poco más—. ¿Cientos?

—Miles —confirmó ella.

—Podría solicitar un recuento completo.

—¿Ahora?

¿Y quién decía que las mujeres eran las únicas a quienes les gustaba llevarse cumplidos? Estaba encantado ahí sentado escuchándola decir maravillas de él.

—Tal vez solo las cinco principales —objetó.

—Bien... —Anne hizo una pausa.

Que se alargó.

Él le dirigió una mirada malévola.

—¿Tanto cuesta dar con cinco?

Anne le miraba con ojos tan enormes e inocentes que él casi la creyó al decir:

—¡Oh! No, lo difícil solo es escoger mis favoritas.

—Entonces hazlo al azar —sugirió él.

—Muy bien. —Frunció un lado de la boca mientras pensaba—. Está tu sonrisa. Adoro tu sonrisa.

—¡Yo también adoro tu sonrisa!

—Tienes un sentido del humor maravilloso.

—¡Tú también!

Anne le dedicó una mirada severa.

—No puedo evitarlo, estás acertando todas las buenas razones —soltó él.

—No tocas un instrumento musical.

Entonces Daniel la miró sin comprender.

—Como el resto de tu familia —aclaró ella—. No sé si podría soportarlo, ya sabes, tener que oírte practicar.

Él se movió hacia delante con una pícara inclinación de cabeza.

—¿Qué te hace pensar que no toco un instrumento?

—¡No! —respondió con un resoplido, y él casi pensó que podría estar dispuesta a reconsiderar haberle aceptado.

—No toco —confirmó entonces—. Lo cual no quiere decir que no haya tomado lecciones.

Anne le miró de manera inquisitiva.

—A los chicos de la familia no se les obliga a continuar con las lecciones una vez que se van al internado. A menos que demuestren un talento excepcional.

—¿Alguno ha demostrado una talento excepcional?

—Ni uno —contestó él con regocijo. Se puso en pie y le tendió la mano—. Era hora de marcharse a casa.

—¿No se suponía que debía darte dos razones más? —preguntó ella, permitiendo que la ayudara a levantarse.

—¡Oh! Me las puedes decir más tarde. Tenemos tiempo de sobra.

—Pero es que se me acaba de ocurrir una.

Daniel se volvió con gesto burlón.

—Dices eso como si precisara un gran esfuerzo.

—De hecho, se trata más bien de un momento.

—¿Un momento?

Ella asintió mientras salía al pasillo tras él.

—La noche que nos conocimos, estaba dispuesta a dejarte en el pasillo de la parte posterior de la casa, ¿recuerdas?

—¿Magullado y ensangrentado? —Intentó fingir indignación, pero le pareció que su sonrisa no conseguía del todo aquel efecto.

—Habría perdido mi puesto si me pillaban contigo y ya había aguantado atrapada en aquel trastero durante Dios sabe cuánto rato. No tenía tiempo en realidad para ocuparme de tus heridas.

—Pero lo hiciste.

—Así fue.

—¿Por mi sonrisa encantadora y maravilloso sentido del humor?

—No —respondió ella con franqueza—. Fue por tu hermana.

—¿Honoria? —preguntó sorprendido.

—La estabas defendiendo —explicó ella encogiendo los hombros sin poder hacer otra cosa—. ¿Cómo podía abandonar a un hombre que defendía a su hermana?

Para bochorno de Daniel, notó que sus mejillas se calentaban.

—Bueno, cualquiera haría eso —musitó.

Mientras descendían por las escaleras, Anne exclamó:

—¡Oh, he pensado en otra! Cuando ensayábamos la obra de Harriet. Habrías hecho de jabalí si ella te lo hubiera pedido.

—No, eso no.

Anne le dio una palmadita en el brazo mientras salían al exterior.

—Sí, lo habrías hecho.

—Muy bien, te doy la razón —mintió.

Anne le miró con perspicacia.

—Lo dices solo para calmarme, pero sé que habrías sido comprensivo.

¡Dios bendito! Ya parecían una vieja pareja con muchos años de matrimonio.

—¡Oh, he pensado otra!

Daniel la miró, sus ojos brillantes, tan llenos de amor y esperanza, y promesa.

—Dos, de hecho —añadió.

Daniel sonrió. Él podía pensar en millares.

EPÍLOGO

Otro año, otra velada musical Smythe-Smith...

Creo que habría sido preferible que Daisy se hubiera desplazado un poco a la derecha —murmuró Daniel al oído de su esposa—. Sarah parece a punto de comerle la cabeza de un bocado.

Anne dirigió una mirada nerviosa a Sarah, quien, tras usar el año anterior la única excusa posible, volvía a encontrarse sobre el escenario, al piano...

Asesinando las teclas.

Anne dedujo que la joven había decidido finalmente que la furia era preferible a una lamentable amargura. Solo Dios sabía si el piano sobreviviría al lance.

Aún peor lo estaba haciendo Harriet, reclutada este año para reemplazar a Honoria, que, como lady Chatteris, ya no tenía que tocar.

Matrimonio o muerte. Eran las únicas vías de escape, le había dicho Sarah a Anne con abatimiento el día anterior, cuando había pasado a ver cómo iban los ensayos.

La muerte de quién, eso ella no lo sabía a ciencia cierta. Nada más llegar, Sarah había echado mano al arco del violín de Harriet para blandirlo como una espada. Daisy estaba chillando, Iris gimiendo y Harriet soltaba suspiros de deleite mientras tomaba nota de todo para su uso en una futura obra.

—¿Por qué habla Harriet consigo misma? —preguntó Daniel en susurros, obligando a Anne a regresar al presente.

—No sabe solfeo.

—¡¿Qué?!

Varias personas miraron en su dirección, incluida Daisy, cuya mirada fulminante solo podía describirse como homicida.

—¿Qué? —repitió Daniel, mucho más bajo.

—No sabe solfeo —le susurró como respuesta, con la mirada atenta con suma cortesía en el concierto que se estaba desarrollando—. Me dijo que nunca había sido capaz de aprender. Convence a Honoria para que le escriba las notas y entonces las memoriza. —Miró a Harriet, que articulaba las notas con tal claridad que incluso los invitados situados en la última fila podrían percatarse sin duda de que acababa de tocar —o más bien de intentar tocar— un si bemol.

—¿Por qué no puede leer sin más las letras que Honoria ha escrito para ella?

—No sé —admitió Anne. Sonrió alentadora a Harriet, quien esbozó una mueca por respuesta.

¡Ah, Harriet! No tenías otro remedio que quererla. Como le sucedía a Anne, incluso ahora que era un miembro más de la familia. Le encantaba ser una Smythe-Smith. Le encantaba el ruido y el desfile constante de primas por su salón, y lo maravillosas que habían sido todas con su hermana Charlotte cuando vino de visita por primera vez la primavera pasada.

Pero, sobre todo, le encantaba ser una Smythe-Smith que no tenía que tocar en la velada musical. Porque, a diferencia del resto del público, cuyos gemidos y quejas Anne oía con claridad a su alrededor, ella sabía la verdad.

Era mucho peor estar en el escenario que sentado entre el público.

Aunque...

—Pese a todo, le sigo teniendo aprecio a la velada —le susurró a Daniel.

—¿De verdad? —Dio un suspiro cuando Harriet hizo algo incalificable con el violín—. Porque, por más que lo intente, yo le sigo teniendo aprecio a mi oído.

—Pero sin el concierto, nunca nos habríamos conocido —le recordó.

—¡Oh! Creo que te habría encontrado.

—Pero no en una noche como esta.

—No.

Daniel sonrió y le tomó la mano. Era un desliz increíble, en absoluto aceptable en público en una pareja casada, pero a Anne no le importó. Enlazó sus dedos a los de él y sonrió. Y ya no importaba que Sarah golpeara las teclas del piano o que Harriet empezara a recitar las notas a tanto volumen que la primera fila del público oyera su voz.

Tenía a Daniel, y la tomaba de la mano.

Eso era lo que importaba en realidad.

¿TE GUSTÓ
ESTE LIBRO?

**escríbenos y
cuéntanos tu opinión en**

f /Sellotitania   **🐦** /@Titania_ed

📷 /titania.ed

#SíSoyRomántica